Boris Koch (Hrsg.)

GOTHIC
DARK STORIES

EIN **GULLIVER** VON **BELTZ & GELBERG**

www.gulliver-welten.de
Gulliver 1120
Originalausgabe
© 2009 Beltz & Gelberg
in der Verlagsgruppe Beltz · Weinheim Basel
Alle Rechte vorbehalten
Lektorat: Christian Walther
Neue Rechtschreibung
Markenkonzept: Groothuis, Lohfert, Consorten, Hamburg
Einbandgestaltung: Cornelia Niere, München
Gesamtherstellung: Druck Partner Rübelmann, Hemsbach
Printed in Germany
ISBN 978-3-407-74120-2
1 2 3 4 5   13 12 11 10 09

INHALT

Boris Koch – **Dunkle Geschichten** Ein Vorwort   6
Maike Hallmann – **Lilith**   9
Markus Heitz – **Schattenspiel**   20
Anna Kuschnarowa – **Der Fahrstuhl**   31
Markolf Hoffmann – **Die blauen Handschuhe**   43
Malte S. Sembten – **Eine halbe Stunde zu früh**   56
Tobias O. Meißner – **Amatha**   74
Michael Tillmann – **Der Hafenwirt und seine merkwürdigen Gäste**   83
Kathleen Weise – **Der Wolf und das Muli**   94
Christopher Kloeble – **13:24:51**   106
Christoph Hardebusch – **Einzelgänger**   112
Simon Weinert – **Wolf an der Leine**   122
Uwe Voehl – **Im Nebel**   134
Jörg Kleudgen – **Nicht von dieser Welt**   154
Melanie Stumm – **Die Kerze im Spiegel**   166
Sylvia Ebert – **Viola**   177
Boris Hillen – **Avezzano**   190
Christian von Aster – **Das Ende der Kindheit**   201
Michael Marrak – **Liliths Töchter**   213

Boris Koch

Dunkle Geschichten
Ein Vorwort

Als das eisenbeschlagene Portal hinter dem letzten Autor ins Schloss fiel, brach das Gewitter los und der gewaltige Donner ließ die alten Mauern zittern. Grelle Blitze erhellten die Nacht vor den Fenstern, die abgestorbene Eiche im Garten, und den Friedhof auf der anderen Straßenseite, auf dem drei verwitterte Grabsteine meinen Namen und mein Geburtsdatum tragen, aber drei unterschiedliche Todesdaten.

»Schön, dass ihr alle gekommen seid«, begrüßte ich die achtzehn anwesenden Autoren und führte sie die alte Wendeltreppe mit den ausgetretenen Steinstufen hinab. Tief hinab in das alte, halb verfallene Gewölbe unter meinem Domizil, das nur von – natürlich flackernden – Fackeln erhellt wurde. Ich hatte sie um Geschichten für diese Anthologie gebeten, und sie waren alle gekommen. Tatsächlich alle.

»Waren wir nicht mehr?«, wollte plötzlich eine Autorin wissen. »Hattest du nicht etwas von dreiundzwanzig gesagt? Weil dreizehn oder dreiundzwanzig die passende Anzahl für eine Sammlung dunkler Geschichten wäre?«

»Nein, nein«, wiegelte ich ab. »Achtzehn ist eine schöne Zahl.«

»Da habe ich aber anderes gehört«, mischte sich nun ein Autor ein, der es sich auf einem alten Fass Amontillado bequem gemacht hatte. »Zwei Kollegen sollen über die Recherchen zu ihren Geschichten vollkommen wahnsinnig geworden sein. Ein dritter hat sich auf eine kleine Insel im Pazifik abgesetzt.«

»Habe ich auch gehört.« Der nächste Autor nickte. »Ein anderer wurde angeblich zuletzt mit einer bleichen Schönheit im knappen Lederkleid in einem Berliner Gothic-Club gesehen.«

»Gerüchte, alles Gerüchte!«, übertönte ich ihn.

»Auch dass eine junge Autorin in Begleitung eines haarigen Mannes mit zusammengewachsenen Augenbrauen beim nächtlichen Waldspaziergang im Vollmond verschwunden ist? Und seither nicht mehr gesehen wurde? Sie war gerade zwanzig Jahre alt!«

Lächelnd schüttelte ich den Kopf und bot ihnen schweren Rotwein an. Sofort hielten die Autoren mir ihre dunklen Weinkrüge entgegen. Ich schenkte aus, wir stießen an und dann ertönte draußen ein heiseres Bellen, das sogleich von einem Donner verschluckt wurde.

»War das ein Wolf?«, fragte einer.

»Nein, nein. Der Hund des Nachbarn«, klärte ich auf.

»Es klang aber wie ein Heulen, nicht wie ein Bellen«, beharrten vier oder fünf.

»Ich sagte, das ist ein Hund. Mag sein, dass er ein wenig wölfisch aussieht und keinen Stammbaum hat, doch es ist ein Hund.«

Die Autoren lauschten noch einmal in die Nacht, dann schenkten sich die ersten nach, sie lachten und klopften sich gegenseitig auf die Schultern: »Na, zu viele von den eigenen Geschichten gelesen, was? Geht deine Fantasie mit dir durch?«

Ich nickte bestätigend und lächelte. Ja, diese rege Fantasie jener achtzehn war der Grund, weshalb ich sie eingeladen hatte, eine dunkle Geschichte für diese Anthologie zu verfassen.

Und so schrieben sie Geschichten von Werwölfen und Vampiren, von Geistern und Lebenden, Menschen und … Anderem.

Geschichten, in denen es um Andersartigkeit geht und wie man damit umgeht, und nicht wenige Figuren erfahren in der Konfrontation mit dieser Andersartigkeit und der Dunkelheit mehr über sich selbst. Oder über die Welt. Es sind Figuren, die an ihre Grenzen geführt werden.

Dabei bedeutet Dunkelheit natürlich nicht zwingend etwas Böses oder Abstoßendes, sie kann ebenso faszinierend und anziehend sein, ruhig und friedlich, auch geheimnisvoll. Und so sind die hier versammelten dunklen Geschichten nicht selten schwarz-romantisch und geprägt von einer Zuneigung zur Dunkelheit und Nacht, wie auch von einem Faible für das Andersartige.

Die Autoren waren gekommen, weil sie darüber schreiben wollten, weil sie solche Geschichten in sich trugen. Weil sie gesellig waren und sich gerne gemeinsam die Nacht um die Ohren schlugen. Und natürlich, weil sie in meinen gepolsterten, nachtschwarzen Gästesärgen die Tage verschlafen wollten, während sie in den Nächten tiefroten Wein tranken und ihre Geschichten mit Rabenfedern auf vergilbtes Pergament kratzten.

Nun, vielleicht ist es nicht ganz so gewesen, vielleicht habe ich mich von der Fantasie der Autoren anstecken lassen und das ein oder andere Detail ein wenig ausgeschmückt. Aber was soll man auch sonst tun, in solch illustrer Gesellschaft? Ich bin mir sicher, wenn es so gewesen wäre, dann hätten wir alle unseren Spaß dabei gehabt.

Und wie auch immer es gewesen sein mag: Dass einer der Autoren seinen Vertrag tatsächlich mit Blut unterschrieben hat, ist wirklich nur ein Gerücht.

Boris Koch *im Dezember 2008*

Maike Hallmann

LILITH

Lillian hieß sie, aber er nannte sie vom ersten Augenblick an Lilith. Lilith mit dem schwarzen Haar und der Mondbleichheit darunter, darin glühende Augen in wasserhellem Blau, die sie niederschlug, wann immer jemand sie anschaute. Er versuchte, ihren Blick zu erhaschen, sie zu erwischen, nur einmal sie anzusehen und von ihr angesehen zu werden, aber sie war schneller, sie war scheu, sie wich seinem Blick bereits aus, wenn er erst daran dachte, es noch einmal zu versuchen.

Ihre Andersartigkeit löste Gewitterstürme aus wie ein fremder kalter Wind, der sich in die Wüste verirrt hatte. Man spürte die aufgeladene Atmosphäre auf der Haut, schon als sie die Klasse betrat. Bevor das erste Wort über sie geflüstert wurde, hörte man die Elektrizität im grellen Klang der Stimmen, im Kippeln und Herumrücken der Stühle. Sie waren ein Bienenschwarm, in dessen Stock ein Fremdling eingedrungen war. Und da saß der Fremdling, in schwarzen Rüschen und Röcken, wandte das blasse Gesicht ab, in dem sorgfältig nachgemalt dunkle, volle Lippen blühten.

Er konnte nicht wegschauen. Er fand sie wunderschön.

»Die Schuhe könnten meiner Oma gehören«, erfuhr man in der Pause von Caro, und ihre Krähen lachten. Floh beschäftigte sich mit der Frage, ob sie wohl noch Jungfrau sei, und erörterte dieses Thema mit jedem, der nicht schnell genug das Weite suchte. »Scheiß-Grufties«, befand Manuel und rotzte einen dicken Klumpen in den Spalt zwischen zwei Betonplatten. Und Nicci fingerte nervös an ihrem dünnen blonden Haar herum und drehte lange Strähnen, die sich langsam und schwunglos wieder entrollten. »Schlecht gefärbt«, urteilte sie mit der harten Stimme eines Inquisitors, »sieht ja aus wie angeklebt, ätzend.«

Nach der letzten Stunde floh Lilith wie ein Schatten, der in der Sonne schmilzt. Niemand hatte gesehen, in welche Richtung sie fortgegangen war. »Ist doch aber eh klar«, sagte Manuel. »Siedlung. Wo soll so eine sonst herkommen?« Sie schlurften eine Weile schweigend nebeneinander her. »Finde, die sollten eine eigene Schule für solche einrichten«, brummte Manuel schließlich. »He! Alter! Hörst du mir überhaupt zu? Ole?«

Er schrak beim Klang seines Namens auf. »Für solche? Für Grufties?«

»Mann, du bist doch ein Idiot! Für Siedlungsleute. Geht mir echt auf den Zeiger, wie wir die mitversorgen müssen. Erst Schule, später Steuern. Überhaupt, man merkt doch gleich, dass die nicht hierhergehört. Hast du gerochen, wie die stinkt?«

»Hm.« Er hatte gar nichts gerochen. Er hatte nur geschaut. Und da war so viel zu schauen gewesen, dass kein Platz mehr für anderes gewesen war. Sein Körper war noch immer ganz taub, er hörte alles wie durch ein leises Rauschen, und wenn er kurz die Augen schloss, sah er dunkle Lippen, sah niedergeschlagene Augen, wünschte er sich so sehr, dass sich dieses Gasflammenglühen einmal auf sein Gesicht richtete, dass seine Bauchdecke vor Sehnsucht hart wurde.

»Ätzend jedenfalls«, brabbelte Manuel weiter, »was die sich denken, nicht waschen und diese schwarzen Oma-Klamotten und all so'n Zeug, wer fasst so was denn eigentlich freiwillig an, möchte ich mal wissen?« Und so weiter, es ging vollkommen an Ole vorbei, und er war froh, als sie an der Ampel ankamen, die ihre Wege jeden Nachmittag trennte, und das Hintergrundrauschen namens Manuel nach einem lässigen Gruß davonschlenderte.

Ole ging nach Hause, legte sich aufs Bett und dachte an Lilith. Das An-Lilith-Denken erfüllte ihn von Kopf bis Fuß und ließ keinen Raum für andere Gedanken, nicht für Hunger, nicht für Durst, nicht für Hausaufgaben. So ist das also, fiel ihm irgendwann ein. So ist das also. Für ein Mädchen geschwärmt hatte er schon, natürlich, sich für eins interessiert, eins lieber angesehen als andere, auch mal abends an sie gedacht, viel an sie gedacht, bis das Denken aufhörte und er warm und angenehm zufrieden einschlief. Caro zum Beispiel. Aber jetzt konnte er sich nicht einmal ihr Gesicht vor Augen rufen, ihm war, als würde er sie nicht mal erkennen, wenn sie vor ihm stünde. Liebe entwickelt sich, hatte seine Mutter mal gesagt, sie kommt mit der Zeit, wenn man jemanden kennenlernt.

Nun, offenbar ging diese Sorte Liebe auch wieder, wenn man jemanden dann *zu gut* kennenlernte, anders ließ sich die Scheidung seiner Eltern nicht erklären. Ole lag da, und über ihn brandete die Erkenntnis hinweg, dass seine Liebe für Lilith niemals enden würde. Sie war wie ein riesiges Meer, diese Liebe, ein uferloses Meer, das er gerade erst entdeckt hatte, und er wusste nicht, wofür er bis heute Morgen geatmet, worüber er gelacht, wovon er geträumt hatte.

»Lilith«, flüsterte er und der Klang ihres Namens in seinem Zimmer erschütterte ihn. Es war, als würde er sie herbeirufen, einen Schatten von ihr, eine nebelhafte Gestalt, die sich auf die Bettkante setzte und auf ihn herabschaute. »Lilith«, flüsterte er noch einmal und der Zauber wiederholte sich. Er versuchte, die Schattenlilith zum Lächeln zu bringen, aber ihr Gesicht blieb ernst.

Sie reagierte nicht auf Spott, sie beantwortete Blicke und Flüstern, indem sie den Kopf leicht abwandte. Falls sie vor Verlegenheit rot wurde, drang die Farbe nicht durch Make-up und Puder, sie blieb still und mondbleich. Lange rührte niemand sie an, keiner trat ihr in den Weg, stellte ihr ein Bein oder klaute ihr Rucksack oder Radiergummi. Sie war eine gute Schülerin, aber selbst die Lehrer hielten Abstand. Sie lobten ihre schöne Schrift, wie gemalt, sie lobten ihren Fleiß, aber sie schauten schnell weg und wandten sich anderen zu. Nur die Grauvogl bedrängte sie ein wenig, machte sich Sorgen; Ole hörte einmal vor dem Lehrerzimmer, wie sie äußerte, das Mädchen bräuchte dringend mehr Sonne und etwas Anständiges zu essen.

Der Waffenstillstand, die Immunität, der Schutz, den ihr ihre Fremdartigkeit gewährte, hielt fünf lange Wochen. Dann wurde er zerstört – durch ein winziges Papierkügelchen, auf dem eine falsche Lösung für eine Gleichung gekrakelt stand. Manuel hatte es nach Caro geworfen, aber ob er schlecht gezielt oder jemand ihn angestoßen hatte, oder ob Lilith im falschen Moment den Kopf hob, das wusste später niemand. Jedenfalls traf das Kügelchen sie, und sie zuckte so heftig zusammen, als hätte jemand sie geschlagen. Die ganze Klasse hörte ihr erschrockenes Einatmen, das fast wie ein »oh« klang. Ole saß da wie erstarrt. Er hörte die Veränderung, die sich vollzog, wie ein Klicken, als wäre dieses »oh« ein Schlüssel, der sich im Schloss eines Käfigs dreht. Und aus dem Käfig traten die Hyänen, schüttelten die dünnen Mähnen und richteten die hungrigen Augen auf ihr Opfer. Er sah Manuels abschätzenden Blick, der sich mit dem von Chris traf. Caro lachte schrill. Lilith saß da wie immer, und Ole wusste nicht, ob ihr klar war, dass ihre Immunität aufgehoben war. Am liebsten hätte er sie unter seine Jacke gesteckt und wäre mit ihr fortgelaufen. Er hätte es nie für möglich gehalten, aber jetzt, da sie schutzlos war, liebte er sie noch mehr. Es war, als würde sich sein Herz ausdehnen und ihm den Brustkorb sprengen, um Platz zu schaffen für dieses Mehr. Es tat richtig weh. Fast hätte er ihren Namen geflüstert, um sich ein wenig Erleichterung zu verschaffen, aber er hielt sich gerade noch zurück und dachte ihn nur, immer wieder.

Zwei Wochen später geschah es. Sichtbar war die Veränderung schon vorher, ihr Radiergummi flog durchs Fenster hinaus, ihr Rucksack landete im Mülleimer, ihre Stifte verschwanden, und einmal fand Ole ihr Matheheft im Jungsklo im verstopften Waschbecken, die schöne Schrift verschwommen, das Papier so aufgeweicht, dass es beinahe zerfiel. Aber noch schlichen sie um sie herum, die Jagd hatte begonnen, doch das Wild war noch nicht zum Abschuss freigegeben. Sie waren geduldig. Ole ließ sie nicht aus den Augen: Manuel und Chris, aber auch Caro und die Krähen nicht. Er richtete es immer so ein, dass er in Liliths Nähe war. Eine Kleinigkeit konnte es auslösen. Und eine Kleinigkeit löste es aus.

Beim Sport machte Lilith nie mit, sie saß immer auf der Bank. Der Basketball flog unbeabsichtigt zu weit und traf sie am Kopf. Es war kein allzu harter Treffer, aber Lilith schrie auf und presste beide Hände gegen die Stirn. Ein schwacher Hauch Besorgnis, viel Gelächter, »Memme«, murmelte irgendjemand, und als sich Lilith zu den Umkleiden durchdrängte und niemanden bei sich haben wollte, war man sich einig, es mit einer Heulsuse zu tun zu haben.

Als die Stunde endete, war sie noch immer im Klo. Die Tür sei abgeschlossen, berichtete Caro, warf das dichte Haar in den Nacken und lächelte überlegen. Nein, weinen hören würde man sie nicht, aber sie wolle allein sein, das habe sie gesagt. Jonas, den sie duzen durften, versuchte es auch, schloss schließlich einen Kompromiss mit seiner Aufsichtspflicht und bat sie, sich bei ihm zu melden, wenn sie herauskam und entweder in die Pause, in den Unterricht oder nach Hause ging. Dann löste sich die Versammlung auf, die meisten trabten recht schnell davon, weil ihnen einfiel, dass man in der Cafeteria längst ohne sie mit dem Schlangestehen angefangen hatte. Ole streunte in der Nähe der Turnhalle herum und stieß auf Chris und Manuel, die rauchten und kleine Steine herumkickten. Sie nickten ihm zu, er nickte zurück und behielt sie aus einigem Abstand im Blick. Das Ganze gefiel ihm nicht.

Als Lilith herauskam, bewegte sie sich hastiger als sonst. Fast wäre sie an Chris und Manuel vorbeigekommen, aber Manuel trat ihr mit einem Siebenmeilenschritt in den Weg. »Nicht so schnell, Lillilein«, sagte er. »Lass dich mal anschauen. Wir machen uns doch nur Sorgen. Ist das Köpfchen denn noch dran?« Er griff nach ihr, sie wich zurück, stieß gegen Chris, keuchte auf und stand nach der Ausführung einer kleinen, komplizierten Choreographie mit drei Tänzern rücklings zur Turnhallenwand. »Was ...«, brachte sie heraus.

»Schscht.« Manuels Blick machte das vertraute Gesicht ganz fremd. »Wir haben uns nämlich gefragt«, sagte er, »wir haben gewettet, ob du Titten hast da unter dem Zeug. Und ob's schöne Titten sind. Ich glaub ja nicht, aber Chris hier sagt, er wettet, du hast schöne Titten, er ...«

»Reicht auch mal, ja?«, mischte sich Ole ein. Seine Zunge war taub, seine Haut prickelte. Am liebsten hätte er zugeschlagen.

Die beiden starrten ihn blöde an.

»Jonas kann jede Sekunde kommen«, brummte er. »Seid ihr bekloppt? Der schaut doch bestimmt gleich nach, ob sie noch da ist, ihr kennt den doch. Wenn der euch sieht, wie ihr hier 'nem Mädchen an die Titten geht – der macht 'nen Höllenaufstand.«

Chris kratzte sich im Nacken und warf einen unsicheren Blick über die Schulter. »Der soll sich mal raushalten.« Er suchte Manuels Blick, aber der sah ihn nicht an.

Manuel sagte nichts. Er stand noch immer dicht vor Lilith, sie konnte sich nicht bewegen, ohne ihn zu berühren. Sie hob den Blick zu Ole. Gasflammen. Er hörte auf zu atmen.

»Jonas, ja?«, drang aus weiter Ferne Manuels Stimme an sein Ohr. »Na, dann machen wir halt schnell.« Und er griff nach einer Brust, packte zu, quetschte, Lilith schrie auf, Ole machte einen Schritt nach vorn ...

... da flog Manuel an ihm vorbei. Er stolperte nicht einen Schritt oder zwei, er machte auch keinen Satz nach hinten – er flog. Wie von einem Katapult abgeschossen schlug er in die Hecke, die drei Meter entfernt war. Lilith stand geduckt da, die Hände zu Klauen geformt, und zischte heiser. »Rühr mich nie wieder an«, fauchte sie. Ihre dunklen Lippen waren hochgezogen und entblößten starke weiße Zähne. »Ich will es nicht, aber ich schwöre dir, wenn du mich noch einmal anrührst, reiße ich dich in Stücke.«

Ole, vor einer Sekunde nur Brustkorb und Herz, war mit einem Schlag nur noch Unterleib und Gedärm. Gedärm, das sich entleeren wollte. Er glaubte ihr. Wortwörtlich. Und Manuel tat es auch. Er arbeitete sich aus der Hecke, kalkweiß. »Scheißvieh«, raunzte er, aber es war Verteidigung, kein Angriff. »Scheißvieh!« Er ging rückwärts, dann rannte er. Chris war schon weg, Ole hatte nicht bemerkt, wie er abgehauen war, aber er war nicht mehr zu sehen.

Gasflammen richteten sich auf ihn. Er blieb stehen. Sie neigte den Kopf.

»Komm mit«, sagte er. »Ich bringe dich nach Hause.« Ihm war so übel, dass er fürchtete, ihr auf die Füße zu kotzen.

Sie neigte den Kopf noch ein wenig mehr, eine schwarze Strähne fiel ihr ins Gesicht. Ihm wurde klar, dass er von Anfang an gewusst hatte, wer sie war. *Was* sie war. Unter der dicken Schminke, die ihre Haut vor der Sonne schützte, in den leichten Moderduft gehüllt, der nicht von den Kleidern ausging. Es war ihm egal. Er lächelte sie an. Unter seinem Lächeln kam ihre Scheu zurück, sie wandte den Blick ab, und ihm war, als hätte sich die ganze Welt abgewandt.

Er trat näher, griff nach ihrer Hand, zog sie mit sich. Ihre Hand in seiner war überraschend zart, feingliedrig, und sie zitterte.

»Weshalb gehst du das Risiko ein?«, wollte er irgendwann wissen, da waren sie schon eine Weile vom Schulgelände runter. »Das mit der Schule? Tagsüber und mit allem, was du verstecken musst, mit der Schminke und dem Geruch und allem. Bist du verrückt geworden?«

Ihre Hand zitterte wieder. »Mein Vater«, sagte sie. Mehr sagte sie nicht. Ihr Blick streifte ihn, Misstrauen lag darin.

»Zur Tarnung?«, fragte er. »Oder sollst du wirklich lernen?«

»Ich *will* lernen.« In ihrer Stimme lag ein Echo des Zischens von vorher. »Was denkst du von mir? Ich will ein normales Leben. Einigermaßen. Wie alle. So gut es eben geht. Wo gehen wir überhaupt hin?«

»Ich weiß nicht. Weg. Erst mal. Wir könnten ...«

»Ja?«

»Ich weiß nicht. Zu mir? Wenn du ... wenn du magst?«

Sie starrte ihn ungläubig an, dann lachte sie leise. »Und *ich* soll verrückt geworden sein, ja?«

»Bitte«, sagte er.

Sie sprachen nicht mehr, bis er die Tür aufschloss. Sie inspizierte die Wohnung gründlich. Ihr Misstrauen wich irgendwann einer Neugier, die fast kindlich wirkte. Sie begutachtete den Kühlschrank, den Inhalt der Speisekammer, strich über die Rücken der Rezeptbücher seiner Mutter, musterte die Pflanzen, schaute in jede Schublade. »Du bist ganz allein?«, fragte sie schließlich.

»Meine Eltern kommen erst abends nach Hause.«

Wieder der Gasflammenblick. »Und du hast keine Angst?«

Er schüttelte den Kopf. »Komm mit«, sagte er. »Das hier ist mein Zimmer.«

Sie setzte sich auf die Bettkante, diesmal die echte Lilith, nicht der Schatten, und schaute sich um. Seinen Augen wich sie aus. Sie war nicht mehr forsch, nicht mehr gefährlich, auch nicht mehr neugierig, sie wirkte plötzlich schüchtern. Er zog das Rollo herunter und sperrte die Sonne aus, zündete in der Dunkelheit ein paar Teelichte an und verteilte sie im Raum. »So besser?«, fragte er.

Sie nickte ganz leicht.

»Du könntest mich töten, oder?« Er setzte sich neben sie. Ihr Geruch stieg ihm in die Nase. Friedhofserde unter frischer Wäsche. Wie wohnte sie? In einer Gruft, in der eine Waschmaschine stand? In einem verlassenen Haus am Stadtrand? Wohl doch nicht in einer normalen Mietwohnung wie er? Die Vorstellung war absurd.

»Ja«, sagte sie. »Ganz leicht.«

»Und?«, fragte er. »Tust du's?«

Sie schaute ihn an, er hob eine Hand zu ihrem Gesicht, strich ihr über die Wange. Sie zuckte vor der Zärtlichkeit zurück.

»Ich liebe dich«, sagte er. Es klang so dumm und klein für etwas, das so groß war. Sie wollte aufstehen, aber er hielt sie am

Arm fest und zwang sie sanft zurück – sie ließ sich zwingen, wurde ihm klar; wenn sie gehen wollte, würde sie es tun.

»Von Anfang an«, sagte er, und das klang noch dümmer. »Es ist mir egal, dass du anders bist. Ich ...« Er verlor den Faden und stammelte irgendein Zeug von Würde und Tapferkeit und Bewunderung und Schönheit, und vor lauter Verlegenheit und weil er kein Ende fand in seiner Stammelei, sagte er schließlich: »Ich will dich richtig sehen.«

Sie starrte ihn unverwandt an.

»Ohne Schminke«, erklärte er.

»Das habe ich schon verstanden.« Sie saß aufrecht da, aber ihre Stimme zitterte. »Bist du ...«

»Ich bin sicher.« Und er war es. Alabasterblässe unter Puderweiß, Leichenblässe vielleicht, bläulich schimmernd – sie war schön für ihn, und sie würde es bleiben. Sie würde noch schöner sein. Er sehnte sich danach, sie so zu sehen, wie sie wirklich war. Zwar war bei all seiner Zärtlichkeit noch immer Platz für Unglauben, für Angst, für Verwirrung, aber sie wisperten ihre Daskannnichtseins und Laufduidiots und Siewirddichumbringens in den hintersten Winkeln seines Verstandes, und mit der Zeit würde er sie ganz zum Schweigen bringen.

»Bitte«, sagte er.

»Du wirst schreien«, flüsterte sie, und dann schimmerte das Blau auf und eine Träne rollte durch eine Puderwüste.

Er nahm ihre Hände. »Werde ich nicht«, versprach er. »Vertrau mir. Bitte.« Er war sehr ernst, sie war sehr ernst, sie schaute ihm in die Augen, und wenn sie auch nur im Allergeringsten spüren konnte, was in einem Menschen vorging, dann musste sie seine Entschlossenheit fühlen.

Sie löste ihre Hände aus seinen. Sie zitterten nur noch ganz leicht, als sie nach ihrem Rucksack griff. Ein wahres Arsenal an

Schminkzeug kam zum Vorschein, genug für eine ganze Armee Models, mehrere Puderdöschen und Lippenstifte und feuchte Tücher und Kajal- und Augenbrauenstifte und wie der ganze Kram hieß.

Ein kurzes Zögern, ein Blick, dann nahm sie in beide Hände feuchte Tücher und rieb damit über ihr Gesicht. Sie scheuerte regelrecht, warf die Tücher beiseite und griff nach neuen. Es war, als würde sie die Haut abreiben, so dick war die Schminke. Darunter kamen Flecken zum Vorschein, Leichenhaut mit unregelmäßigen grauen Verfärbungen. Die Lippen waren bleich, etwas ausgedörrt. Ole liebte weiter, es machte nichts, er hatte Alabasterweiß erwartet, aber so war es eben nicht, sie blieb immer noch Lilith.

Sie rieb alles fort, auch der Hals war gefleckt, die Hände, als hätte sie lange in der Erde gelegen. Mit einer gefleckten Hand griff sie ins schwarze Haar und riss daran, riss kräftig. Das Haar löste sich und fiel neben ihr auf die Bettdecke, darunter blieben dünne graue Strähnen, die nicht den ganzen Schädel bedeckten. Ole rührte sich nicht.

Lilith holte tief Luft und griff nach ihren Augen, und die Leichenhände amputierten das Gasflammenblau. Sorgfältig verstaute sie die Kontaktlinsen in einer kleinen Schachtel. Dann sah sie zu ihm auf.

Milchige Augen, weiß, nur ein schwacher grauer Schatten dort, wo Iris und Pupille hingehörten. Die Augen einer Toten. Blinde Augen, die sehen konnten.

»Und?«, fragte sie, ihre Stimme war so dünn wie ihr Haar, leise und voller Angst. »Und?«

Markus Heitz

SCHATTENSPIEL

Es war ein kalter, dunkler Wintermorgen, mit Nieselregen und leichtem Wind, an dem man lieber einen heißen Kakao vor dem Fenster trinken möchte und hinaus schaut anstatt hinaus zu gehen.

Das durfte Jana leider nicht.

Auf dem Weg von ihrem Zuhause zur Bushaltestelle kamen ihr in letzter Zeit fast immer die gleichen Gedanken. Erstens: noch anderthalb Jahre bis zum Abitur und was käme danach? Zweitens: Phil.

Ihre Schritte lenkten sie weg von der Straße, die sanfte Neigung hinab zur Unterführung.

Phil war eine Klassenstufe über ihr, Leistungsfächer Sport, Mathe und Englisch, und er war nicht nur supernett, sondern sah auch noch supergut aus. Wenn er mit ihr lachte, bekam er diese Grübchen auf den Wangen, und die grünen Augen schimmerten smaragdgleich. Seit drei Monaten, nach der Oberstufenparty und dem Kuss in der Ecke der Garderobe, waren sie zusammen. Vor einer Woche, an ihrem sechzehnten Geburtstag, hatte er sie zum ersten Mal gefragt, ob sie mit ihm schlafen wollte. Seitdem fragte er jeden Tag.

Jana wurde langsamer. Die gekachelte Wand warf den Klang ihrer Schritte zurück, während das Dröhnen der Motoren leiser und leiser wurde.

Der Geruch der Unterführung drang ankündigend in ihre

Nase, obwohl sie die tiefste Stelle noch nicht erreicht hatte: altes, brackiges Wasser, faulendes Laub, Urin und nasser Beton. Ab und zu, wenn Sprayer die Wände bemalt hatten, verdrängte der frische intensive Lackgestank alle anderen Ausdünstungen, was Jana gut fand. Aber heute war das nicht so. Leider.

Soll ich mit ihm schlafen? Will ich mit ihm schlafen? Es wäre ihr erstes Mal. Keine leichte Sache, von ihren Freundinnen hatte sie verschiedene Erzählungen gehört, von schön bis schrecklich. Phil war süß, keine Frage, und besaß einen guten Body. Sie verstanden sich gut und dennoch spürte sie ein dickes *Aber* ... Sie fühlte sich gelegentlich, als sei sie schon verliebt. Unglücklich verliebt, und nicht in Phil. Sie konnte sich diese Sehnsucht nicht erklären.

Sie zögerte und blieb stehen, blickte in den halbdunklen Durchgang.

Fünfzehn Meter lang, drei Meter breit, sieben Lampen, von denen immer nur drei funktionieren. Eine vierte flackerte wie verrückt, ganz egal, wie oft die Stadtwerke anrückten und sie auswechselten. *Immer das Gleiche.* Jana kannte die Unterführung, jedes Detail, jede gesprungene, dreckige Wandkachel, die Muster der Risse im grauen Bodenanstrich, die sich zersetzenden Plakate und Graffiti, die Geräusche der Wassertropfen, die von der undichten Decke fielen und Pfützen bildeten.

Es gab keinen Ort, den sie mehr hasste.

Die Überlegungen zur Liebesnacht mit Phil verblassten. Sobald sie einen weiteren Schritt machen und in den Tunnel treten würde, käme wieder das Gefühl, durch eine andere Dimension schreiten zu müssen. Für das Projekt »Zwischenwelt« ihrer Foto-AG hatte sie den Tunnel abgelichtet und damals eine Eins bekommen. Der Lehrer nannte das Bild *gekonnt unheimlich.* Das war auch das einzig Gute an der Unterführung gewesen.

Jana spürte, wie sich ihre Nackenhärchen aufrichteten und sich eine Gänsehaut ausbreitete. Und wie immer wollte sie nicht durch dieses flackernde Licht. Aber es gab kaum eine bequemere Möglichkeit, auf die andere Seite der stark befahrenen Umgehungsstraße zu gelangen.

Je länger sie vor dem Eingang stand, der sich gleich einem gigantischen, schwarzen Maul öffnete, desto mehr und mehr verstummte der Lärm der Umgebung. Dafür wurden das elektrische Knacken der kaputten Lampe und die Einschläge der Tropfen überlaut. Es schien nichts anderes mehr zu geben.

Es ist nur eine Unterführung. Auch das sagte sie sich jedes Mal, bevor sie tief einatmete, trotz des Geruchs, und den ersten Fuß auf den grau gestrichenen Asphalt setzte. *Klack*, machte der Absatz, und es hallte laut. Eine Mini-Lawine aus Eis strich ihr Rückgrat hinab.

Dann tat sie den zweiten Schritt.

Die Dunkelheit fiel sie von allen Seiten an, drang in sie, bis zu ihrem Herz und brachte es dazu, panisch zu pumpen. Die Angst schoss innerhalb einer Sekunde durch ihren Körper. Dabei gab es nichts, vor dem sie sich fürchten musste. *Der Tunnel ist leer.*

Bis auf die Schatten …

Jana konnte hinschauen, wo immer sie wollte: Das zuckende Licht zauberte die Silhouetten an jede Stelle. Auf den Boden, an die Decke, sie tanzten über die Plakate, über die Pfützen.

Doch am schlimmsten wüteten die Umrisse auf den hellen Kacheln.

Geh weiter. Sie schluckte und würgte den Speichel die ausgetrocknete Kehle hinab, dann machte sie den nächsten tapferen Schritt, noch einen, dann einen weiteren. *Dass fünfzehn Meter so lang sein können!*

Die Unterführung schien sich endlos zu dehnen, die Schatten

zogen den Tunnel auseinander, damit Jana noch länger bei ihnen verweilen musste. Sie schloss die Augen nicht, weil ihre Vorstellungskraft alles noch schlimmer machte. Sie hatte es schon mal ausprobiert.

»Rebecca!«

Deutlich hatte sie den Namen vernommen und sofort gewusst, dass er in ihrem Kopf zu hören war. Es war kein Mensch, der rief.

Jana zog den Kopf ein, rieb sich mit der rechten Hand über den Nacken und spürte die aufgestellten Härchen.

Aus den surrealen Silhouetten formte sich zu ihrem Entsetzen an der Wand zu ihrer Linken eine breite Gestalt, die einen Arm nach ihr ausstreckte. »Rebecca!« Andere Umrisse wichen vor der Gestalt zurück. Jana kam es vor, als täten sie es voller Ehrfurcht und Schrecken.

Ihr Herz schmerzte, sie versuchte zu rennen – doch die Beine verweigerten den Dienst. Sie stakste benommen weiter, als watete sie durch zähen Schlick, und ihre Sicht wurde undeutlich. »Ich bin nicht Rebecca!«, hatte sie schreien wollen, doch mehr als Gekrächze bekam sie nicht über die Lippen. Die Angst schnürte ihr die Luft ab.

»Hörst du mich nicht, Rebecca?«

Da schnellte der Schatten von der Wand, jagte über den Boden – und verschmolz mit ihrem!

Jana spürte unsichtbare Hände an ihren Schultern, die sanft an ihrem Rücken hinabwanderten und sie streichelten. Wie ein Liebhaber …

Sie schrie vor Entsetzen und schaffte es zu rennen. Die zärtlichen Finger gaben sie frei, sie hörte eine Mischung aus verlangendem Stöhnen und bedauerndem Seufzen.

Jana hetzte durch das flackernde Licht, als vor ihr das bleiche, ernste Gesicht eines jungen Mannes auftauchte. Er trug lange Koteletten, hatte kurze, lockige schwarze Haare und stechende dunkelbraune Augen. Das Antlitz schwebte vor ihr, wollte sie aufhalten. Sie keuchte auf und wich ihm aus, stolperte und drückte sich an der Wand ab.

Vier Meter, mehr musste sie nicht mehr schaffen. *Vier kurze Meter!*

»Bleib, Rebecca!«, rief der Mann hinter ihr befehlend. »Vernimm meine Worte!«

Jana taumelte aus der Unterführung und unverzüglich brandete der Verkehrslärm heran. Niemals war sie derart froh gewesen, das Dröhnen der Autos zu hören und den Abgasgeruch zu inhalieren. Die reale Welt hatte sie zurück.

Sie lief noch zehn Meter die Steigung hinauf, ehe sie stehen blieb und zum Tunnel zurücksah. Das Licht flackerte noch immer, doch das weiße Gesicht des Unbekannten war verschwunden.

Jana verfluchte die Bücher, die sie über das Unheimliche gelesen hatte, von Vampiren bis Werwölfen. Jetzt bekam sie von ihrer lebhaften Fantasie die Quittung dafür. *Warum ist es bedrohlich und nicht romantisch wie in den Geschichten?* Von unbekannten Geistwesen angefallen zu werden gehörte nicht zu dem, was sie mit Romantik in Verbindung brachte. »Das war alles nur Einbildung«, sagte sie schwer atmend und wischte sich den kalten Schweiß von der Stirn. Wie gut, dass sie Deo zum Nachlegen dabei hatte.

Sie hörte lauteres Dröhnen von der Straße und rannte los. Der Schulbus fuhr eben in die Haltebucht und den durfte sie nicht verpassen. Die erste Freistunde des Tages wollte Jana mit Phil verbringen. Eine gute Ablenkung von dem Grauen, das ihr Herz auf die Probe gestellt hatte.

Als sie bleich in den Bus einstieg, schwor sie sich, ab heute den achthundert Meter längeren Weg bis zur Fußgängerampel in Kauf zu nehmen. *In die Unterführung bringt mich nichts mehr.*

Jana hatte die Augen geschlossen und spürte Phils Berührungen. Seine warmen Finger rutschten unter die Bluse, fuhren über ihre Haut. *Sollte mir das nicht einen Kick geben? Wo bleibt das Prickeln am ganzen Leib, von dem sie immer schreiben?* Es tat sich nichts und das war ihr fast unangenehm.

Als seine Hand unter den Rockbund an ihrer Hüfte entlang nach unten glitt, erwachte das *Aber*. Schlagartig und verwirrenderweise wusste sie: *Ich will nicht! Ich kann es nicht mit ihm tun!*
»Hey, warte«, bat sie.

»Auf was? Dass deine Eltern kommen?«, gab er heiser zurück. Die Hand bewegte sich weiter.

Schnell griff sie nach seinem Arm. »Warte, habe ich gesagt!« Sie öffnete die Augen und sah ihn an.

Phil hielt bereits ein Kondom in der Hand. »Was ist denn?«, sagte er ungeduldig und öffnete ihre Bluse mit einem Ruck. Die Druckknöpfe hatten es ihm *zu* leicht gemacht. Seine Augen blickten gierig auf ihre Unterwäsche. »Angst?«

Das Spöttische in seiner Stimme gefiel Jana nicht. »Keine Ahnung«, sagte sie und schluckte. »Ich glaube, wir sollten noch …«

»Oh, fuck, sag jetzt nicht: warten.« Phil strich sich durch die Haare. Er war enttäuscht, daraus machte er keinen Hehl, und Jana bekam ein schlechtes Gewissen. Er griff nach ihr, die Finger fassten die Träger des BHs und zogen daran. »Komm schon. Lass uns weitermachen.«

Nein, rief alles in ihr. »Phil, bitte, ich …« Sie hielt den Stoff fest, um sich nicht vor ihm zu entblößen.

»Meine Güte. Jetzt stell dich nicht so an«, sagte er und küsste sie wieder, hielt sie fest. »Los, wir versuchen es noch mal.« Seine Linke langte an ihre Brust. »Ich bring dich schon in Fahrt.« Er drängte sich gegen sie.

»Lass das!« Phils Küsse schmeckten nicht mehr, waren leer und ohne Wirkung. Sie wollte ihn wegstoßen und sah dabei flüchtig zur großformatigen Schwarz-Weiß-Aufnahme der Unterführung an der Wand.

Da geschah es! Die Schatten schnellten aus dem Foto und schossen in ihr Zimmer. Sie verbanden sich mit den schwarzen Umrissen der Möbel – aber auch mit ihrem Schatten und Phils.

Schwarze Schlieren, die an finsteren Rauch erinnerten, umschlangen ihn und eine schwarze Schattenhand hielt ihn an der Kehle gepackt, sodass er nichts zu sagen vermochte. Ruckartig wurde Phil in die Luft gezerrt, röchelte erstickend und strampelte mit den Beinen.

»Rebecca, sag, was ich mit ihm machen soll«, hörte sie die Stimme.

»Lass ihn los!«, befahl sie verstört.

»Wie du wünschst, Geliebte.« Die Schatten gaben ihn frei, Phil stürzte auf den Boden und blieb mit geschlossenen Lidern liegen. »Er nicht tot«, sagte die Stimme. »Nur bewusstlos. Ich ahnte, dass du ihn schützen wolltest, obgleich er sich schlecht benahm.«

Jana, die Hände in den Schoß gelegt, sah zu Phil und dann wieder zu den Schatten, aus der sich die bekannte Form schälte, die sie bereits in der Unterführung gesehen hatte. Das Gesicht. Merkwürdigerweise fühlte sie sogar eine gewisse Erleichterung, dass die Liebesnacht auf diese unerwartete Weise verhindert worden war. »Ich bin nicht Rebecca«, sprach sie leise. *Und jetzt verschwinde. Was immer du bist.* Sie dachte es, aber bekam es nicht über die Lippen. Sie wünschte sich zu ihrem eigenen Schrecken, dass das Wesen blieb! *Was geht mit mir vor?*

Das Gesicht näherte sich ihr. Die Augen hatten das Stechende verloren und blickten sie liebevoll an. Sie strömten verblüffenderweise Vertrauen aus.

Es war an der Zeit, mehr über dieses Wesen herauszufinden, das offenkundig keine Einbildung war. Bedrohlich fand Jana es nicht mehr. Ganz im Gegenteil, sie fühlte eine Verbindung, eine sehr tiefe Verbindung. Das Empfinden übertraf das Schwärmen für Phil um Lichtjahre. »Wer bist du? Kenne ich dich?« *Werde ich wahnsinnig? Ich rede mit Schatten!*

»*Ich* kenne *dich*, seit du geboren wurdest, Rebecca …«

»Mein Name ist Jana!«, fiel sie der Gestalt ins Wort.

»Dein Name lautete Rebecca, als wir uns das erste Mal begegnet sind. Das war im Jahr 1811, in London«, erwiderte das Wesen. »Wir schworen uns ewige Treue und dass sich unsere Seelen immer wiederfinden werden.« Aus den vagen Konturen formten sich die eines jungen Mannes, die Schatten kleideten ihn in eine Art Gehrock, er stützte sich auf einen Stock aus Schwärze. Nur sein Gesicht blieb menschlich. »Ganz gleich, wann und wo.« Er lächelte sie an. »Ich bin Cedric. Erinnerst du dich?«

Jana sah auf die beeindruckende Erscheinung. *Cedric.* »Angenommen, ich bin nicht verrückt und nur ein Hauch von dem, was du sagst, ist wahr: Warum tauchst du ausgerechnet in der widerlichen Unterführung auf? Gibt es keine schöneren Orte?«

Cedric deutete mit seinem Stock auf die Wände. »Ich bin ständig bei dir gewesen, Rebecca. Nach deinem sechzehnten Geburtstag, an dem Tag, an dem wir uns kennenlernten, wollte ich mich dir zeigen und dich an uns erinnern. An unseren Schwur.«

Sie schluckte, die Angst kehrte zurück. »Und mich in die

Schattenwelt holen?« Ihre Stimme klang viel zu leise, fast piepsig.

Cedric verneigte sich vor ihr. »Ich wache über dich, Geliebte. Damit dir kein Leid geschieht.«

Jana war überrumpelt. »Du *beschützt* mich?«

»Seit deiner Geburt in diesem Leben«, sagte er, ohne zu zögern. »Die Schatten suchten für mich nach dir und wir fanden dich. Ich konnte ihnen deine Seele sehr genau beschreiben, was sehr wichtig ist. Wir sind nicht die Einzigen, denen es so ergeht. Viele suchen sich über die Jahrhunderte hinweg.« Er lächelte wieder sehr glücklich. »Erfülle mir bitte einen Wunsch.«

»Welchen?«

»Einen Kuss. Ich möchte deine Lippen berühren. Der alten Zeiten wegen.«

Zuerst hatte sie nein sagen wollen, aber das Gefühl der Verbundenheit verstärkte sich, je länger er mit ihr sprach. Sie meinte, sich an den Klang seiner Stimme erinnern zu können. Wenn sie wirklich einmal ein Paar gewesen waren, brachte ein Kuss Klarheit. *Ein Kuss offenbart alles,* dachte Jana. »Wird es sich … komisch anfühlen? Tut es weh?«, erkundigte sie sich misstrauisch.

»Ich weiß es nicht«, gab er zu. »Ich kann aber verstehen, wenn du es nicht möchtest.«

Jana schloss die Augen und hob den Kopf.

Als sie warme, weiche Lippen auf den ihren spürte, dachte sie zuerst, es wäre Phil. Aber der Geschmack von Pfefferminz fehlte. Dieser Kuss schmeckte nach – süßer Erinnerung.

Plötzlich sah sie Cedric vor einer Kutsche auf sie warten, sah ihn am Schreibtisch in einem getäfelten Zimmer über Büchern sitzen, mit einer Feder in der Hand, sie sah sich im Spiegel, in einem eleganten, weißen Kleid und Handschuhen, und in ihren

Fingern hielt sie einen Ring mit der Gravur *Rebecca*. Wie Cedric hinter sie trat und sie auf den seitlichen Hals küsste und sie vor Wonne erschauderte ...

Sie lösten sich voneinander. Der Kuss war es, der ihr schlagartig die Vergangenheit gezeigt hatte. Und sie fühlte Schmetterlinge in sich, das Herz raste vor Glück, ihr war warm und schwindlig. Kein Vergleich zu Phils hohlen Küssen. *Das ist es!* Jana erkannte die Liebe für den Mann, die Jahrhunderte in ihr geschlummert hatte und nun erweckt worden war. Die Sehnsucht war gestillt. Sie öffnete die Lider. »Wie geht es nun weiter?«, fragte sie.

Er sah glücklich aus, unsagbar glücklich und erlöst. »Du lebst dein Leben, wie immer du möchtest, Geliebte. Und sollte der Tod eines Tages ...«

Sie hob die Hand. »Hey, ich bin gerade mal sechzehn, okay?! Davon will ich nichts hören. Außerdem beschützt du mich«, fügte sie vorsichtig lächelnd hinzu.

»Sicher, Geliebte. Vor allem und jedem, was dir schaden möchte. Vor Bedrohungen, welche du sehen kannst und welche du nicht sehen kannst. Du wirst ein langes, erfülltes Leben haben«, versprach Cedric und trat zurück, um mit der Schwärze zu verschmelzen. »Sag niemandem etwas von mir.« Sein Gesicht verschwand.

Eine Sekunde danach erhob sich Phil stöhnend und hielt sich den Kopf. »Scheiße, was ist denn passiert?«, ächzte er.

»Du bist hingefallen.« Jana knöpfte die Bluse zu, warf ihm seinen Pulli und den Mantel zu. »Hier.« *Er wird mich nicht noch mal anfassen. Ich weiß, zu wem ich gehöre.*

Phil sah sich um. »Ich hab vielleicht wirres Zeugs gesehen. Schatten und so.« Er betastete seinen Hals. »Echt krass. Wie in echt.« Er betrachtete sie und zeigte auf das Kondom. »Hatten wir nicht was vor?«

»Du musst gehen. Meine Eltern haben eben angerufen, sie kommen früher.«

»Ein paar Minuten werden wir ja noch haben«, maulte er und streckte die Hand nach ihr aus.

»Geh!«, sagte sie befehlend. Die Schatten verdichteten sich um sie herum und schienen aus der Wand zu treten, wurden plastisch und rückten auf Phil zu. Schlagartig wurde es finster im Raum. »Du bist ein Arschloch, Phil. Zwar in einer schönen Verpackung, aber ein Arschloch.« Sie zeigte auf die Tür. Schwärze rann ihre Schulter hinab, den Arm entlang, wickelte sich um ihren Finger und waberte von dort auf ihn zu.

»Okay, okay. Ich hab's ja verstanden«, rief er ängstlich, sprang auf und zog sich an, dann rannte er hinaus und wagte es nicht, sich umzuschauen.

Kaum war er draußen, zeigte sich Cedric wieder und breitete die Arme aus.

Jana lächelte und umarmte ihn. Es kostete sie nicht einmal Überwindung, sie freute sich sogar. Er fühlte sich warm und fest an, nicht kalt und flüchtig, wie sie sich Schatten immer vorgestellt hatte. Er streichelte ihr Haar. Jana fühlte sich geborgen und wusste, dass sie sich vor nichts in diesem Leben mehr fürchten musste.

Anna Kuschnarowa

DER FAHRSTUHL

»Sie können jetzt zum Doktor reingehen«, sagte die Sprechstundenhilfe.

Ich merkte, wie sich mein Herzschlag beschleunigte. Langsam näherte ich mich der halb geöffneten Tür, auf die sie mit einer leichten Drehung ihres Kopfes wies. Ich hatte keine Ahnung, was ich dem Arzt eigentlich erzählen sollte. Aber hatte ich jetzt noch eine Wahl? Also stieß ich die Tür auf und trat in den Raum.

»Bitte, nehmen Sie doch Platz«, forderte mich der Arzt auf, der hinter einem Schreibtisch saß, auf dem sich Dutzende von Aktenmappen unordentlich türmten.

Toll, in ein paar Minuten wird er meine auf den gleichen Haufen werfen, dachte ich. Unschlüssig blieb ich stehen und überlegte, ob ich nicht besser die Tür hinter mir schließen sollte. Schließlich ging das Gespräch mit dem Doktor niemanden etwas an. Ich wandte mich um und da auf einmal sah ich sie. Ich erstarrte. Was hat die denn hier verloren?, fragte ich mich. Andererseits – was hatte ich hier verloren? Und dann fand ich mich reichlich bescheuert. Vier lange Monate hatte ich nach dieser Frau gesucht, ohne auch nur die geringste Spur von ihr zu finden, und auf einmal stöckelte sie in aller Seelenruhe aus dieser Praxis, und anstatt ihr sofort hinterherzurennen, verfiel ich ins Grübeln.

»S-sorry«, stotterte ich dem Arzt ins Gesicht, der erstaunt die

Brauen gehoben hatte. Dann machte ich auf dem Absatz kehrt und stürzte los. Im Flur wäre ich beinahe mit der Sprechstundenhilfe kollidiert, die mir ärgerlich ein »Wo wollen Sie denn hin?« nachrief.

»Ich hab jetzt keine Zeit«, stieß ich hervor, die schwere Praxistür fiel hinter mir ins Schloss und aus einem der unteren Stockwerke konnte ich noch das Klappern von Lucias Absätzen hören. Ich nahm vier Treppenstufen auf einmal, aber das Geräusch wurde immer leiser. Es kam mir wie eine halbe Ewigkeit vor, bis ich die fünf Stockwerke endlich hinter mich gebracht hatte, die Tür aufriss und auf die Straße rannte. Hektisch blickte ich nach rechts und links, aber von Lucia war nichts mehr zu sehen. Es waren überhaupt nur wenige Menschen unterwegs, ganz zu schweigen von jungen Frauen in Stöckelschuhen. Planlos rannte ich die Straße hinunter. Aber nichts. Ich hätte mich ohrfeigen können, rannte weiter. Rannte und rannte. Meine Lunge schmerzte, aber ich konnte jetzt nicht einfach stehen bleiben. Gegen so viel Wut und Verzweiflung half nur Rennen. Wenn überhaupt.

Wieder hatte ich das Gefühl, langsam verrückt zu werden. Es war wie in diesen Träumen, die ich in letzter Zeit fast jede Nacht hatte. Diese bescheuerten Fahrstuhlträume. Mit nicht endenwollender Penetranz träumte ich von Fahrstühlen, von gläsernen, stählernen, sogar von hölzernen. Und kaum tauchte in einem Traum irgendein Aufzug auf, wurde ich in ihn hineingezogen und dann fuhr er nach oben. Immer fuhr er nach oben, der Himmel weiß, warum. Und jedes Mal wachte ich auf, ehe er irgendwo anhielt. Und jeder mit ein bisschen Grips würde sagen: Logo, es geht aufwärts, Alter. Aber wenn man erst einmal so am Ende ist wie ich, dann macht einem so ein Aufzug, der ständig nur nach oben fährt, bloß Angst. Kalte, nackte Angst.

Ein paar Tage nach diesem Lucia-Erlebnis beim Arzt schob ich genervt meinen Einkaufswagen durch die Gänge im Supermarkt und griff wahllos nach Lebensmitteln, die mich über die kommende Woche bringen sollten. Ich war ohnehin kein großer Esser und in letzter Zeit widerte mich die Nahrungsaufnahme irgendwie an.

»Passen Sie doch auf, junger Mann«, herrschte mich eine alte Frau plötzlich an, die ich mit meinem Wagen gerammt hatte. »Tschuldigung«, nuschelte ich und machte, dass ich zur Kasse kam. Die Schlange wand sich mal wieder durch den halben Laden. Dass die auch an allem sparen müssen, dachte ich unwillig und überlegte kurz, ob ich nicht einfach ohne den ganzen Kram nach Hause gehen sollte. Schließlich warf ich aber doch die Ware auf das Band und kramte nach meinem Portemonnaie. Und auf einmal hatte ich so ein komisches Gefühl. Ich hob den Kopf. Das gab es doch gar nicht! Schon wieder Lucia. Sie stand am Blumenstand am Ausgang und lächelte mir zu.

»Neunzehndreiundfünfzig«, sagte die Kassiererin, und weil ich nicht reagierte und mein Portemonnaie so fest umklammerte, dass die Knöchel weiß hervortraten, wiederholte sie noch einmal: »Das macht neunzehndreiundfünfzig.«

Aber da war ich schon losgestürzt.

»He, du Vollidiot! Und wer räumt das wieder ein?«, keifte mir die Kassentussi hinterher.

Doch was jetzt zählte, war Lucia und nichts sonst.

Als ich beim Blumenladen ankam, war sie verschwunden. Ich drehte mich nach allen Seiten um. Nichts.

»Entschuldigen Sie«, wandte ich mich an die Verkäuferin, die eben einer Kundin eine Rose mit drei Farnen hinhielt. »Haben Sie vielleicht gesehen, in welche Richtung meine Freundin gegangen ist?«

»Nun, wie sieht sie denn aus, Ihre Freundin?«, fragte sie zurück.

»Wunderschön.«

Die Verkäuferin lächelte gequält und sagte: »Aha.«

»Rote Haare, schwarzes Lackkleid, hohe rote Stiefel, taillierte Jacke mit Pelzbesatz«, führte ich aus.

»Nein, also wissen Sie, das wäre mir schon aufgefallen, wenn jemand in einem solchen Aufzug hier gewesen wäre.«

»Aber ... aber sie stand doch direkt vor Ihnen.« Meine Stimmbänder vibrierten ungeduldig.

»Nein, das bilden Sie sich ein.« Sie schüttelte unwillig den Kopf.

»Aber –«, sagte ich.

»Ich habe zu tun«, schnitt sie mir das Wort ab.

Wohl die letzten zwanzig Jahre schlechten Sex gehabt, dachte ich und ging.

Ich spürte, wie wieder diese Enttäuschung in mir aufstieg, die mich kaum atmen ließ. In diesem Moment hätte ich heulen können. Lucia!!!, schoss es mir durch den Kopf. Verdammt, Lucia, warum?

Fünf Monate zuvor hatten wir uns in einem Club kennengelernt. In tiefer Trance hatte sie sich auf der Tanzfläche gewunden und ihr Lackkleid jede ihrer Konturen sehen lassen. Jede. Das Stroboskoplicht fragmentierte die Welt in Momentaufnahmen. Lucia mit lasziv zurückgebogenem Kopf. Lucia, wie sie mit den Händen über ihre Hüfte, ihre Brüste strich. Lucia, die die Haare nach hinten warf. Sie ist es, dachte ich. Das ist meine Frau. Dieser Gedanke wurde so mächtig in mir, dass ich gar nicht auf die Idee kam, dass ein solches Wundergeschöpf höchstwahrscheinlich nicht das mindeste Interesse an einem Loser wie mir hatte. Und so bahnte ich mir meinen Weg durch die Tanzenden und umfasste ihre Hüfte von hinten. Langsam drehte sie sich zu mir um, aber anstatt mir eine zu scheuern, lächelte sie mir zu, zog mich noch dichter an sich heran und rieb ihren Unterleib an meinem. Jesus! Meine Hose explodierte beinahe. Elektrisierte Selbstvergessenheit. Delirium.

Noch in der gleichen Nacht landeten wir im Bett. So etwas hatte ich noch nie erlebt und hätte mir jemand erzählt, dass es so etwas gäbe, verdammt, ich hätte es ihm nicht geglaubt. Wir wurden ein Paar und damit begann ein Monat, für den es sich zu sterben gelohnt hätte. Ich hätte nicht gedacht, dass unsere erste Nacht noch zu steigern gewesen wäre, und trotzdem, es wurde von Mal zu Mal schöner.

»Ich liebe dich, Lucia. Ich liebe dich so«, keuchte ich. Das hatte ich noch nie zu einer Frau gesagt.

»Fessle mich!«, flüsterte sie und ihre Stimme klang seltsam rau.

Ich wich zurück. »Aber ich will dir nicht wehtun«, sagte ich. »Ich hab dich doch so lieb.«

»Dann beweis es und fessle mich.«

»Aber warum?«, fragte ich.

»Weil nur die Inbesitznahme eines anderen wahre Liebe ist«, entgegnete sie.

Mein Herz raste. Ich wollte es und gleichzeitig wollte ich es nicht. Schließlich riss ich den Gürtel aus meiner Jeans und mit zitternden und furchtbar ungeschickten Fingern wand ich ihn um ihre Handgelenke und knotete ihn am Bettgestell fest. Sie stöhnte und ich wollte den Gürtel wieder etwas lockern, doch sie sagte: »Nein, das ist wunderschön, Liebster!«

Kleine Schweißperlen glitzerten zwischen ihren Brüsten.

Und ich konnte nicht mehr anders, wühlte in ihrem zuckenden Leib und sie stöhnte und schrie und bebte.

Das war unsere letzte Nacht gewesen. Als ich am nächsten Morgen erwachte, war Lucia verschwunden. Der Gürtel hing noch am Kopfteil des Bettes und auch die Knoten, die ich um Lucias Handgelenke gemacht hatte, waren noch da. Nur Lucia nicht. Noch immer durchströmten mich fette Glückswogen. Ich seufzte und ging duschen. Vielleicht hatte sie ja einen wichtigen Termin am Vormittag, aber bestimmt würde sie am Nachmittag anrufen.

Doch Lucia rief nicht an.

Nicht am Nachmittag, nicht am nächsten Tag, nie wieder rief sie an. Ich konnte es mir nicht erklären. Hatte ich den Bogen überspannt? War ich zu grob gewesen? Aber sie hatte es doch so gewollt.

In den folgenden Monaten trieb mich die Sehnsucht nach Lucia beinahe in den Wahnsinn. Im Viertelstundentakt rief ich sie an, schlief vor ihrer Wohnungstür, aber niemand hob ab, niemand öffnete die Tür und eines Tages verschafften sich ein paar Typen Einlass in Lucias Wohnung und warfen alle ihre Möbel in einen Müllcontainer. Ich wollte sie noch davon abhalten, aber nachdem sie mich ordentlich vermöbelt hatten, trat ich den Rückzug an.

So stürzen Engel, dachte ich. Und dann begannen die Fahrstuhlträume.

Es ist erstaunlich, wie schnell man sich mit einem immer abstruser verlaufenden Leben arrangiert, und so wunderte ich mich kaum noch, als ich eine Woche nach Lucias Auftauchen im Blumenladen in einer Spätvorstellung im Kino saß, um mich abzulenken, und plötzlich aus den Augenwinkeln schon wieder Lucia sah, die eben den Kinosaal verließ. Ungünstig, dass ich genau in der Mitte der Sitzreihe saß, die Vorstellung ausverkauft war und sich der Film eben in Richtung Showdown vorarbeitete, aber es half alles nichts, ich musste Lucia hinterher. Vielleicht würde ich diesmal schneller sein oder vielleicht würde sie sich erbarmen und draußen irgendwo auf mich warten. Schließlich hatte sie mir neulich am Blumenladen zugelächelt. Ich nahm meine Jacke und erregte allgemeinen Unwillen, als ich hastig über Kniescheiben, Taschen und Schöße meiner Mitkinobesucher stolperte. Einer verpasste mir einen Stoß in die Rippen, sodass ich kurz taumelte, aber das war jetzt alles nicht so wichtig. Endlich hatte ich mich aus den ganzen Gliedmaßen und dem Plüsch hervorgearbeitet und rannte aus dem Kino, aber ich hatte es schon fast geahnt: Lucia war nirgends mehr zu sehen. So langsam kam ich doch ins Grübeln. Das konnte doch gar nicht sein, dass sie jedes Mal schneller war als ich.

Hatte ich Halluzinationen, sah ich Fata-Morganen oder schickte mir eine nur mäßig komische Hölle Trugbilder? Vielleicht hätte ich neulich doch lieber schön beim Psychiater bleiben sollen, ihn eine neue Krankenakte anlegen lassen und ihn nach der Bedeutung meiner Fahrstuhlträume befragen sollen? Langweilig, aber wahr: Ich wäre nicht der Erste, den der Liebeskummer in den Wahnsinn getrieben hätte …

Unter meinen Füßen knirschte der Schnee und die Bäume und Sträucher sahen aus wie abstrakte, aber schöne Schwarz-Weiß-Zeichnungen. Ich hatte mir einen neuen Termin beim Psychiater geholt und die Sprechstundenhilfe hatte sich ein »Aber dass Sie mir nicht wieder davonlaufen« nicht verkneifen können. Haha! Aber seitdem fühlte ich mich wieder besser und auch die Lucia-Erscheinungen hatten aufgehört. Schade um den schönen Anblick, aber andererseits …

Plötzlich knackte etwas hinter mir und ein wenig Schnee rieselte mir in den Nacken. Ich drehte mich um, ein Busch teilte sich und heraus trat – Lucia. Ich konnte mich nicht rühren und spürte, wie der Schnee in meinem Nacken schmolz und als kaltes Rinnsal meine Wirbelsäule hinunterlief und in meinen Shorts versickerte.

Wieder trug Lucia diese Klamotten, für die sie eigentlich einen Waffenschein gebraucht hätte. Sie kam lächelnd auf mich zu und steckte ihre Hände in meine hinteren Hosentaschen und ich vergrub mein Gesicht in ihren Haaren. Ich war nicht irre! Sie war zurückgekommen. Ich spürte etwas Feuchtes und stellte fest, dass ich heulte wie ein Schlosshund. Lucia streichelte mir zärtlich den Hinterkopf. Doch auf einmal fühlte ich eine große Wut in mir aufsteigen und ich stieß sie von mir.

»Warum warst du so lange weg? Ich dachte schon, du wärst tot!«

Aber sie schlug nur kurz beschwichtigend die Augen nieder, legte ihren Zeigefinger auf den Mund und winkte mir, ihr zu folgen. Und ich dackelte brav hinterher. Wir verließen den Park und liefen durch die Stadt, bis wir zu den Hochhäusern des Bankenviertels kamen. Ein eisiger Wind pfiff durch die Betonschluchten. Schließlich betrat Lucia zielsicher das Foyer eines der Hochhäuser. Marmor und Messing und Teppiche, in die man einsank, so wie ich bald wieder in Lucia einsinken würde. Wie ein Schlafwandler tappte ich hinter ihr her in einen der verspiegelten Fahrstühle und nachdem Lucia auf die »Dreizehn« gedrückt hatte, streckte ich die Arme nach ihr aus, um sie an mich zu ziehen. Eigentlich spielte es ja keine Rolle, weshalb sie so lange weg war, Hauptsache, sie war wieder da und würde bleiben. Doch anstatt Lucias weichen Leibs spürte ich nur das kalte Spiegelglas, das beschlug, als ich mich an es schmiegte. Erschrocken drehte ich mich um. Ich war allein im Fahrstuhl.

Panisch drückte ich auf »EG«, aber eine Computerstimme sagte: »Option Erdgeschoss nicht möglich.«

Ich drückte »fünfte Etage« und atmete auf – das Ding hielt. Einigermaßen zuversichtlich begab ich mich auf die Suche nach dem Treppenhaus oder einer Feuertreppe. Ich irrte lange uniforme Bürogänge entlang, aber weit und breit war nichts von einem Treppenhaus zu sehen. Schließlich öffnete ich das Fenster, aber es war bereits so dunkel, dass ich auch nirgends eine Feuertreppe erspähen konnte. Letztendlich landete ich wieder beim Aufzug. Ich hatte wohl keine andere Wahl, als wieder einzusteigen, aber vielleicht konnte ich ja jetzt wieder ins Erdgeschoss fahren. Also drückte ich auf »EG«, aber wieder kam die Computerstimme: »Option Erdgeschoss nicht möglich.« Meine Hände zitterten, als ich die »Eins« probierte. Doch auch hier: »Option erste Etage nicht möglich.« Ich hämmerte auf »Zwei«, »Drei«, »Vier«. Alles unmögliche Optionen. Mir wurde schwindlig, ich hörte nichts mehr außer einem Rauschen in den Ohren. Ich drückte die »Sechs«. Der Fahrstuhl stoppte, ich stieg aus, irrte durch die Gänge, kein Treppenhaus, keine Feuertreppe, am Ende nur wieder der Fahrstuhl. Der Fahrstuhl, der nur nach oben fuhr. Ich war mitten in meinem Traum und es wurde immer deutlicher, dass es ein Alptraum war.

In der siebten Etage begann ich noch einmal mit einer Suche, aber wozu sollte hier eine Treppe sein, wenn sie sich nach unten nicht fortsetzte? Wieder stieg ich in den Fahrstuhl. Die »Dreizehn«, auf die Lucia gedrückt hatte, leuchtete noch immer. Sie schien ein wenig größer als alle anderen Zahlen auf dem Display, das Rot ein wenig greller und sie flackerte. Noch stand die Tür des Aufzugs offen, aber ich entschied mich, mein Schicksal anzunehmen. Vielleicht würde ich heute endlich das Ende meines Traumes erfahren. In diesem Moment schloss sich die Tür und geräuschlos glitt der Fahrstuhl nach oben. Ich hatte einmal irgendwo gelesen, dass es in den meisten Hochhäusern gar keine Dreizehnten Etagen gab, weil die Dreizehn eine Unglückszahl war. In welcher Zwischenwelt würde ich also landen?

»Dreizehntes Obergeschoss. Sie haben Ihr Ziel erreicht«, tat die Computerstimme kund und langsam kam ich mir vor wie der Typ aus diesem Film, der ständig mit einer Bombe diskutiert. Die Tür glitt auf und ich stand mitten in einem mindestens fünfhundert Quadratmeter großen Raum, der komplett verglast war und den Blick auf die nächtliche Stadt freigab. Doch das konnte eigentlich gar nicht möglich sein, denn als wir das Hochhaus betreten hatten, waren wir rundum von anderen Hochhäusern mit mindestens fünfzig Stockwerken umgeben gewesen. Wie konnte es da sein, dass wir in der dreizehnten Etage eine dermaßen freie Sicht hatten?

Wenn nicht überall sperrige Dinge herumgestanden hätten, hätte ich diesen seltsamen Raum für eine Art Büro gehalten. Ich trat näher und stellte fest, dass es sich bei den Gegenständen um Urnen, Särge und Kanopen unterschiedlichster Art aus verschiedenen Epochen der Weltgeschichte handelte. Offenbar war ich in den Magazinraum eines Museums geraten, wenngleich ein Bankgebäude dafür ein denkbar eigenartiger Ort war.

»Sieh dir lieber mal die Lichter über der Stadt an«, erklang auf einmal eine sonore Bassstimme.

Ich zuckte zusammen. Dann erst fiel mir der riesige Mahagoni-Schreibtisch auf, der am Ende des Raums stand. Dahinter befand sich ein schwarzer Chefsessel aus Leder, der vom Schreibtisch weg zur Glaswand gedreht war. Die Beleuchtung im Raum war heruntergedimmt, aber trotzdem konnte ich die kräftigen Schultern eines Mannes ausmachen.

»Du hast jemanden verloren, nicht wahr?«, fragte die Stimme.

Ich war irritiert. Woher zum Teufel wusste er das?

»Gewissermaßen«, mimte ich das Pokerface.

»Soso, ›gewissermaßen‹«, äffte er mich nach.

Ärgerlich wandte ich mich ab und starrte nach draußen. Das war nun wirklich eine Aussicht, die einem für einen Moment den Atem stocken lassen konnte. Die Lichter der Stadt funkelten wie kleine Sterne und Planeten in die Nacht hinein und alles war weit genug weg, um interessant zu erscheinen und dunkel genug, um schön zu sein.

»Möchtest du denn nicht wissen, weshalb deine Kleine verschwunden ist?«, drang die Stimme weiter in mich.

»Wer sind Sie eigentlich?«, fuhr ich ihn an.

»Ich glaube, das spielt im Augenblick keine Rolle.«

Was bildete sich dieser Kerl eigentlich ein? Ich dachte ja gar nicht daran, mich weiter mit einem Typen zu unterhalten, von dem ich nur die Schultern sah.

In diesem Augenblick drehte er den Sessel schwungvoll herum und blickte mir geradewegs in die Augen. Und was ich sah, konnte ich einfach nicht glauben. Der Typ war Lucia. Lucia im maßgeschneiderten Herrenanzug, und ihre Augen funkelten beunruhigend.

»Da staunst du«, sagte sie spöttisch in der Bassstimme, wechselte dann aber in ihre eigene: »Gefalle ich dir in dem Anzug?«

Ich erschauerte. Lucia sah auf einmal sehr bleich aus und wirkte dabei so finster, dass einem das Herz hätte stehen bleiben können. Und plötzlich wurde es sehr, sehr kalt in dem riesigen Raum.

Enervierend langsam erhob sie sich, wobei sie mich abschätzig fixierte. Gelangweilt stakste sie auf mich zu und hängte sich an meinen Hals. Sie fühlte sich eiskalt an und irgendwie ekelte ich mich vor ihr.

Das schien sie zu bemerken, denn sie sagte: »Sieh mich an. Sieh mich ganz genau an, Liebster!«, und es klang wie eine Drohung. Mir wurde dieser ganze Wahnsinn langsam zu viel und ich war einer Ohnmacht nahe.

»Nicht einen Tropfen hast du in mir gelassen, aber ich werde mir zurückholen, was mir gehört. Das ist so sicher, wie du dir heute noch dein ewiges Bettchen aussuchst.«

»Ewiges Bettchen???«, fragte ich.

Sie machte eine unwirsche Bewegung mit dem Kopf in Richtung der Särge, während sie mit ihren eisigen Fingern gierig nach meiner Kehle griff. Es gelang mir, mich kurz ihrem Griff zu entziehen, aber ich wusste, das Spiel war aus. Ich ließ meinen Blick kurz über all die römischen, etruskischen, griechischen, barocken und modernen Särge und Sarkophage schweifen und setzte mich schließlich auf einen mumienförmigen aus Gold.

»Du musst immer das Beste haben, oder?«, fragte sie und hatte ihre Brauen missbilligend zusammengezogen.

»Ja«, antwortete ich stumpf, legte mich auf den Rücken und breitete die Arme aus. Da stürzte sie sich schon auf mich, hieb ihre Zähne in meine Halsschlagader, und dass ich dabei meine letzte Erektion hatte, zeigt, wie nah Liebe und Hass tatsächlich beieinanderliegen. Und während nach und nach alle Wärme aus mir wich, konnte ich auf die Stadt hinunterblicken, die mir immer mehr entrückte, und auf einmal musste ich lachen und sagte: »Und ich dachte immer, die Hölle sei unten.« Und als ich mich das aussprechen hörte, konnte ich einfach nicht mehr aufhören zu lachen.

Markolf Hoffmann

Die blauen Handschuhe

Zwei Stunden noch bis Altmooren.

Sie sitzt im Abteil, weiße Kopfhörerstöpsel in den Ohren, und starrt aus dem Fenster, hinter dem Felder und Flussauen vorbeirauschen. Sie hört die Musik so laut, dass die anderen Reisenden naserümpfend zu ihr herüberblicken. Marina fällt auf; sie ist siebzehn, mager, die Haare azurblau gefärbt, das Gesicht dramatisch geschminkt. Sie trägt ein schwarzes Kleid mit tiefem Ausschnitt und um den Hals einen Lapislazuli-Anhänger. Ihre Hände, umfasst von blauen Polyesterhandschuhen, ruhen im Schoß. Wenn sie sie bewegt, knistert der Stoff geheimnisvoll.

Etwas an ihr irritiert die Mitreisenden. Vielleicht ist es Marinas Gesicht, der Stolz in ihren Zügen oder die wasserblauen Augen, die heller strahlen als andere. Vielleicht sind es auch ihre Handschuhe. Es ist stickig im Abteil, die Heizung stößt heiße Luft aus den Kupfergittern. Sie muss doch schwitzen mit diesen Handschuhen, denken sich die Frauen, die Marina anstarren. Und ein paar der Männer linsen verstohlen in ihren Ausschnitt.

Manchmal staunt Marina selbst darüber, wie schön ihre Brüste gewachsen sind. Sie weiß, welche Oberteile und BHs sie tragen muss, um zu punkten. Wenn sie vor dem Spiegel steht und sich zurechtmacht, vergisst sie den Makel ihrer Hände.

Ihre Mutter hat dafür wenig Verständnis. »Du ziehst dich an wie ein Flittchen«, hat sie neulich gesagt. »Richtig billig, wenn du mich fragst.« Marina kann darüber nur lachen. Wenn die Mutter wüsste, was andere Mädchen in ihrer Klasse trugen. Dagegen ist ihr Kleid stilvoll.

Noch eine Stunde bis Altmooren.

Marina zieht ihren MP3-Player hervor und wählt ein Album der *Dresden Dolls* an. Gar nicht so leicht mit den Handschuhen; der Polyester lässt ihre Finger mehrmals vom Steuerrad abgleiten. Endlich findet sie den richtigen Song. Die hämmernde Klaviermelodie und die Stimme von Amanda Palmer lassen sie die Blicke der Mitreisenden vergessen.

Sie hat es mit Seide versucht, mit Baumwolle, mit Filz. Alles vergeblich; immer wieder bekam sie nach kurzer Zeit Ausschlag zwischen den Fingern. Polyester verträgt sie am besten, auch wenn die Haut trotzdem juckt. Ihre Mutter sagt, sie solle endlich zu dem Arzt gehen, dessen Adresse sie herausgesucht hat. Er würde ihr helfen, dauerhaft. Bisher hat Marina sich geweigert, aber sie spielt durchaus mit dem Gedanken, den Makel loszuwerden.

Letzte Woche hat sie sich auf dem Flohmarkt diese neuen Handschuhe gekauft. Ihr gefielen die auf dem Handrücken eingenähten Perlen. Sie erinnern sie an ihren Vater. Er trug einen schmalen Ring am Finger, den sie betrachtete, wenn er ihr abends am Bett Märchen vorlas; er war besetzt mit Perlen. Damals hielt sie ihn für einen Zauberring, weil die Stimme ihres Vaters so magisch klang, tief wie eine Meeresschlucht. Einmal fragte sie ihn, woher der Ring stammte, und er flüsterte ihr zu: »Aus einem gesunkenen Schiff.« Dabei zwinkerte er verschwörerisch, und sie wusste nicht, ob er sich einen Spaß erlaubte oder ihre Verschwiegenheit einforderte.

Eine halbe Stunde noch bis Altmooren.

»Du fährst nicht zu Joannes«, fuhr ihre Mutter sie an, als sie das Zugticket auf Marinas Schreibtisch entdeckte. »Dein Vater hat sich all die Jahre nicht blicken lassen. Geld haben wir auch keins von ihm gesehen. Und jetzt willst du ihn besuchen? Ich verstehe dich nicht, Kind.«

Sie versteht so wenig; nicht die Musik, die Marina hört, nicht die Bücher, die sie liest. Sie versteht nicht, warum ihre Tochter schwarze Kleider und Netzstrümpfe trägt und sich die Haare färbt. Es gibt zu Hause eine Menge Streit, und manchmal fragt sich Marina, wie es sein kann, dass diese Frau ihre Mutter ist. Sie bevorzugt enggeschnittene Rüschenkleider, ihre Mutter cremefarbene weite Hosen. Sie hört Gothic Rock, ihre Mutter langweilige Radiomusik. Sie liebt den Herbst, ihre Mutter den Sommer.

»Du bist seltsam«, hat die Mutter ihr einmal im Streit an den Kopf geworfen. »Wie dein Vater, kalt und egoistisch. Als wärst du nicht von dieser Welt. Wir haben nichts gemein, du und ich.«

Später hat sie sich dafür entschuldigt. Doch insgeheim gibt Marina ihr recht. Etwas trennt sie von der Mutter wie eine durchsichtige Wand. Sie weiß nicht genau, was, aber je älter sie wird, desto deutlicher spürt sie es. Deshalb fährt sie nach Altmooren, um Joannes zu sehen. Sie muss wissen, wer er ist und was sie mit ihm verbindet.

Marina war acht, als er sie und ihre Mutter verließ. Sie erinnert sich genau an den Tag des Abschieds; der Vater ging bei strömendem Regen aus dem Haus und nahm nichts mit außer der Kleidung am Leib. Die Mutter versuchte, ihn aufzuhalten, sie weinte und stellte sich in den Türrahmen, um ihm den Weg zu versperren. Aber Joannes hatte ein Leuchten in den Augen, das keine Fragen offenließ. Er schritt in den Regen, ohne sich umzublicken. Draußen breitete er die Arme aus und streckte den Kopf in die Höhe, als wollte er die Tropfen schmecken. Dann verschwand er in den Schauern.

Damals war Marina überzeugt, ihn nie wiederzusehen. Lange Zeit wusste sie nicht einmal, ob er überhaupt noch lebte; kein Anruf, keine Postkarte, nichts. Aber mit den Jahren wurden ihre Fragen an die Mutter drängender. Kurz nach ihrem siebzehnten Geburtstag erfuhr sie, dass Joannes in einem abgelegenen Dorf wohnte, keine drei Zugstunden entfernt.

»Er lebt an einem Weiher«, verriet die Mutter. »In einem heruntergekommenen Mühlhaus. Ein schreckliches Loch, ich war nur einmal dort.«

»Und was macht er da?«

»Was weiß ich, vermutlich Fische zählen. Arbeiten auf jeden Fall nicht. Dein Vater hat uns nie unterstützt, auch dann nicht, als es knapp bei uns wurde. Ich will nicht, dass du zu dem Weiher fährst. Es reicht, wenn eine von uns diesen Fehler gemacht hat.«

»Welchen Fehler? Wovon redest du, Mama?«

Aber sie bekam keine Antwort, nie, auf keine ihrer Fragen. Immer, wenn es darauf ankam, schwieg ihre Mutter beharrlich oder schimpfte auf Joannes, als wäre er ein abscheuliches Wesen. Dabei musste sie ihn einst geliebt haben. Marina entdeckte einmal Briefe im Nachttisch, die ihre Mutter an Joannes geschrieben, aber nicht abgeschickt hatte. Heiße Tränen auf Büttenpapier und leidenschaftliche Worte, die sie ihr gar nicht zugetraut hatte.

Nächster Halt Bahnhof Altmooren.

Marina zieht die Handschuhe zurecht, nimmt den Kopfhörer

ab und lässt ihn in der Handtasche verschwinden. Sie verlässt das Abteil, ohne die Blicke der Mitreisenden zu beachten. Quietschend hält der Zug. Altmooren – ein verwitterter Bahnhof mit moosbewachsenem Bahnsteig. Neu ist hier nur das Schild am Gleis. Außer Marina steigt niemand aus. Ein kalter Wind schlägt ihr entgegen.

»Du musst meine Tochter sein ...«

Sie erkennt die Stimme sofort wieder, tief und ausdrucksstark. Als sie sich umdreht, steht vor ihr ein kräftiger Mann in einem Wintermantel. Den Kopf bedeckt eine Mütze mit ledernen Ohrschützern, die sein bärtiges Gesicht wie Flossen umrahmen. Erst jetzt wird Marina bewusst, dass sie völlig vergessen hat, wie ihr Vater überhaupt aussah. In ihrer Erinnerung ist nur ein Bild von ihm erhalten: der Rücken eines großen, blonden Mannes, der mit ausgebreiteten Armen im Regen verschwindet.

»Ruhig, ruhig ... das ist Marina, meine Tochter. Sei nett zu ihr, Kyprin.«

Er spricht zu einem Hund, der neben ihm auf dem Bahnsteig kauert. Das kalbsgroße Vieh starrt Marina mit wässrigen Augen an. Seine Lefzen hängen wie schlaffe Hautwülste herab. Das Fell ist struppig, auf dem Rücken türmt es sich zu einem hohen Kamm. Noch nie hat sie ein so hässliches Tier gesehen.

»Kyprin tut nichts«, beruhigt ihr Vater sie. »Er ist ganz harmlos. Na ja, außer zu den Brassen im Weiher, die jagt er unerbittlich. Er ist ein fabelhafter Schwimmer.«

»Der kann schwimmen?«, fragt Marina ungläubig.

»Du solltest ihn mal sehen. Er wirkt nur an Land so behäbig.« Joannes nimmt ihr die Reisetasche ab und strahlt sie mit hellen Augen an. »Schön, dass du hier bist, Marina. Ist es wirklich acht Jahre her, seit wir uns gesehen haben?«

»Du hast wohl nicht mit mir gerechnet«, sagt sie spitz. Die

Worte klingen schärfer als beabsichtigt, aber es scheint ihm nichts auszumachen.

»Ich habe deinen Brief bekommen und mich sehr über ihn gefreut. Mich besucht hier selten jemand. Altmooren liegt schon ein wenig abseits. Na, immerhin haben wir einen Bahnhof.«

Der Zauber seiner Stimme wirkt noch immer. Gebannt schaut sie in das Gesicht ihres Vaters und versucht, die eigenen Züge darin zu erkennen. Wie alt mag er sein? Fünfzig vielleicht? Ein dichter blonder Bart bedeckt seine Wangen, die Haut ist wettergegerbt. Vor allem aber seine Augen fesseln Marina. Sie sind so klar und offen, dass ihr jeder Vorwurf auf den Lippen erstirbt.

Joannes führt sie zu einem Parkplatz hinter dem Bahnhof. Er hinkt ein wenig und setzt trotz der langen Beine nur kleine Schritte. Er steuert auf einen Jeep zu, der halb auf dem Gehweg parkt.

»Der Weiher liegt außerhalb des Dorfs«, erklärt er ihr. »Wir müssen ein paar Minuten fahren, ich hoffe, das macht dir nichts aus.« Dann pfeift er Kyprin herbei, der an einem Laternenpfahl schnüffelt. Schwerfällig springt der riesige Hund in den abgetrennten Kofferraum. Marina nimmt auf dem Beifahrersitz Platz. Im Inneren des Jeeps riecht es feucht. Offenbar ist das Dach undicht.

Die Sonne steht bereits über den Häusern, als sie der Hauptstraße folgen und den Dorfausgang erreichen. Joannes schweigt während der Fahrt, aber sein Lächeln wirkt aufrichtig. Er scheint sich über ihren Besuch wirklich zu freuen. Verstohlen sieht Marina auf seine Hände, die das Steuerrad halten. Sie sind kräftig und glatt, und völlig makellos. Einen Moment lang ist sie darüber enttäuscht. Unwillkürlich legt sie ihre eigenen Hände in den Schoß, um sie zu verbergen.

»Du hast schöne Handschuhe«, sagt ihr Vater. »Ich mag die Perlen.«

Ihr fällt auf, dass er den Ring aus dem gesunkenen Schiff nicht mehr trägt. Kurz überlegt sie, ob sie danach fragen soll. Aber dann hält schon der Wagen, sie steigen aus.

»Hier bin ich zu Hause.« Joannes deutet auf den Weiher, ein langgestrecktes Gewässer neben der Landstraße. An vielen Stellen ist er mit Wasserlinsen bedeckt. Am Ufer wuchern Gräser und Schilfpflanzen. Ein Wald und ein Maisfeld grenzen an den See.

Das Mühlhaus ist tatsächlich so heruntergekommen, wie ihre Mutter es beschrieben hat. Es erhebt sich hinter einem kleinen Zufluss des Weihers, der sich aus dem Wald schlängelt. Das Dach des Hauses hängt schief, die Ziegel sind notdürftig ausgebessert. Einige Fenster sind blind. Auf dem Hof liegt das moosbesetzte Mühlrad, mit gebrochenen Speichen. Es muss vor Jahren abmontiert worden sein.

»Der Bach führt nicht mehr genug Wasser«, erklärt Joannes, als er ihren fragenden Blick bemerkt. »Vor zehn Jahren habe ich noch meinen eigenen Strom erzeugt. Aber die Welt ändert sich, da kann man nichts machen.«

Über dem Weiher kreist ein Fischreiher und landet am Ufer. Als Kyprin ihn erspäht, bellt er. Es klingt eher wie ein Gurgeln oder Blubbern, und Sabber rinnt die wulstigen Lefzen hinab. Joannes lacht und öffnet die Haustür.

»Ich habe für dich aufgeräumt. Normalerweise bin ich ja allein mit Kyprin und lasse alles in der Gegend herumliegen. Hier, ich habe die Couch frisch bezogen, da kannst du schlafen ...«

Es ist kalt in der Stube. Als Joannes den Lichtschalter drückt, glimmt eine trübe Funzel an der Decke auf. Trotzdem ist das Zimmer gemütlicher, als Marina erwartet hat. Ein grüner Sessel am Fenster, daneben ein Tisch mit gedrechselten Beinen. Die Tischplatte ist mit Korallen verziert. An den Wänden hängen gerahmte Schwarz-Weiß-Aufnahmen des Weihers und ein blaues Vlies.

»Wie lange wohnst du hier schon?«, fragt sie ihren Vater.

Er hat sich im Sessel niedergelassen und krault Kyprins Rücken. »Eigentlich schon immer. Ich bin an diesem Ort geboren worden. Hat deine Mutter dir das nicht gesagt?«

»Sie spricht nicht so gern von früher«, antwortet Marina.

Er nickt wissend. »Hm, ich verstehe. Du siehst ihr übrigens ähnlich. Wie alt bist du jetzt, Marina? Siebzehn? So alt war deine Mutter, als sie das erste Mal zum Weiher kam. Sie wohnte im Nachbardorf ... das schönste Mädchen war sie damals.«

Marina fühlt sich unwohl. Sie findet nicht, dass sie ihrer Mutter besonders ähnlich sieht, und das Gespräch erscheint ihr unpassend.

Joannes bemerkt ihre Zurückhaltung und wechselt das Thema. »Dein Kleid ist wirklich hübsch«, lobt er sie. »Es steht dir wie angegossen. Vor allem passt es zu deinen Lidschatten und den blauen Haaren. Trägt man so etwas jetzt in der Stadt?«

Seine Fragen klingen unbeholfen, fast so, als spräche jemand aus einer anderen Zeit. Joannes muss Altmooren lange nicht verlassen haben. Aber Marina spürt in seinen Worten ein echtes Interesse. Das gefällt ihr.

Er beginnt, sie regelrecht auszufragen. Nach ihrer Frisur. Nach ihren Freunden. Nach ihren Zukunftsplänen und Gedanken über die Welt und das Leben. Immer wieder stellt er Zwischenfragen, wirft kurze Bemerkungen und Ergänzungen ein. Seine tiefe Stimme übt eine seltsame Faszination auf sie aus. Marina ertappt sich dabei, ihm weit mehr zu erzählen, als sie vorhatte. Er hört aufmerksam zu, manchmal auch staunend, und sie plaudert mit zunehmender Stunde immer unbefangener. An ein paar Stellen übertreibt sie ein wenig, um ihn auf die Probe zu stellen. So behauptet sie, abends regelmäßig in einem Club der schwarzen Szene tanzen zu gehen. Tatsächlich war sie erst zweimal dort, die anderen Male hat der Türsteher sie abgewiesen, weil sie noch unter achtzehn ist. Aber ihr Vater glaubt ihr alles aufs Wort, sie fühlt sich richtig ernst genommen.

Irgendwann beginnt auch er zu erzählen. Er spricht über den Weiher, dem er sich so verbunden fühlt und der vor Jahrzehnten noch größer gewesen sei und abgelegener. Die Straße sei erst später gebaut worden und das Maisfeld sei ein ehemaliges Sumpfgebiet. Er zeigt Marina die Fotos an den Wänden. Zu jeder Aufnahme weiß er etwas zu erzählen. Auf einer sieht man einen Schwarm Graugänse, auf der nächsten das Mühlrad, als es noch in Betrieb war. Auf einem älteren Bild ist ein Ruderboot zu sehen, in dem eine junge Frau mit kurzen Haaren sitzt. Sie trägt ein dunkles Sommerkleid und lacht in die Kamera. Sie wirkt glücklich.

»Das ist deine Mutter«, sagt Joannes leise. »Sie war schön, nicht? Ich wette, sie ist es immer noch. Weißt du, wann das Bild entstanden ist? Am Tag, als wir uns kennenlernten.«

Marina betrachtet das Bild mit Erstaunen.

»Sie kam damals zum ersten Mal an den Weiher«, fährt er fort. »Ich schwamm gerade darin, ganz nackt. Als ich sie sah, musste ich gleich ans Ufer kommen und schnell meine Kleider anziehen. Was haben wir später darüber gelacht …«

Es klingt zärtlich, wie er diese Geschichte erzählt. Marina kann die Frage nicht länger zurückhalten, die ihr seit ihrer Ankunft auf der Zunge liegt.

»Warum bist du damals von uns weggegangen?«

Er nimmt seinen Blick nicht von den Fotografien. Nach kurzem Schweigen antwortet er. »Ich konnte den Weiher nicht alleinlassen. Ich habe versucht, ihn für deine Mutter aufzugeben. Aber ich gehöre hierher. Deswegen musste ich sie verlassen.«

»Mich hast du auch verlassen«, sagt Marina mit ruhiger Stimme.

Jetzt wendet er sich ihr zu und seine Augen leuchten wie damals beim Abschied. »Ja, aber bei dir wusste ich, dass du eines Tages zu mir kommen wirst. Ich wusste es einfach.«

In seinem Blick liegt kein Schuldbewusstsein, keine Reue.

Später essen sie in der Küche einen Fischauflauf, den Joannes für sie zubereitet hat. »Aus frischen Brassen«, erklärt er begeistert, als er die Schale aus dem Ofen holt. »Kyprin hat sie gefangen ... ist doch so, alter Knabe!«

Der grässliche Hund stromert in der Küche umher. Je später es wird, desto unruhiger scheint er zu werden. Immer wieder verharrt er am Fenster, vor dem der Weiher in der Dämmerung zu sehen ist. Aber er jault oder bellt nicht, sondern lauscht stumm den Geräuschen von draußen.

Auch beim Essen behält Marina die Handschuhe an. Ihr Vater bemerkt es zwar, geht aber darüber hinweg, was sie ihm hoch anrechnet. Die Brassen schmecken vorzüglich, sehr frisch und aromatisch, und obwohl sie sonst Fisch nicht sonderlich gerne isst, nimmt sie sich eine zweite Portion.

Bald darauf liegt sie im dunklen Zimmer auf der Couch, unter einer Wolldecke. Joannes hat sich im Nebenzimmer schlafen gelegt und Kyprin hält bei ihm Wache. Draußen hört Marina das Wasser plätschern. Ein Vogel ruft in der Ferne und auf der Landstraße fährt ein Auto vorbei. Es dauert Minuten, bis sich das Motorengeräusch verliert. Marina liegt mit offen Augen in der Finsternis und lässt den Tag Revue passieren. Sie ist froh, nach Altmooren gefahren zu sein. Sie hat sich das Wiedersehen mit ihrem Vater schwieriger vorgestellt und ist überrascht, wie gut es gelaufen ist. Aber sie hat mehr Fragen als Antworten bekommen, das steht fest.

Unter dem Kopfkissen liegen ihre Handschuhe. Sie hat sie abgestreift, so wie immer vor dem Schlafengehen.

Unter der Decke verschränken sich ihre bloßen Finger.

Mitten in der Nacht schreckt sie auf. Es ist dunkel im Zimmer, und für einen Moment weiß Marina nicht, wo sie ist. Aber dann hört sie ein Plätschern von draußen, lauter als zuvor. Beunruhigt steht sie auf und schleicht zum Fenster. Es steht offen.

Ein bleicher Mond erhellt den Weiher. Die Wasserlinsen schimmern in seinem Licht wie kleine Funken. Wellenlinien ziehen sich über die Oberfläche, als wäre ein Stein in den See gefallen. Kurz glaubt Marina, eine Bewegung im Wasser zu erkennen.

Sie kehrt zur Couch zurück, um sich eine Jacke überzustreifen und in die Stiefel zu schlüpfen. Leise öffnet sie die Haustür und geht nach draußen. Der Kies auf dem Hof knirscht unter ihren Sohlen. Sie umrundet das Haus und schreitet zum Weiher.

Das Ufer ist an dieser Stelle flach, das Wasser schimmert noch silbriger als zuvor, als dringe das Licht nicht vom Himmel, sondern aus dem Weiher selbst. Als sich Marina hinabbeugt, sieht sie einen Schatten unter der Wasseroberfläche umherhuschen.

Sie erkennt die Konturen eines riesigen Karpfens. Er verharrt auf der Stelle, die Schuppen schillern im Mondlicht. Das Maul klafft weit auf, die Barteln hängen bis zum Grund und zittern. Auf dem Rücken trägt er eine mächtige, zerschlissene Kammflosse; sie durchstößt fast den Wasserspiegel. Mit seinen riesigen Augen glotzt er Marina an, stumm, emotionslos. Aus den Kiemen steigen Luftbläschen auf.

Sie erwidert seinen Blick mit klopfendem Herzen. Endlose Sekunden verstreichen. Dann wendet der Karpfen im Wasser und mit einem einzigen Flossenschlag schnellt er fort.

Ihre Blicke folgen ihm. An den Wellenlinien sieht sie, wie er zur anderen Seite des Weihers schwimmt und dort in der Tiefe verschwindet. Zugleich nähert sich vom gegenüberliegenden Ufer ein Punkt auf dem Wasser. Es ist ein Boot; langsam gleitet es durch die Wasserlinsen und steuert mit trudelnden Bewegungen dem Mühlhaus entgegen. Marina weitet die Augen. Sie bemerkt eine Gestalt im Boot, glaubt, Arme zu sehen, die ein Ruder halten. Wie angewurzelt wartet sie am Ufer.

Als das Boot endlich nah genug herangekommen ist, erkennt sie den Mann. Er hat ihr halb den Rücken zugewandt, aber sie sieht die Enden seines Barts; ein Bart aus grünem Schilf, Wasser rieselt an ihm herab, und aus den Strähnen lösen sich Kaulquappen und fallen ins Boot. Seine Hände sind weiß wie Muscheln, und wenn das Ruder ins Wasser gleitet, blinkt ein perlenbesetzter Ring an einem Finger auf.

Jäh schießt vor dem Boot der Karpfen aus dem Wasser. Er springt hoch in die Luft, die Kammflosse zieht eine Spur silbriger Tropfen hinter sich her. Mit einem Klatschen verschwindet er im Weiher, umrundet das Boot, taucht plötzlich wieder auf; das Maul öffnet sich, als wolle er dem Mann etwas zurufen. Dieser lässt sein Ruder sinken und wendet sich im Boot um. Jetzt erst erkennt Marina, dass er keine Beine hat. Eine dunkelgrüne Schwanzflosse hängt über den Bootsrand ins Wasser.

Als sein Blick sie trifft, ist ihre Angst längst verflogen. Taghell strahlen seine Augen und sein Lächeln ist nicht anders als am Abend zuvor. Sie spürt, dass es ihm nichts ausmacht, wie sie ihn sieht, und auch nicht, dass sie nun die Wahrheit kennt.

»Ich konnte den Weiher nicht alleinlassen«, hat er zu ihr am vergangenen Abend gesagt. »Ich gehöre hierher.« Nun versteht sie es. Sie versteht, warum er vor acht Jahren fortgegangen ist; warum die Briefe ihrer Mutter so schmerzlich klangen und warum sie nicht wollte, dass Marina nach Altmooren fährt.

Sie blickt auf den Weiher und sieht den Mann unter seinem Bart aus Schilf lächeln. Im Wasser wagt der Karpfen einen weiteren kühnen Sprung. Sein schuppiger Leib funkelt im Mondlicht.

Langsam hebt Marina die Hände, damit er sie deutlich sehen kann. Sie spreizt die Finger. Dann winkt sie ihrem Vater zu.

Sie wird nicht bei ihm bleiben, hier in Altmooren. Aber sie weiß nun endlich, wer sie ist und warum sie ihr Leben lang Handschuhe tragen muss.

Malte S. Sembten

Eine halbe Stunde zu früh

Der Typ sah echt schnuckelig aus. Überhaupt nicht so, wie Lea sich einen Maschinenbau-Studenten vorstellte, der Nachhilfe in Mathematik, Physik und EDV erteilte. Aber vielleicht schmeichelte ihm das Foto aus seinem Profil bei nachhilfenet.de auch nur.

Lea suchte im Internet, weil sie einen Nachhilfelehrer brauchte. Genau genommen viele Nachhilfelehrer, denn sie benötigte Unterstützung ist fast jedem Fach, das am Schuljahresende im Zeugnis benotet werden würde. Lea wiederholte die zehnte Klasse bereits. Falls sie ein zweites Mal sitzenblieb, drohte ihr ein Umzug ins Internat. »Intern-a-t ... mit ›a‹«, hatte ihre Mutter betont, die Lea auch schon den Computer wegnehmen wollte, weil Lea angeblich zu viel Zeit im weltumspannenden Netz verbrachte. Zum Glück hatte ihre Mutter eingesehen, dass die Kiste für die Schulaufgaben unentbehrlich war.

Fiel Lea dieses Jahr nicht durch, würde ihre Mutter ihr jeden Wunsch erfüllen.

»*Jeden Wunsch, Lea!*« Die beschwörende Stimme ihrer Mutter klang ihr noch in den Ohren. »Was immer du willst!« Was immer sich mit Geld kaufen ließ, sollte das heißen.

Leas Mutter arbeitete als Oberärztin an der Uniklinik. Sie bezog ein beachtliches Gehalt und litt unter beruflichem Dauerstress. Leas Vater hatte sich schon vor Jahren aus dem Leben von Frau und Tochter verabschiedet und existierte nur noch in Form monatlicher Geldüberweisungen.

Nein, an Geld mangelte es in Leas Leben nicht. Sie hatte sich schon überlegt, was sie sich wünschte, falls sie entgegen jeder Wahrscheinlichkeit doch nicht durchrasselte. Ihr war bisher nichts, was sich kaufen ließ, eingefallen.

Trotzdem *musste* es einfach klappen mit Leas Versetzung in die nächste Klassenstufe. Denn das Internat mit »a« würde das Ende jeder Freiheit bedeuten. Es bedeutete ein Zweierzimmer und eine Mitbewohnerin, die womöglich *Silbermond* hörte oder Tierbaby-Poster aufhängte. Es bedeutete Internet-Zensur. Es bedeutete Kleidervorschriften. (Leas Mutter hatte im Outfit-Streit längst aufgegeben.) Es bedeutete gnadenlose *Anpassung*.

Je länger Lea das Foto des schnuckeligen Kerls betrachtete, desto weniger schnuckelig kam er ihr vor. Irgendwie war er doch nicht ihr Typ. *Traue nie dem ersten Blick.* Sie klickte sich weiter durch die Nachhilfeangebote von Schülern, Studenten und Berufspädagogen.

Kurz darauf stoppte sie die Suche und las:

Lebendige und anschauliche Unterweisungen in diversen Wissenschaften, Geheimwissenschaften und Künsten:

Geschichte aus erster Hand, sämtliche lebende Sprachen, die meisten toten Sprachen, die Sprachen der Tiere, Kostümkunde aller Epochen, Umgangsformen früher und heute, Musik, Mathematik, Physik, Informatik, Alchemie, Geographie, Anatomie, Astronomie, Mythologie & Aberglaube, Literatur, allgemeine Waffenkunde, Fechtkunst, Philosophie, Psychologie, Mesmerismus, Angewandte Hypnose.

- *Weitere Disziplinen auf Anfrage.*
- *Preise: Je nach Auffassungsgabe bzw. Geschick des Lehrlings.*

- *Termine: Gemäß Absprache nach Einbruch der Dunkelheit.*
- *Keine Hausbesuche.*

Verrückt!, schoss es Lea durch den Kopf. Zu blöd, dass der Typ, der *dieses* Angebot ins Netz stellte, kein Bild von sich hochgeladen hatte. Nur ein verschnörkeltes Wappen füllte das entsprechende Feld. Immerhin besaß er einen passenden exotischen Namen. Sofern es kein Kunstname war: Ulric de Lancre. Sie fragte sich, ob dieser so genannte Ulric de Lancre mit seinem sonderbaren Angebot jemals einen Nachhilfeschüler ergattert hatte. Und falls ja, ob er seinem »Lehrling« etwas beigebracht hatte, das diesem in der Schule nutzte.

Eines jedoch wusste sie ganz sicher: *Niemals* würde ihre Mutter ihr gestatten, bei diesem hochinteressanten Burschen Unterricht zu nehmen.

Dies – und ihre übermächtige Neugierde – gaben den Ausschlag.

Ab und an war es von Vorteil, eine Mutter zu besitzen, die kaum Zeit hatte und ihrer Tochter daher ausdrücklich Selbstständigkeit abverlangte. Da keine Telefonnummer angegeben war, benutzte Lea zur Kontaktaufnahme das Mailformular.

Zwei Stunden später hatte sie per E-Mail einen Termin für den folgenden Abend um 20:00 Uhr vereinbart. Sie hatte die Adresse aufgeschrieben. Zwar hatte Leas Mutter klargestellt, dass der Nachhilfeunterricht nicht außer Haus, sondern bei Lea daheim am Küchentisch stattfinden sollte, aber das spielte keine Rolle. Ihre Mutter schob die ganze Woche lang Nachtdienst in der Notaufnahme der Klinik und würde den Ungehorsam somit nicht bemerken.

Die beiden E-Mails de Lancres waren freundlich, aber sehr knapp gehalten gewesen. Immer mehr beschäftigte Lea die Frage, was für ein Typ er wohl sein mochte. Sie hoffte inständig, dass er sich nicht als wunderlicher Gelehrter mit einem Kranz wallender weißer Haare entpuppte, der in einem schäbigen Hausmantel herumschlurfte und mit wässrigen Augen durch einen altmodischen Zwicker blinzelte.

Am folgenden Abend konnte Lea eine leichte Aufregung nicht mehr unterdrücken. Übertrieben früh bestellte sie ein Taxi. Nachdem sie die nötige Anzahl Geldscheine aus der Schublade des Telefontisches im Flur gefischt hatte, wo ihre Mutter den ständigen Taschengeldvorrat für Lea deponierte, hörte sie schon das verabredete Hupen des Taxifahrers, begutachtete sich ein letztes Mal im Garderobenspiegel und verließ das Haus.

Sie fröstelte, denn der Oktoberabend war kalt. Jedenfalls zu kalt für Netzstrümpfe unter knappem Leder, und metallische Accessoires wärmten ebenso schlecht wie weiße Schminke, schwarzer Kajal und blutroter Lippenstift.

»Soll ich *Black Sabbath* für dich einlegen?«, schmunzelte der Taxifahrer mit einem Seitenblick, als sie sich neben ihn ins Auto setzte. Er war etwas älter als Leas Mutter, trug eine Lederweste und hatte eine verblichene Tätowierung auf dem Unterarm. Die Bemerkung hinkte zwar hinter der Zeit her, aber es lag keine Ablehnung darin. Es klang auf jeden Fall anders als die Tonlage, die Leas Mutter anschlug, wenn sie sich beklagte: »Dein Zimmer sieht aus, als würden darin Satansmessen gefeiert. Und wenn du deine Musik aufdrehst, hört es sich an, als wäre gerade eine solche im Gange!«

Lea grinste, nannte die Zieladresse und zog ihren MP3-Player aus der Jackentasche.

»Das ist ja ziemlich morbide, wie du ausschaust. Aber schick – *wirklich* schick!«, vernahm Lea den Taxifahrer noch, bevor er losfuhr und »Vampire« von *Xandria* ihren Kopf füllte. *Dark are the streets, gloom's creeping out of the walls. Dirt comes alive and all the neon-lights call ...* Sie ließ sich von der Musik davontragen, während das Taxi durch den flüssigen städtischen Abendverkehr kreuzte und nur wenige rote Ampeln sie aufhielten. Als der Wagen schließlich am Bordstein zum Halt kam, hätte Lea weder zu sagen vermocht, wie lange sie gefahren waren, noch, auf welchem Weg der Fahrer das Ziel erreicht hatte. Aber ein Blick auf die Uhr am Taxameter offenbarte ihr, dass sie eine halbe Stunde zu früh dran war.

»Da wärn wir«, erklärte der Taxifahrer und wiederholte die Straße und die Hausnummer, die Lea ihm angegeben hatte. Also musste es wohl stimmen. Lea war ein bisschen enttäuscht. Sie hatte eher so etwas wie eine verwunschene alte Villa erwartet. Jedenfalls nicht ein solch durchschnittliches Altbau-Mietshaus in einer mittelmäßigen Gegend mit einer Eckkneipe im Erdgeschoss, über deren Tür eine müde Licher-Bier-Werbung flackerte.

Sie drückte dem Taxifahrer einen zu großen Schein in die Hand. »Bitte warten Sie hier kurz.«

Sie stieg aus und schritt zur Eingangstür, wo sie die Ohrhörer herausnahm und den MP3-Player wegsteckte, während sie die Klingelschilder überflog.

Da: dritter Stock – *de Lancre*. In kalligraphischer Füllfeder-Handschrift auf einem Streifen elfenbeinfarbenen Kartons. Ihre Fingerkuppe kreiste Sekunden lang auf dem Klingelknopf, bevor sie ihn drückte.

Die Kälte ließ bereits eine Gänsehaut über Leas Körper kriechen, als die Gegensprechanlage endlich ein Knistern von sich gab und eine gequetschte Stimme daraus hervordrang.

»Jaah?«

Es war eher ein Laut als eine artikulierte Silbe. Ein zögernd geformter, misstrauischer Laut.

Lea räusperte sich. »Herr de Lancre, tut mir leid, dass ich so früh bin ...« Oder war *Monsieur* de Lancre angemessener? »Ich bin Ihre neue ...« Ihr fiel die Wortwahl aus der Nachhilfeanzeige ein. »Der Lehrling.«

Die Gegensprechanlage blieb sekundenlang stumm. Dann ertönte wieder das Knistern und mischte sich mit der gequetschten Stimme.

»Gomm hohch.«

Es klang, als würde jemand, der fast keine Stimme besaß, versuchen, diese zu verstellen. Eine Sekunde später summte das elektrische Türschloss.

Lea maß die Dauer ihres Zögerns an der Zahl ihrer Herzschläge. Dies war die Situation, vor der alle guten Eltern ihre braven Töchter warnten. Niemand, der Lea kannte, wusste, dass sie heute Nacht an diesem Ort verabredet war. Ein unbekannter Kerl mit unheimlicher Stimme wartete in einer unbekannten Wohnung auf sie.

Aber Lea war keine brave Tochter. Sie war alles andere als das. Sie war die *lady of black* aus dem Song von *Xandria* ... Und sicher hatte die Gegensprechanlage einen Defekt und entstellte die Stimme bloß.

Lea entließ den wartenden Taxifahrer mit einem Wink und drückte die Haustür auf.

Licht ergoss sich automatisch in den Hausflur. Die schimmernden Fliesen, die Doppelreihe identischer Postkästen an der geweißten Wand und die breiten, gebohnerten Stiegen des Treppenhauses machten einen beruhigenden Eindruck.

Lea erklomm die Stufen.

Das automatische Treppenhauslicht erlosch im selben Augenblick, als sie den dritten Stock erreichte. Sie sah eine angelehnte Wohnungstür, durch deren Spalt gedämpftes Licht drang, und ging darauf zu. Vor der Schwelle blieb sie stehen. Ihre Augen spähten nach einer Türklingel, aber es war keine vorhanden. Vorsichtig klopfte sie an.

Nichts geschah.

»Hallo?«

Wie zur Antwort wurde der Lichtschein im Türspalt heller, so als habe jemand eine zweite, stärkere Lampe eingeschaltet. Sonst passierte nichts. Lea spürte die angenehme Wärme, die aus der Wohnung in den kalten Hausflur strömte.

Sie drückte die Tür auf und trat über die Schwelle.

Ihr erster überwältigender Eindruck vom Wohnungsflur war, sich in einem aus allen Fugen berstenden Privatmuseum zu befinden. Die hohen Wände verschwanden beinahe unter einem üppigen Dekor aus alten, kunstvoll gerahmten Gemälden, aus Wandbehängen und antiken Waffen, von der stuckverzierten Decke hing ein prachtvoller vielarmiger Leuchter und erlesene Teppiche bedeckten den Boden. Auch die Möbel, die hier standen, waren anscheinend allesamt echte Antiquitäten.

Fünf Türen gingen vom Flur ab, davon standen zwei offen, doch in den Räumen dahinter herrschte Dunkelheit.

Vom Bewohner war nichts zu sehen.

»Hallo ...?«, rief Lea gedämpft. »Herr de Lancre ...?«

Das Knallen der ins Schloss gestoßenen Wohnungstür ließ Lea zusammenzucken. Erschrocken fuhr sie herum.

Zwischen Lea und der Tür ragte ein Kerl auf. Er musste die ganze Zeit hinter Leas Rücken gestanden haben.

Was immer sie von de Lancres Äußerem erwartet hatte – das nicht: Sie fand sich einem breitschultrigen, mittelgroßen Mann gegenüber, dessen Bürstenhaarschnitt auf dem kantigen Schädel sich zu lichten begann und dessen Vollbart im blassen, vernarbten Gesicht bereits grau wurde. Er trug einen oliv-farbenen Armee-Parka über einem schwarzen Rollkragenpullover, die Beine der schwarzen Cargohose mit einem halben Dutzend Taschen steckten in Springerstiefeln mit Stahlkappen.

Er maß sie aus eisig blauen Augen von unten bis oben ab. Sein kalt brennender Blick nahm alle Einzelheiten ihrer Erscheinung in sich auf: Schnürstiefel mit Schnallen, Netzstrümpfe, Lederrock, Satinkorsett, Brokatjacke, Spitzenhandschuhe, Nietenhalsband – alles in Schwarz. Fledermausohrringe und Augenbrauenpiercing (das einzige Piercing, das Leas Mutter nicht rechtzeitig hatte verhindern können). Blutrot angemalte Lippen und rote Kontaktlinsen. Haare, schwarz wie Rabenschwingen. Als sein Blick schließlich auf dem Henna-Tattoo in Form eines Ankh-Symbols haften blieb, das ihre Wange zierte, nickte er grimmig, als fügte sich etwas passgenau ins Bild, und raspelte mit heiserer, schwacher Stimme, die überhaupt nicht zu seinem Äußeren passen wollte: »Ja ... *der Lehrling!*«

Ehe Lea auch nur einen Laut hervorbringen konnte, schoss der rechte Arm des Mannes vor, packte sie an der Schulter, wirbelte sie herum und presste sie so fest gegen seinen muskulösen Körper, dass ihr die Luft wegblieb. Gleich darauf lockerte sich sein Griff, doch dafür lag plötzlich eine kalte, gebogene Messerklinge an ihrem Hals und die funkelnde Spitze eines langen schmalen Dolches war auf ihre Brust gerichtet. Der Angreifer musste beide Waffen am Körper verborgen und unfassbar schnell und gewandt zum Vorschein gebracht haben.

Sie fühlte seinen Atem am Hals, als er röchelte: »Keinen Ton! Ich besitze lange Übung darin, innerhalb einer Sekunde einen Kopf abzuschneiden und ein Herz zu durchbohren!«

Lea hatte das Gefühl, als würde ihr Herz mit jedem wilden

Schlag die Dolchspitze küssen. De Lancre befahl ihr, mit einer Hand den Lichtschalter neben der Tür zu ertasten und den Leuchter auszuknipsen. Nur eine Schirmlampe, die auf einem antiken dreibeinigen Wandtisch stand, tauchte den Flur jetzt noch in einen matten Schein.

Die krumme Klinge verschwand von ihrer Kehle, dafür wurden ihr die Arme grob hinter den Rücken gebogen und ein Paar Handschellen schnappte zu. Dann schob sich eine Faust unter beiden Armen hindurch, packte den linken direkt unterhalb der Schulter mit stahlhartem Griff und hob Lea von den Füßen, als wöge sie nichts. Es tat so weh, dass sie sich auf die Lippen beißen musste, um nicht zu schreien. Sie schmeckte Blut. Ohne die Dolchspitze von ihrer Brust zu nehmen, trug de Lancre sie durch eine der beiden offenen Türen in das nebenan liegende dunkle Zimmer.

Er schaltete kein Licht an. Im Gegenteil, er schloss auch noch das Flurlicht aus, indem er mit dem Fuß die Tür hinter ihnen zustieß. Ohne den winzigen Schimmer, der von der erleuchteten Straße durch die Ritzen der geschlossenen Vorhänge fiel, wäre es so finster gewesen wie in einem zugeschraubten Sarg. Schattenhaft erkannte Lea Regale an den Wänden, die mit unzähligen Bücherreihen gefüllt waren. Offenbar befanden sie sich in der Bibliothek.

De Lancre legte sie auf einem harten, kalten Untergrund nieder. Es musste sich um ein Kaminblech handeln, denn daneben zeichnete sich eine große ummauerte Öffnung in der Wand ab, die wie ein schwarzer Rachen in den düsteren Raum gähnte. Mit hinter dem Rücken gefesselten Händen war diese Lage doppelt unbequem für Lea und würde bei anhaltender Dauer zur Qual werden – erst recht, nachdem ihr Peiniger sich nun auch noch daran machte, ihre Beine zusammenzuschnüren. Kurz darauf presste er ihre Kiefer auseinander und zwängte einen Knebel in ihren Mund. Sie würgte panisch, konnte das Ding aber nicht ausspucken. Ihr Mund füllte sich mit einem beißenden Geschmack. Sie begriff, dass sie mit einer Knoblauchknolle mundtot gemacht worden war.

Kurz darauf spürte sie, dass etwas Schweres zwischen ihren Brüsten platziert wurde, und ein metallisches Klappern verriet ihr, dass de Lancre rätselhafte Gegenstände neben ihr bereitlegte.

In Lea sammelte sich ein Schrei, an dem sie entweder platzen oder ersticken musste, weil er sich keinen natürlichen Ausweg bahnen konnte. Die unerschrockene *lady of black* hätte in diesem Augenblick alles dafür getan, um das bravste Mädchen von der Welt zu sein und zu Hause artig auf ihre Mutter zu warten.

Plötzlich stach ein Lichtstrahl in ihre Augen. Geblendet, wandte sie den Kopf zur Seite. De Lancres unerbittliche Finger umschlossen ihr Kinn und drehten ihr Gesicht wieder zurück. Er richtete den Strahl einer kleinen Taschenlampe auf sie. Im matten Lichtschein erkannte Lea, dass die Stirn ihres Peinigers auf einmal einen sonderbaren Auswuchs aufwies. Er erinnerte damit an einen Cyborg. Dann wurde ihr klar, worum es sich handelte. Es war eine Nachtsichtbrille, die er im Dunkeln angelegt und nun auf die Stirn geschoben hatte. Kein Wunder, dass er sich in der Finsternis gut zurechtfand. Lea starrte ihn noch angstvoll an, da verdrehte er den Kopf und zerrte am Kragen seines Pullovers, als kratzte ihn das wollene Strickgewebe. Dabei entblößte er ungewollt seinen Hals. Ein Netz feuerroter Narben durchpflügte die bleiche Haut. Die gezackten Furchen verliefen fast von einem Ohr zum anderen und verloren sich an der Kinnlinie unter dem Vollbart. Es sah aus, als hätten die Reißzähne eines Wolfs de Lancres Kehle zerfetzt und Victor Frankenstein sie wieder zusammengenäht.

De Lancre schien nicht bemerkt zu haben, dass Lea seine Verstümmelung gesehen hatte. Während er den Taschenlampenstrahl prüfend über ihren gefesselten Körper streichen ließ, erkannte Lea, woher der Druck auf ihrer Brust rührte. Dort ruhte ein massives Silberkreuz. Neben ihrem Körper lagen einsatzbereit ein grober Hammer und ein zugespitzter Holzpflock.

De Lancre löste ihr Nietenhalsband und leuchtete ihren Hals an. Als er die aufgeklebten Vampirbisslöcher aus dem Halloween-Shop mit der *Täuschend-echt-Garantie* erblickte, sog er scharf die Luft zwischen den zusammengebissenen Zähnen ein.

Er knipste die Taschenlampe aus. Im Finstern hörte Lea die heisere, entstellte Stimme aus seinem zerschlitzten Kehlkopf. »Nur noch ein klein wenig Geduld, Lehrling. Gleich trifft dein Meister ein und danach kommst du an die Reihe.«

Er zog etwas unter seinem Parka hervor. Den Konturen nach zu urteilen handelte es sich um eine großkalibrige Pistole.

Ich wette, im Magazin stecken Silbergeschosse, du Spinner, dachte Lea. Verblüffung und das Rasen ihrer Gedanken ließen die Furcht vorübergehend in den Hintergrund treten.

»Ich muss mich bei dir bedanken«, wisperte der Irre triumphierend. »Als ich de Lancres Höhle heute eine Stunde vor Sonnenuntergang endlich aufspürte, fand ich ihren Bewohner nicht vor. Da auch sein Sarg fehlte, glaubte ich bereits, de Lancre sei rechtzeitig verduftet. Ich wollte gerade meine Materialien auspacken und den Schlupfwinkel versiegeln, da kamst du daherspaziert. Dank dir weiß ich, dass de Lancre in Kürze hier auftauchen wird.«

Kaum war die letzte Silbe verklungen, neigte der Wahnsinnige den Kopf, als habe ein Geräusch oder ein sechster Sinn ihn alarmiert. Er begann, rascher zu atmen. Mit einem Klicken entsicherte er die Waffe. Offenbar besaß die Pistole ein Laservisier, denn während er sie schwenkte, wanderte ein roter Lichtpunkt über die dunklen Bücherzeilen und verharrte schließlich auf der Zimmertür.

Auch Lea starrte mit pochendem Herzen auf die Tür. Jeden Augenblick erwartete sie, dass sich die Klinke senkte. Als unerwartet ein Luftzug ihre Wange streifte, zuckte sie heftig zusammen. Sie drehte den Kopf in Richtung des Kamins und gewahrte ein verkohltes Stück Papier, das aus der kalten Kaminöffnung dicht über sie hinwegflatterte.

Der geistesgestörte Einbrecher hatte nichts gemerkt, sondern starrte noch immer mit angelegter Waffe auf den dunklen Umriss der Zimmertür.

Inzwischen erkannte Lea ihren Irrtum. Was sie in der Düsternis und im Zusammenhang mit dem offenen Kamin zunächst für einen verkohlten Papierbogen gehalten hatte, war eine große Fledermaus, die nun über dem Kopf des Eindringlings zu kreisen begann.

Eine *sehr* große Fledermaus.

Jetzt bemerkte auch der Einbrecher das Tier. Er riss die Pistole hoch. Zugleich stieß die Fledermaus auf die Faust nieder, die den Waffengriff umfasste. Einem gepressten Schmerzensschrei folgte ein dumpfer Aufschlag, als die Pistole zu Boden fiel. In einer blitzschnellen Reaktion warf sich der Angegriffene zur Seite und rollte sich über die Schulter ab. Unmittelbar darauf erscholl ein ohrenbetäubendes Krachen, und im Aufblitzen zweier Mündungsflammen sah Lea, wie der Einbrecher die beiden abgesägten Läufe einer Schrotflinte abfeuerte.

Die Fledermaus war verschwunden.

Der Einbrecher starrte durch seine Nachtsichtbrille in die

düstere Höhe des Zimmers. Lea verrenkte ihren Hals. Zunächst sah sie nur Dunkelheit. Doch dann stockte ihr das Herz.

Sie wusste nicht, was der Mann durch die Nachtsichtbrille erblickte, aber sie sah etwas Riesiges, Weißes, das sich wie eine Schattengeburt im Zwielicht unter der Zimmerdecke materialisierte.

Die Schrotflinte polterte zu Boden. Stattdessen hob der Einbrecher die Pistole auf und richtete sie nach oben. Schockiert erkannte Lea, dass unter der Zimmerdecke der nackte, helle Leib eines Menschen schwebte. Auf seiner glatten Brust glomm der rote Zielpunkt des Laservisiers wie ein vorweggenommenes Einschussloch.

Doch bevor der Einbrecher abdrücken konnte, stürzte der Leib auf ihn herab. Es folgten ein abgewürgter Schrei, ein trockenes Knacken, das Lea durch Mark und Bein drang, dann herrschte Stille.

Der Einbrecher lag reglos am Boden.

Der menschliche Körper stand mit einer anmutigen Bewegung auf.

Lea erkannte einen jungen schlanken Mann, so nackt, wie Gott ihn erschaffen hatte.

Geschmeidig, mit festem, federndem Schritt ging er auf sie zu. Sie krümmte sich, doch gegen die Handschellen und die Fußfesseln war sie machtlos. Der Jüngling beugte sich zu ihr hinab und befreite sie vom Knebel. Mit einer angewiderten Bewegung warf er die Knoblauchknolle in den Kamin. Er nahm das Kreuz von ihrer Brust und ließ es klirrend neben den Hammer und den Pflock fallen. Danach löste er rasch ihre Fesseln, wobei es ihm keinerlei Mühe zu bereiten schien, die Handschellen mit der bloßen Kraft seiner schlanken Finger aufzubrechen. Aus der Nähe bemerkte Lea eine Ansammlung kleiner runder Löcher, die sich rot von der marmorweißen Haut seiner linken Schulter, seinem Hals und seiner Wange abhoben. Ein Teil der Schrotladung musste ihn getroffen haben.

»Rühr dich nicht vom Fleck, bis ich wieder da bin«, befahl er und schritt zur Tür. »Es dauert nicht lange. Ich will mich nur in einen Zustand versetzen, der es gestattet, einer Dame unter die Augen zu treten.«

Sobald er die Tür hinter sich zugemacht hatte, missachtete Lea seine Anweisung, kämpfte sich auf die schmerzenden Beine und ging zum Lichtschalter, den sie neben der Zimmertür vermutete. Die beiden Schüsse mussten auch außerhalb der Wohnung deutlich hörbar gewesen sein. Hoffentlich alarmierte jemand schnellstens die Polizei.

Ihr Schrecken über das Erlebte ließ ein klein wenig nach, als elektrische Helligkeit das Zwielicht vertrieb. Unruhig huschte ihr Blick durch die Bibliothek, als könnten weitere unheimliche Gefahren darin lauern. Die alten Bücher, welche die Wandregale bis zur Decke füllten … die antiken astronomischen Instrumente in den Regallücken zwischen den Bänden … der große alte Globus in der Zimmermitte … das Wappenschild über dem Kamin und das viermastige Schiffsmodell auf dem Kaminaufsatz … All die einzelnen Bestandteile der musealen Einrichtung nahm sie dabei kaum wahr. Sie fühlte sich gebannt von den aufgerissenen Augen der Leiche zu ihren Füßen, die sie unverwandt anzustarren schienen. Der Kopf war in einem unmöglichen Winkel verdreht, das Genick gebrochen. Neben der abgefeuerten Schrotflinte lag ein offener Armee-Rucksack, aus dem ein Arsenal weiterer Waffen und Folterwerkzeuge quoll.

Als Schritte auf dem Flur erklangen, meldete sich wieder Leas Fluchtinstinkt, doch sie hatte zu lange gezögert. Sie wich unwillkürlich mehrere Schritte zurück. Die Tür ging auf und der junge

Mann, dessen widernatürliches Auftauchen mitten in der Luft Lea inzwischen für eine stressbedingte Sinnestäuschung hielt, trat über die Schwelle.

Er war hochgewachsen, mit schmalen Hüften und breiten Schultern, und er hatte sich eilig in ausgewaschene Bluejeans und ein weißes Hemd gekleidet – Lea bemerkte es kaum. Alles, was sie sah, war sein Gesicht. Es *schnuckelig* zu nennen, wie Lea es bei hübschen Jungs zu tun pflegte, wäre einem Sakrileg gleichgekommen. Lea blickte in das Antlitz eines Engels auf Erden. Es war blass wie Schnee, schmal geschnitten, mit hohen Wangenknochen, und umrahmt von langen goldenen Locken. Die geschwungenen roten Lippen und die glatten Wangen ohne den Schatten von Bartwuchs verliehen dem Gesicht einen femininen Zug, das markante Kinn dagegen verriet Entschlossenheit und Willenskraft. Das Widersprüchlichste und Schönste jedoch waren die Augen. *Menschliche Raubtieraugen*, dachte Lea fasziniert. Goldfarbene Augen, die im Dunkeln sehen und ihr Opfer bannen konnten. Momentan überwog das Menschliche in ihrem Ausdruck. Verärgerung über ihren Ungehorsam konnte Lea nicht darin lesen. Aber sie verspürte einen hypnotischen Einfluss, der von diesen Augen ausging und sogleich bewirkte, dass sie ruhiger wurde und ihre Angst nachließ.

Nun erst bemerkte sie winzige Narben auf der weißen Haut. Die Schrotverletzungen an Hals und Wange waren schon fast verheilt.

»Hat er denn keine Silberkugeln benutzt?«, platzte es aus Lea heraus, die sofort ob ihrer eigenen Kühnheit erschrak.

De Lancre schenkte dem toten Killer einen verächtlichen Blick. »So ein Banause«, sagte er angewidert. »Schießt auf Shakespeare, Milton und Byron.« Sein Blick wanderte traurig über mehrere Regalreihen direkt unter der Zimmerdecke, wo die Schrotsalven die Rücken zahlreicher antiquarischer Bücherschätze zerfetzt hatten.

Dann richtete er den Blick wieder auf Lea und musterte ihr Äußeres mit der gleichen Intensität, wie es zuvor der Killer getan hatte. Doch während der Blick des Killers Lea hatte frieren lassen, fühlte sie bei der Berührung *dieses* Blicks eine warme Gänsehaut, verbunden mit einem Kribbeln, als durchrieselte ein leichter elektrischer Strom ihren Körper.

»Du musst der Lehrling sein«, bemerkte er mit seiner unter die Haut dringenden Stimme. »Und du weißt Bescheid, nicht?« Seine Augen funkelten gefährlich. Zugleich jedoch breitete sich ein unwiderstehliches schiefes Grinsen auf seinem Gesicht aus.

Leas Herz klopfte ihr bis zum Hals. Ihre Theorie über »stressbedingte Sinnestäuschungen« war vergessen. Sie hätte keine Worte dafür finden können, doch sie spürte deutlich, dass irgendetwas zwischen ihnen *Klick* machte und ein unsichtbares Band vom einen zum anderen geknüpft wurde, was sie zugleich ängstigte und erregte. Sie versuchte, das Beben aus ihrer Stimme zu verbannen und einen herausfordernden Tonfall anzunehmen. »Ist das Ihre Jagdmethode, Monsieur de Lancre, junge Mädchen durch Nachhilfeunterricht in die Falle zu locken?«

Jetzt blühte sein Grinsen zu einem Lächeln auf. Seine roten Lippen entblößten ein Paar schimmernder spitzer Eckzähne. »O nein. Mein Unterricht dient dem Gelderwerb und nicht der Verköstigung. Wärest du nicht zu früh eingetroffen, hättest auch du darin keine Ausnahme bedeutet.« Er seufzte; es klang, als striche ein Violinbogen über seidene Stimmbänder. »Schade, denn deine Neugier wäre bei einem Lehrling vielversprechend gewesen. Und um deine Neugierde auch diesbezüglich zu befriedigen: *Natürlich* hatte der alberne Narr silbernes Schrot geladen. Er hatte keine blasse Ahnung von dem, was ich bin. Im Übrigen liegt es auf der Hand, dass Silber einem Antiquitätensammler nichts anhaben sollte.« De Lancres leises Lachen mündete in ein wölfisches Knurren. »Er hat auch geglaubt, ich schliefe im Sarg. Wie *geschmacklos!* Ich habe schon vor langer Zeit herausgefunden, dass es sicherer und erholsamer ist, in Gestalt einer Fledermaus schwerelos und umschmiegt von samtenen Schwingen im Kaminschacht zu schlummern.«

Lea schürzte die Lippen und zog die Augenbrauen über der Nasenwurzel zusammen. Sie wusste, sie sah süß aus, wenn sie wütend war. Und sie *war* wütend ... zumindest ein bisschen. Der Kerl verarschte sie. »Machen Sie mir nichts vor, Monsieur Vampir! Sie haben es nie und nimmer nötig, Nachhilfestunden zu erteilen. Ich hab doch Augen im Kopf. Sie sind ein *stinkreicher* Blutsauger!«

Auch de Lancre blickte jetzt böse – aber seine Mundwinkel zuckten verdächtig, weswegen sein halbherziger Zorn nicht Angst einflößend wirkte, sondern auf unwiderstehliche Weise anziehend. »Irrtum, dunkle Lady. Würde ich wohl als reicher Mann hier auf der Etage zur Miete wohnen? Wollte ich meine Schätze verkaufen, könnte ich zweifellos viel Geld besitzen. Aber wenn man schon so lange lebt, wie ich es tue, verblassen lange zurückliegende Erinnerungen. Meine gesammelten Andenken aus den Jahrhunderten sind das Einzige, was diese Erinnerungen lebendig erhält. Ich würde mich nie von ihnen trennen. Das immense Wissen hingegen, das mir die Jahrhunderte geschenkt haben, reiche ich weiter. Es ist ein Schatz, der mit den Sterblichen geteilt werden sollte, damit er nicht in seinem Behältnis«, er tippte sich an die Schläfe, »sinnlos verstaubt.«

Er lehnte sich an den Türpfosten und verschränkte die Arme vor der Brust. »Alles wäre also ganz einfach gewesen, wärest du nur ...« Sein Lächeln wurde schmerzlich, als er sie ansah, und der Ausdruck seiner Augen ernst. »Was mache ich jetzt bloß mit dir?«

Lea begegnete seinem Blick voller Entschlossenheit. Ein unbeschreibliches Gefühl raubte ihr den Atem, sodass ihre Worte nur gehaucht über ihre Lippen kamen: »Wie vereinbart. Erteil mir Nachhilfe!«

»Nachhilfeunterricht?« Er schüttelte den Kopf. »Leider weißt du nicht zu wenig, Lea, sondern zu viel.«

Sie machte einen Schritt auf ihn zu, zögerte kurz und trat mit einem zweiten Schritt dicht vor ihn hin. Plötzlich schoss ihr vor Verlegenheit das heiße Blut ins Gesicht. Hastig knubbelte sie den Latex-Vampirbiss für 11,95 Euro von ihrem Hals ab und ließ ihn verschämt in der Jackentasche verschwinden.

Lea nahm ein Leuchten in den Augen de Lancres wahr. Die Wohnungsklingel schrillte, doch er schien es gar nicht zu hören.

Sie teilte die Lippen und ließ den ausgestreckten Ringfinger lasziv über ihre Zungenspitze gleiten. Dann bog sie dem Vampir ihren Hals entgegen und strich mit der nassen Fingerspitze langsam an ihrer pochenden Schlagader entlang.

»Ja! Nachhilfe in Nachtleben!«

Tobias O. Meißner

AMATHA

Unter dem kalten Neon der Laternen warteten sie auf den Grinser.

Spärlicher Regen wehte im Wind, schneidend bereits wie Hagel, die blinkenden Fassaden des Rotlichtviertels pumpten wie elektrische Herzen. Straßenbahnen ratterten vorüber als ausgeschabte Riesenkäfer.

Elodie bibberte. Dieser Oktober war ein gebrochenes Versprechen, war mitnichten golden, sondern ein schaurig-kalter siamesischer Zwilling des Novembers. Die Brunneneinfassung, auf der sie saß, hätte genauso gut aus Eis sein können.

Sie waren zu viert, wie immer, wenn die Welt verdunkelt war und die Schule und die anderen nichts weiter als eine ferne, fremde Bühne, auf der man jene Rolle einstudierte und spielte, die von einem erwartet wurde. Die Welt und die anderen hatten nichts, aber auch gar nichts zu tun mit der Wirklichkeit. Die Wirklichkeit wohnte ausschließlich in den Nächten und lockte sie vier immer wieder mit Schönheit, Würde und Verheißung.

Cora sah umwerfend aus. Sie war viel schöner, irgendwie tiefer und echter als die anderen GothChicks, die in dieser Stadt herumhuschten. Cora war vollkommen lautlos, wenn sie ging und atmete. Sie war wie ein Gespenst in einem Mädchenkörper, der erstaunlich viel Wärme ausstrahlte. Es lag einzig und allein an Cora, dass Elodie sich ihrer sexuellen Orientierung mit sechzehn Jahren noch immer nicht sicher war. Jungs wie Derek hatten etwas, zweifelsohne, aber konnten sie jemals in eine echte Konkurrenz treten zu Coras übernatürlicher Anmut?

Derek hatte sie hierhergeführt. Er hatte ihnen von dem Grinser erzählt, der ihn vorgestern auf einer Fetischballettparty angesprochen hatte. Derek war – wie Cora – anders. So anders, dass Elodie immer wieder aufs Neue glücklich darüber war, mit diesen beiden verbunden sein zu dürfen.

Kennengelernt hatte sie Derek schon vor einigen Jahren, als die anderen Schüler in völliger Unfähigkeit, seinen angelsächsischen Namen zu begreifen, ihn immer »Dreckie« genannt hatten. Mit den Jahren war aus dem schüchternen Dreckie mit der Brille ein hübscher Derek mit Kontaktlinsen geworden. Er war schmal wie ein Schilfrohr im Wind und ebenso biegsam. Genau das faszinierte sie so an ihm. Max, sein bester Freund, dagegen war – wenn man einmal von seiner Vorliebe für obskure Horrorfilme absah – nichts weiter als ein ganz gewöhnlicher Junge. Breitschultrig, stolz darauf, nicht nur ein Sixpack, sondern sogar ein Eightpack an Bauchmuskeln zu haben, eitel mit seinem blonden Pilzkopf und der Andeutung eines eichhörnchenfarbenen Bartwuchses. Doch Derek war so viel souveräner als Max. Dereks nach vorne fallende dunkle Haare machten aus seinen Augen selten zu erhaschende Kleinodien. Sein Kleidungsstil oszillierte irgendwo zwischen japanisch und Fin de Siècle. Elodie dachte immer: Jemand, der so schmal war, dass selbst enge Hosen an ihm schlackerten, müsste über eine ganz andere, unter- oder überirdische Art von Verankerung verfügen, um vom Leben nicht herumgeschubst zu werden. Und nichts und niemand schubste Derek herum. Er war ihr Anführer, selbst wenn er nichts anderes tat, als ihnen in der Straßenbahn gegenüberzusitzen und nachzudenken. Er dachte gerne und las gerne. Sein

Lieblingsschriftsteller war Arthur Machen, den er auf Englisch zitieren konnte, weil Dereks Mutter aus Suffolk stammte.

Elodie selbst war keine Gothic wie Cora. Sie konnte sich nicht überwinden, fürchtete stets, in allzu stylisher oder sogar Fetischkleidung fett, ungeschickt und lächerlich auszusehen, weil sie nicht ganz so schlank war wie Cora und auch ansonsten nicht ganz so bezaubernde Züge hatte. Trotzig behauptete sie immer, dass sie keinerlei äußerlichen Ausdruck für ihr überreiches Innenleben benötigte, doch insgeheim bewunderte sie Cora und Derek dafür, wie die beiden ihre Mode dazu benutzten, die Blicke der Welt und der anderen um ihr kostbares Inneres *herum*zulenken.

Sie saßen da, froren, teilten sich eine Zigarette, die nach Menthol schmeckte wie etwas für zwölfjährige Mädchen, und warteten, während die dicken Zeiger der leuchtenden Uhr weiterhin um ihren Mittelpunkt herumkrochen, als wären sie angeleinte Weinbergschnecken.

Der Grinser erschien. Tauchte aus der nebligen Kälte des Hauptbahnhofs auf wie ein Phantom. Elodie begriff sofort, weshalb Derek ihn den Grinser nannte, aber da war auch etwas Kaltes an diesem vielleicht dreißigjährigen Feixen, etwas, das nie die Augen erreichte und in Wirklichkeit von Herablassung zeugte.

»Seid ihr bereit?«, griente er nur, und jeder von ihnen drückte ihm artig zwanzig Euro in die Hand. »Dann folgt mir.«

Er führte sie an Touristen vorüber, die nach günstigen Übernachtungen suchten, an arabischen Zuhältergangs und aggressiven Huren, die Derek und Max an den Ellenbogen zupften und ihnen »etwas Schönes« zeigen wollten. Zwischen kalt leuchtenden Häusern und überladenen 99-Cent-Shops hindurch in eine Gasse, an die Elodie sich überhaupt nicht erinnern konnte. Eine Treppe hinab in ein völlig leeres Parkhaus, und durch die nach

Männerurin riechende, nasse Betonsäulenhalle auf der anderen Seite wieder hinaus. Eine schmale Straße entlang, in der jegliche Beleuchtung ausgefallen war. Ein dick vermummter Penner schlief hier in einem Hauseingang, einen Laptop fest umklammert. Weit droben in den Fenstern des gar nicht fernen Bankenviertels brannte noch Licht. Der Herbstwind bauschte leere Schokoriegelhüllen und benutzte Papiertaschentücher vor sich her. Wieder ging es nach unten, diesmal in den Keller eines zum Abriss freigegebenen Bürogebäudes. Der Keller ähnelte den verzweigten Katakomben unter der Uni, an der Dereks Schwester studierte, und wohin er sie führte, wenn die Studenten dort Elektroschattenparty machten. Einige der Neonröhren reagierten nicht, sodass sie Inseln der Finsternis durchmaßen, in denen Wasser tropfte und alle Schritte bis auf Coras verzerrt widerhallten.

Schließlich blieb der Grinser vor einer altmodischen feuerfesten Heizungskellertür mit Hebelverriegelung stehen. Elodie spürte, dass ihre Achselhöhlen unangenehm feucht waren. Es war kalt hier unten und dennoch irgendwie drückend. Derek und Cora lächelten, Max jedoch hatte Schiss, das konnte man daran erkennen, dass er besonders angestrengt auf lässig machte.

»Also okay, Leute«, sagte der Grinser mit schmeichelnder Stimme. »Ihr habt bezahlt, also werdet ihr beliefert. Vergesst jetzt alles, was ihr jemals gehört habt über Piercing und Branding, über Skinning oder diesen Mist, wo die Leute sich an Haken unter die Decke hängen. Jetzt kriegt ihr gleich die Zukunft zu sehen. Das nächste ultraheiße Ding. Mädchen: Ihr werdet euch in Zukunft spießig und mauerblumig vorkommen, egal, wie geil ihr aussäht. Jungs: Ihr werdet euch verlieben, egal, auf wen ihr sonst abfahrt. Denn ich zeige euch jetzt die Zukunft und die absolute Schönheit. Vorhang auf für die einzigartige – Amatha.«

Mit Kraft legte er den Hebel um und zerrte die schwere Eisentür auf, die laut über den Boden schleifte. Es roch nach jahrzehntealtem Staub, aber auch nach Parfüm, warmem Gummi und Laugengebäck. Wieder fuhr ein Schaudern durch Elodies Leib. Unwillkürlich fasste sie nach Coras Hand. Diese erwiderte den Druck warm und angenehm.

Der Raum hinter der Tür war eher klein und von vier kalten Punktstrahlern erhellt, die fast alles im Schatten ließen. Eine Frau erhob sich knisternd von einer ausgefransten Liege und wandte sich den Neuankömmlingen zu. Sie war älter als Elodie und Cora, aber auch noch keine fünfundzwanzig. Ihre Haare waren kurzgeschoren wie bei einem Skinhead und sie trug einen schwarzen, bodenlangen Lackmantel. Ihr Gesicht wirkte ausgezehrt und schattig, irgendwie hatte Elodie sofort Assoziationen von Osteuropa, Autobahnstrich und billigen, synthetischen Schnellmacherdrogen. Der Grinser schloss die kreischend schwere Tür und sagte etwas zu der Frau in einer fremden, tatsächlich slawisch klingenden Sprache. Ohne sich auch nur im Mindesten die Mühe eines Lächelns zu geben, schlug Amatha ihren Mantel auf.

Im ersten Augenblick war Elodie abgestoßen von so viel billiger Nacktheit. Sie hatte irgendetwas ganz Besonderes erwartet, etwas, das zwanzig Euro wert war, etwas, das auf dem Niveau von Derek und Cora lag – und nicht einfach nur eine Peepshow, wie man sie in diesem Viertel der Stadt allenthalben zu erwarten hatte. Doch dann schaute sie ein zweites Mal hin. Und das, was sie auf den ersten Blick für eine kreisrunde Tätowierung unter der linken Brust gehalten hatte, entpuppte sich als etwas ganz anderes. Freundlich wie ein Mörder ging der Grinser auf die nackte Frau im Lackmantel zu und begann, diese Sache mit der kleinen Stahlkugel zu machen.

Unter dem kalten Neon der Laternen wehte schmerzhafter werdender Regen im übelriechenden Wind, die blinkenden Fassaden des Rotlichtviertels pumpten wie ein Vergnügungspark für Geisteskranke, Straßenbahnen ratterten vorüber und wirbelten Dreck in die Höhe.

Wieder saßen sie am trockenen Brunnen. Das heißt: Elodie, Cora und Max saßen. Derek ging vor ihnen auf und ab. Er versuchte, dabei nachdenklich und ruhig zu wirken, aber Elodie sah ihm seine Aufgewühltheit deutlich an.

»Zuerst dachte ich, es ist ein Trick«, sagte er mit seiner leisen, leicht heiseren Stimme. »Doch dann hat er sich hinter sie gestellt und ich dachte: Was ist das denn? Wie funktioniert das? Und dann die Kugel. Unglaublich!«

»Wie kann sie so leben?«, fragte Cora. Sie sah ergriffen aus wie damals, als sie zusammen zum ersten Mal den Film *Flower and Snake* gesehen hatten. »Und vor allem: Wer macht so was? Wer führt solche Eingriffe durch? Das muss doch tödlich ausgehen!«

»Niemand führt so was durch«, behauptete Max, der bleicher aussah, als Elodie ihn jemals gesehen hatte. »Das *war* ein Trick. Das *muss* ein Trick gewesen sein! Im Fernsehen sieht man doch dauernd Magier, die Frauen durchsägen und durchbohren, und das sieht immer absolut echt aus, aber das ist nicht echt, das ist nur Show. Spiegeltricks und so'n Zeug.«

»Aber die Kugel?«, gab Cora zu bedenken.

»Ach, scheiß doch auf die Kugel«, winkte Max ab. Seine Wut zeigte, dass er sich weigern wollte, weiter über das Geräusch nachzudenken, das die rollende Kugel in der Stahlröhre gemacht hatte.

»Ich glaube, dass es möglich ist«, ließ Derek nicht locker. »Ich meine: das Blut fließt ja im Körper nicht einfach nur so herum.

Es ist in Adern eingefasst, in Venen und Arterien. Auch alle inneren Organe haben Außenwände und eine gewisse Stabilität. Wenn man nun ganz behutsam vorgeht, ganz langsam, beinahe zärtlich ... müsste es eigentlich möglich sein, ein Stahlrohr mitten durch den Körper durchzuführen, ohne eines der Organe zu verletzen. Eine Verschiebung der Organe um ein paar Zentimeter ist machbar, sonst gäbe es keine Schwangerschaften und auch keine durch Saufen vergrößerten Lebern. Durch zwei Rippen hindurch mit dem Rohr, durch das Geflecht der Blutgefäße, hinten eng an der Wirbelsäule vorbei und wieder hinaus.«

»Aber vorne und hinten sind dann offene Wunden.« Cora schien begierig darauf, das Problem mit Derek zu erörtern.

»Nicht unbedingt«, sagte er. »Das Rohr muss natürlich steril sein. Aber so, wie man auch Stahlplatten in einen Schädel einsetzen kann und künstliche Hüftgelenke und Metallnägel bei Knochenbrüchen, kann der Körper auch so was verkraften. An den Wundrändern wächst das Fleisch seitlich am Rohr fest, und so schließen sich die Wunden, ohne dass das Rohr selbst überwuchert wird.«

»Aber: Stößt der Körper so ein Stück Metall denn nicht irgendwann ab?«

»Was weiß ich? Frauen lassen sich Silikonkissen in die Brüste nähen, die werden auch nicht abgestoßen. Langfristig vielleicht schon. Ich meine ... Amatha sah nicht wirklich besonders gesund aus, oder?«

»Wahnsinn«, stieß Cora hervor, die tatsächlich beinahe so etwas wie rosige Wangen bekommen hatte. »Mitten in ihrem Brustkorb ist Amatha durchsichtig wie ein Geist.«

»Ja, in der Nähe des Herzens«, ergänzte Derek. »Man kann eine Kugel durch sie hindurchrollen lassen. Von vorne nach hinten und umgekehrt. Man kann eigentlich alle denkbaren Gegenstände durch sie hindurchrollen oder -gleiten lassen. Ich stelle mir vor, dass alle diese Gegenstände hinterher irgendwie … geheiligt sind oder zumindest aufgeladen.«

»Schade, dass sie nicht wirklich schön war«, sagte Cora nicht ganz frei von Eifersucht. »Bei einer wirklich wunderschönen Frau wäre so was eine Riesensache. Aber bei ihr verpufft der Effekt ein wenig, finde ich.«

»Jedenfalls war es keine zwanzig Euro wert. Never«, grummelte Max.

»Nein, war es nicht«, gab Derek ihm recht. »Es war ein netter kleiner Schock, aber man hätte mehr draus machen müssen. Ein echter Vorhang zum Beispiel. Ein hübscheres Girlie. Die Möglichkeit, dass jeder einen Gegenstand durch sie hindurchschieben kann. Dass man in das Rohr reinfassen darf. Irgendwas Interaktives. Aber so bleibt das Ganze etwas zu distanziert. Also kommt, ich habe uns gestern einen genialen Film besorgt: *Silent Night, Bloody Night* von Theodore Gershuny, aus den Siebzigern! Ist zu unrecht völlig vergessen, aber unglaublich gut gemacht und stimmungsvoll!«

Sie erhoben sich und gingen los, nur Elodie blieb noch sitzen.

»Kommst du nicht mit?«, fragte Cora über ihre Schulter zurück.

Elodie wachte, jetzt so direkt angesprochen, auf wie aus einem Traum. »Denk doch nur«, hauchte sie. »Man kann immer durch sie hindurchschauen. Sie ist vollkommen offen und wahr. Keine Geheimnisse mehr für den, dem sie sich zeigen möchte.«

Lautlos kam Cora zurück zu ihr, während die beiden Jungs schon Arm in Arm lachend weiterschlenderten. Die Gothic ging vor der sitzenden Elodie in die Hocke und ergriff ihre kalten Hände.

»Hör mir zu, Elodie: Nein«, sagte sie sanft und warm. Und sie wiederholte es noch einmal: »Nein. Das ist auch nur für die anderen. Nicht für welche wie uns.«

Elodie schaute Cora an, das schöne bleiche Gesicht mit den leicht geröteten Wangen und den vollen Lippen. Hungrig darauf, zu küssen und geküsst zu werden. Dann nickte sie, ließ sich hochziehen und folgte Cora in eine weitere Nacht aus Schönheit, Würde und Verheißung.

Michael Tillmann

Der Hafenwirt und seine merkwürdigen Gäste

Es besuchten drei junge Studenten der Jurisprudenz – Waldemar, Hannes und Gottlieb waren ihre werten Namen – eine finstere Hafenkneipe, die den bemerkenswerten Namen *Zur Letzten Zuflucht* trug. Weder diese verrauchte, stickige Spelunke noch die ganze baufällige Gegend hatte selbstredend einen sonderlich guten Ruf, aber das störte die zuweilen durstigen Burschen des ersten Semesters herzlich wenig, denn dieser Ort hatte einen großen Vorteil: sehr günstige Getränkepreise.

Und es kam, wie es kommen musste, wenn Burschenschaft auf übermäßige Mengen billigen Alkohols trifft: Die für besonders tiefsinnig gehaltenen Gespräche wanderten zusehends in die groteske, finstere und makabere Ecke. Die großen Bilder an den putzlosen Wänden des Schankraumes verstärkten diese Tendenz.

Die in übermächtige Rahmen gefassten Werke eines namenlosen Künstlers zeigten dunkle, gedrungene Gestalten, die über nächtliche Dünen humpelten oder zwischen tangbehangenen Treibgutteilen und morschen Schiffwracks ungelenk kletterten und dabei seltsame, ja, unsinnige Gesten in Richtung des vollen Mondes ausführten, der am Himmel thronte wie ein nächtliches Auge zwischen Lidern aus Wolken. Einige dieser Figuren zogen schwere Bündel hinter sich durch den Sand oder hantierten mit zerbrechlichen Gegenständen unverständlicher Geometrie und Funktion.

Das eigentlich Unheimliche an diesen Strandwesen aber war die schwimmende Unschärfe, die im Gegensatz zu der scharfen zeichnerischen Detailtreue der umgebenden Landschaft stand. Auch schien das Mondlicht dunkler im Bannkreis der teilweise mit langen Gewändern und teilweise nur mit fliegenden Fetzen bekleideten Wesen. Das alles machte sofort verständlich, dass der Zeichner bewusst etwas verbergen wollte, nein, musste. Die Wahrheit sollte nicht ans Licht – und wenn es auch nur Mondlicht sein würde – kommen. Es schien so zu sein wie an der beängstigenden Stelle in der Geschichte *The Voice in the Night* von William Hope Hodgson, als die Personen im Ruderboot sich weigerten, längsseits zu kommen, damit die Seeleute der Bark nicht deren abscheuliches Geheimnis erfuhren.

Man bestaunte also die Bilder und redete bei Bier und beißendem Rum über unerklärliche Verbrechen, tragische Un- und absonderliche Zufälle. Alsbald folgten wirre Diskussionen über das Übersinnliche und seinen Platz in einer Welt voller Wissenschaft und Agnostik. Die Ausführungen wurden bald heftiger, da kontroverser. Waldemar und Gottlieb zeigten sich zum Beispiel felsenfest davon überzeugt, dass es keine Gespenster gab. Hannes deutete aber, zuerst vorsichtig, dann jedoch immer bestimmter an, es gäbe doch auch in diesen Tagen noch viele Phänomene, die noch nicht von den Naturwissenschaften geklärt worden seien. Eine Aussage, die natürlich ein Allgemeinplatz bleiben musste, sodass letztlich ein spontaner, gemeinsamer Lachanfall von Waldemar und Gottlieb folgte.

Gerade in diesem Moment brachte der, für einen Hafenwirt ungewöhnlich gut gekleidete, Herr des Hauses drei weitere steinerne Krüge voll schäumenden Gerstensaftes. Er stellte sie polternd auf den abgenutzten Tisch, wischte sich den übergelaufenen Schaum von seinen breiten Goldringen und fragte scheinbar sehr interessiert nach Grund und Ursache des hämischen Gelächters.

Waldemar grölte sofort laut: »Der ängstliche Hannes glaubt noch an Geister, Hexen und Dämonen, haha.«

Hannes wandte wütend die Augen ab. Dabei fiel sein Blick auf ein Bild, welches eine Gestalt mit einem löchrigen Schlapphut zeigte, die in einem kleinen Kahn stand und damit auf das offene Meer hinausfuhr. Der Kahn lag tief und war angefüllt mit länglichen, weißen Bündeln, die man mit groben Stricken verschnürt hatte.

Der kräftige Wirt rückte seine goldenen Halsketten zurecht, kratzte sich im Stiernacken und meinte dabei fast beiläufig: »Tja, vielleicht ist Hannes nicht so dumm, wie die Herren glauben. Vieles ist nicht immer so, wie es scheint.«

Gottlieb, vom billigen Rum frech und mutig, antwortete: »Ja, ja, vieles ist nicht so, wie es scheint. So glaubt ja auch keiner, dass Ihr den ganzen Reichtum nur mit dieser einen kleinen Kneipe hier gemacht habt!«

In der nächsten Sekunde wurde Gottlieb aber kreidebleich. Er war sich plötzlich der Unverschämtheit seiner Andeutung und der Größe des Schankwirtes bewusst. Viele Leute dachten zwar, der Wirt mache krumme Geschäfte, aber keiner hatte es bis jetzt je gewagt, diesen Verdacht laut und auch noch vor den Ohren des Wirts zu äußern. Gottlieb sah sich schon im Geiste wie eine Sturmmöwe durch die Tür segeln und mit gebrochener Nase in der stinkenden Hafengosse landen.

Doch der bärenhafte Wirt blieb erstaunlich gelassen. Mit einem Lappen polierte er mit Bedacht seine zum Teil mit Rubinen und Smaragden besetzten Ringe. Dann sagte er schließlich erheitert: »Ihr haltet mich also für einen Betrüger, Gauner oder gar für einen alten Piraten im Ruhestand, was?«

Gottlieb flüsterte kleinlaut: »Das ... also das habe ich nicht gesagt ... ich ...«

»Nein, das hat er wirklich nicht gemeint«, fügte Waldemar besänftigend hinzu. Nur Hannes schwieg grinsend und betrachtete wieder das Bild mit dem Fährmann.

Obwohl aus einer anderen Ecke der Wirtschaft der Ruf nach Bier immer lauter wurde, setzte sich der Gastwirt nun seelenruhig neben Gottlieb auf die Bank und sagte: »Ich will den hochgeschätzten Herren Studenten mal ein kleines Geheimnis verraten: Ich habe mein Geld aus den vollen Taschen sehr bedeutender Herrschaften, die man niemals in dieser verkommenen Gegend vermuten würde.«

Die drei Burschen spitzten gespannt die Ohren; der Wirt wusste natürlich, dass sie in seine Falle gegangen waren. Er konnte sich darum ein leichtes, sardonisches Lächeln nicht ganz verkneifen.

Waldemar machte mutig einen Vorstoß: »Ja ... es gibt da Gerüchte in den Gassen, dass einige ehrbare Kavaliere in diesem Stadtteil heimlich dem Glücksspiel frönen ...«

»Sehr richtig, meine Herren!«, stimmte der Wirt nun sehr ernst zu.

Die Offenheit, die der zwielichtige Mann zeigte, erstaunte die Hochschüler nicht schlecht. Natürlich wollten sie mehr wissen, denn sie malten sich aus, wer da wohl an solch illegalem Treiben beteiligt war. Vielleicht ihre Professoren, vielleicht Priester, vielleicht einige hochrangige Polizeibeamte und Richter? Wer konnte das schon wissen?

Gottlieb dachte zwar, dass seine Bitte wahrscheinlich abgelehnt werden würde, aber er fragte, da er nun seine alte Frechheit wiedergefunden hatte, trotzdem, ob sie wohl auch mal mitspielen dürften.

Er wäre im nächsten Augenblick fast von der wurmstichigen Bank gefallen, denn der Wirt stimmte sofort zu. Daraufhin fragte Waldemar vorsichtig: »Herr Wirt, werden die Herren denn nicht ungehalten sein, wenn Sie uns einfach so in diesen Kreis einführen?«

»Nein, die Herren vertrauen mir ganz und gar; wir kennen uns schon sehr, sehr lange. Wenn ich sage, ihr seid ehrenwerte Leute, dann wird niemand etwas gegen euch haben. Etwas Abwechslung wird der verknöcherten Runde guttun, will ich meinen. Aber die Herrschaften kommen erst nach der Sperrstunde. Wir haben also noch etwas Zeit. Ich muss jetzt weiterarbeiten. Die Runde Bier geht auf meine Rechnung«, beendete der Wirt das Gespräch und ging geschwind und behände zur Theke. Zurück blieben drei verdutzte Gestalten, die sich aber alsbald über das Freibier hermachten.

Die ferne Kirchturmuhr hatte die Sperrstunde verkündigt. Langsam tranken die letzten Gäste aus und gingen dann unwillig nach Haus, sofern sie eines hatten. Denn einige, die hier getrunken hatten, würden sicherlich draußen an den Docks im Rinnstein schlafen.

Der Wirt löschte die meisten Kerzen, räumte Gläser, Teller und Krüge ab, schloss die knarrenden Fensterläden und verriegelte die Eingangstür mit einem Eichenbalken.

»Wir haben noch etwas Zeit. Kommt gefälligst und helft mir beim Abwasch!«, verlangte er barsch von den müden Studenten, die immer noch in der Ecke hockten. So hatten sie sich die Sache zwar nicht vorgestellt, aber sie folgten der rüden Aufforderung ohne Murren. Auch waren sie sehr behutsam bei der Ausführung ihrer Arbeit; sie wollten kein Geschirr zerbrechen und damit den Unmut des Wirts erregen.

Da standen sie also mitten in der Nacht in der *Letzten Zuflucht*, kratzten fleißig fettige Essensreste von den Tellern und spülten ab. Langsam wurden sie davon wieder nüchtern und munter. Oh, sie wurden sogar ganz nervös vor bohrender Ungeduld. Welche Personen würden sie wohl in dieser Nacht noch kennenlernen?

Als der Abwasch erledigt war, führte der Wirt sie in einen kleinen Nebenraum. Waldemar stieß dabei schmerzhaft seinen Kopf am niedrigen Türrahmen. Er unterdrückte aber seinen Fluch. Schließlich sollte man sich ja bald unter Gentlemen bewegen.

In der Mitte des Raumes befand sich ein mit grünem Samt bezogener, runder Würfeltisch. Darauf standen die nötigen Utensilien sowie Kristallgläser und eine Flasche teuren Whiskys. Um den Tisch gruppierten sich einige edel gepolsterte Stühle. Der Raum wurde beleuchtet von zwei fünfflammigen mannshohen Kerzenleuchtern. Ein prachtvoller arabischer Teppich bedeckte den Boden. Die Wände waren mit roter Seide verhüllt. Fenster konnte man keine ausmachen, doch eine schmale Tür markierte den Hinterausgang des Hauses. Gäste zeigten sich aber noch keine. Die Studenten staunten nicht schlecht über das teure Ambiente im Hinterzimmer dieser unscheinbaren, dreckigen Hafenspelunke.

Der Wirt stellte klar: »Wenn ich euch die Herren gleich vorstelle, so zeigt bitte nicht zu viel Erstaunen. Das wäre sehr, sehr unhöflich. Ich rechne mit eurer guten Erziehung, meine Herren!«

Kaum hatte er diese warnenden Worte gesprochen, als es auch schon kräftig an der Hintertür klopfte.

Die große Gestalt, die eintrat, konnte wirklich Erstaunen wecken. Sie trug einen altmodischen Dreispitz mit goldener Kordel, eine nachtblaue Kapitänsuniform mit vielen Knöpfen und rustikale, schwarze Lederstiefel. Am breiten Gürtel des Rockes hingen ein Degen und ein Geldbeutel. Die Kleidung schien feucht zu sein und an einigen Stellen hafteten scheinbar Reste von Seetang, kleinen Muscheln und pilzartigen Gewächsen.

Das bleiche und aufgedunsene Gesicht des Mannes wurde durch einen Vollbart umschlossen. Die Augen wirkten sehr lebendig, der Blick erheitert bis spöttisch.

Der Wirt sprach: »Darf ich vorstellen: Kapitän Montgomery. Vielleicht haben die Herren schon von ihm gehört? Sein mit spanischen Goldmünzen beladenes Schiff ging vor circa 150 Jahren unter; es wurde auf der letzten Fahrt des Kapitäns vor seinem Ruhestand von Strandpiraten durch falsche Signalflammen zu den Klippen gelockt. Heute hat er aber die Suche nach seinen Mördern aufgegeben und spielt lieber hier sein allabendliches Würfelspiel.«

Die Studenten waren zuerst sprachlos – dann aber lächelten sie und grüßten höflich. Sie spielten mit, denn sie hielten die Sache für einen sehr vortrefflichen Scherz.

Montgomery grüßte knapp zurück und sagte zum Wirt: »Ich sehe, die drei Gesellen glauben uns nicht recht, geehrter Herr Wirt. Aber spätestens, wenn Hildesbert hier ist, werden sie uns glauben müssen.«

Man setzte sich um den Tisch und wartete. Heimlich und verstohlen musterten die Studenten den historischen Kapitän, der sich sofort ein Glas mit Whisky füllte. Nein, das konnte alles nur eine dumme Posse sein, sagten sich die Hochschüler.

Aber was sollten das für seltsame Anhängsel an der Jacke von Montgomery sein? Waren es wirklich Pilze? Oder unbekannte

Meeresgewächse? Hatte diese Jacke wahrhaftig lange unter Wasser gelegen?

Da klopfte es erneut an der Tür.

Der Wirt öffnete.

Ein kleiner, magerer Mann im schwarzen Mantel trat ein. Er trug einen übergroßen, löchrigen Schlapphut und lederne Handschuhe. Sein Gesicht wirkte eingefallen und hatte eine leicht bläuliche Färbung. Sein Hals zeigte ein schwarzes, merkwürdiges, breites Mal.

Wieder stellte der Wirt den Gast vor: »Meine Herren, das ist Isegrim, der Totengräber, der selten nur gegraben hat. Denn als hier vor langer Zeit die Pest wütete, versprachen die Leute Isegrim viel Geld dafür, wenn er die Leichen der Pestopfer auf hoher See versenken würde. Da baute Isegrim sich also einen Kahn und erledigte in den Nächten bei Mondschein seine Arbeit regelmäßig und zuverlässig. Zwar erhielt er wirklich sein Geld wie versprochen, doch was hatte er davon?

Denn auch lange nach der Pest mieden die Menschen seine Nähe. Keiner wollte mit ihm trinken. Kein Weib mit ihm tanzen. Und wie grausam Kinderspott sein kann, brauche ich niemandem zu erzählen.

So ließ er sich das große Haus oben auf dem Hügel am Strand – die Herren kennen die Ruine? – bauen und lebte dort zeit seines Lebens als Einsiedler. Doch jenes Leben dauerte nicht allzu lang, denn er ertrug die Einsamkeit nicht. Er erhängte sich am Dachpfosten seines schönen, prächtigen Hauses. Erst nach Wochen hat man Isegrim vermisst. Man verscharrte seinen Leichnam weit ab vom Friedhof, sodass er noch nicht einmal die Gesellschaft der Toten hatte. Nun aber kommt sein Geist regelmäßig in dieses bescheidene Wirtshaus, um wenigstens hier etwas Gesellschaft zwischen den anderen Gespenstern zu haben.«

Die Studenten nickten überlegen und wissend. Man grüßte freundlich. Ein herrlicher Spaß. Aber wie nur hatte der Wirt das alles organisieren können?

Wieder sprach der alte Montgomery: »Ich sehe, die drei Gesellen glauben uns noch immer nicht, geehrter Herr Wirt. Aber, wie ich schon sagte, spätestens, wenn der letzte Gast erscheint, werden sie uns glauben müssen, haha.«

Langsam wurde den Studenten die Sache etwas zu dumm. Waldemar wollte gerade seinen Unmut äußern, da klopfte es zum dritten Mal an der Tür und ein eleganter Mann trat kurz darauf ein.

Er hatte seinen Körper in einen samtenen, roten Umhang gehüllt und trug polierte, teure Schuhe mit silbernen Schnallen. Seine schlanken Finger waren mit Ringen besetzt, die noch viel kostbarer schienen als die Schmuckstücke an den groben Klauen des Hafenwirtes. Sein längeres Haar konnte als ordentlich gescheitelt bezeichnet werden und sein schwarzer Schnurrbart als sehr gepflegt.

Abermals waltete der Wirt seine Amtes als verhinderter Kastellan: »Meine Herren, darf ich nun abschließend den hochwohlgeborenen Grafen von Hildesbert vorstellen? Vielleicht ist auch seine Geschichte der Dorfjugend schon bekannt? Als er einmal auf See das Schiff eines alten Freundes traf, wollte dieser Freund zur Begrüßung einen kleinen Salutschuss für den Grafen abgeben. Irrtümlicherweise befand sich aber noch eine Kugel im Lauf der Kanone, die man dort beim letzten Piratenangriff eingeführt und später vergessen hatte.

Der Schuss traf Graf von Hildesbert mitten in Brust und Bauch.«

An dieser Stelle konnten Waldemar und Gottlieb sich nicht mehr beherrschen: Sie lachten laut los.

Kapitän Montgomery aber sprach zum Grafen von Hildesbert: »Lieber Herr Graf, wollen Sie nicht ablegen?«

Daraufhin öffnete der Graf langsam seinen weiten, roten Umhang ...

Waldemar und Gottlieb rutschte der übertriebene Hochmut in die nun weichen Knie. Aber auch Hannes schien von der plötzlichen Bestätigung seiner schauerlichen Überlegungen absolut entsetzt und überfordert. Denn der untere Brustbereich des Grafen von Hildesbert zeigte ein kreisrundes Loch, durch das man zur Tür hindurchsehen konnte. Ein Stück seiner Wirbelsäule ragte von oben in das Loch und die Ränder der tödlichen Wunde waren blutverkrustete Fleischfetzen.

Schreckensbleich sprangen die drei jungen Burschen auf und hetzten wie aufgeschreckte Hühner durch den Raum zur Tür, die zum Schankraum führte, wobei sich Waldemar erneut den Kopf am Rahmen stieß. Anschließend hörte man, wie sie einige Tische und Stühle umrannten. Die Außentür wurde hastig entriegelt und dann lärmten schnelle, hektische Schritte auf dem feuchten Kopfsteinpflaster davon.

Der Wirt und seine drei gespenstischen Gäste aber lachten so laut, dass aus Nachbarhäusern wilder Protest über diese nächtliche Ruhestörung zu vernehmen war. Der, nur teilweise vorhandene, Bauch des Grafen bebte sogar so sehr vor Lachen, dass von unten ein Stück Gedärm herausrutschte.

Als man sich schließlich wieder beruhigt und der Graf auch alles wieder dort untergebracht hatte, wo es von Natur aus hingehörte, sagte der Wirt: »Meine sehr geehrten Herren, das war ja wieder einmal ein großer Spaß! Wie wäre es nun mit einem Würfelspiel?«

»Ach, Sie werden ja doch wieder gewinnen«, seufzte Montgomery und warf seinen Geldbeutel auf den Tisch. Einige alte Münzen kullerten heraus.

»Ja, aber das ändert nichts«, sprach der einsame Totengräber.

»Nein, das ändert wirklich nichts, denn wir werden trotzdem wieder hierher zurückkommen. So wird es immer sein. Schließlich ist diese Kneipe ja in kalter Nacht unsere ›*Letzte Zuflucht*‹, bemerkte der Graf von Hildesbert erneut lachend.

Kathleen Weise

Der Wolf und das Muli

Als die Kempowski das Spiel endlich abpfeift, habe ich Schrammen an beiden Knien, rote Stellen an den Oberarmen, die sich im Laufe der nächsten Stunde in blaue Flecken verwandeln werden, und eine Mordsbeule am Hinterkopf. Genau an der Stelle, wo mein Kopf Bekanntschaft mit dem Torpfosten gemacht hat.

Ich hasse Handball. Und ich hasse den Sportunterricht. Christina und ihre Mädels ergreifen jede Gelegenheit, um mich zu foulen, und die Kempowski glaubt inzwischen, dass ich besonders ungeschickt bin, so oft, wie ich hinfalle. Natürlich wissen die anderen, dass Christina dafür verantwortlich ist, aber wer legt sich schon mit der an? Mittlerweile bin ich immer die Letzte, die in die Mannschaft gewählt wird, denn es hat sich herumgesprochen, dass die Mannschaft, in der ich spiele, verliert. Und wer will schon immer verlieren?

Vom Spielfeldrand ertönt Gejohle und ich bemühe mich sehr, nicht hinzusehen. Die letzte halbe Stunde haben die Jungs zugesehen und sich prächtig darüber amüsiert, wie wir über das Parkett rutschen.

»Reife Leistung, Vera!« Händeklatschen. »Tja, Laufen will gelernt sein, was?«

Das ist Frederik, der Idiot, wer sonst würde so viel Spaß an meiner Niederlage finden?

Ich zeige ihm den Mittelfinger und das Gejohle wird lauter. Während ich auf die Umkleide zuhumple, tut mir alles weh, und nur weil ich weiß, dass diese Idioten mir noch immer nachsehen, halte ich den Kopf oben, obwohl der Schmerz mir durch die Schläfen hämmert. Zu Hause werde ich ohne ihr Wissen in Mutschs Medizinschrank wühlen, um eine Gelenksalbe zu finden, denn dass ihre *hübsche, intelligente und äußerst charmante* Tochter in der Schule ein Mobbingopfer ist, würde sie nur unnötig beunruhigen. Und Mutsch hat ihr eigenes Päckchen zu tragen, seit mein Vater uns sitzen gelassen hat und die halbe Stadt uns wie Aussätzige behandelt.

In Windeseile ziehe ich mich um und mache, dass ich davonkomme. Einige mitleidige Blicke streifen mich, aber darauf kann ich verzichten. Das letzte Mädchen, das Christina ihre Meinung gesagt hat, fand kurz darauf einige sehr unangenehme Fotos von sich im Internet. Sie ist dann irgendwann weggezogen. So läuft das hier in Fuchsberg.

Auf dem Schulhof stelle ich fest, dass jemand die Luft aus meinem Fahrradreifen gelassen hat und mir nichts anderes übrig bleibt, als es nach Hause zu schieben. Auf dem Weg nach draußen ernte ich weitere hämische Kommentare, und als ich das Tor fast erreicht habe, greift jemand in den Lenker und bringt mich zum Stehen.

Frederik beugt sich zu mir und flüstert mir ins Ohr: »Nicht dein Tag, Muli, was?«

Seit einem halben Jahr ist er größer als ich, was ihn ungemein zu freuen scheint, weil er jetzt erst recht auf mich herabsehen kann. Seine Augen unter dem blonden Pony beobachten mich lauernd, während er auf eine Reaktion wartet. Auch seine Schultern sind in der letzten Zeit breiter geworden und er strahlt eine vibrierende Kraft aus, die signalisiert: Alphatier.

Das ist mir früher nie so aufgefallen, Frederik war schon immer ein Idiot, das liegt an der Stellung, die sein Vater innehat, aber in diesem Moment wird mir das erste Mal klar, wie gefährlich Frederik tatsächlich werden kann, wenn er es will. Jahr um Jahr ist es schlimmer mit ihm geworden. Mutsch sagt immer, das wäre wie bei jungen Wölfen, aus Spiel wird Ernst, und irgendwann beißen sie richtig zu.

»Was willst du, Frederik? Mir helfen, das Rad zu schieben?«
»Wohl kaum.«
»Dann verzieh dich doch einfach, okay? Ob du es glaubst oder nicht, aber deine Gesellschaft ist nicht besonders spannend.«

Wütend starrt er mich an und mit einem Ruck reiße ich den Lenker herum. Er spuckt mir vor die Füße und zischt noch einmal: »Muli.«

Darüber bin ich so wütend, dass ich kein Wort mehr herausbringe. Der Weg nach Hause wird lang, auch wenn der Ort nicht groß ist, braucht man von einem Ende zum anderen eine Weile. Als ich bei unserem Haus ankomme, bin ich endgültig durchgeschwitzt und habe Seitenstechen. Mühsam schiebe ich das Rad hinter das Haus in den Garten und lehne es an die Wand. Aus dem geöffneten Fenster im ersten Stock dringen Stimmen, Mutsch hat also noch Patienten.

Unsere Wohnung liegt über der Praxis und der erste Weg führt mich unter die Dusche. Danach lasse ich mich in meinem Zimmer auf das Bett fallen und starre wieder einmal an die Decke.

Frederik hat keine Ahnung, wie sehr er mich jedes Mal mit seinen Sprüchen trifft, sonst würde er sie noch öfter loslassen. *Muli.* So nennen sie mich seit der vierten Klasse. Muli – das, was dabei rauskommt, wenn man einen Eselhengst und eine Pferdstute kreuzt: unfruchtbare Nachkommen, die äußerlich ein bisschen was von beidem haben, aber innerlich etwas ganz Eigenes sind. Genau wie ich. Ich bin weder das eine noch das andere.

Frederik macht es Spaß, mich so zu nennen, weil er mich daran erinnern will. Dabei gibt es für Mulis wenigstens eine Bezeichnung, doch wie nennt man die Kreuzung aus einem Werwolf und einem Menschen?

Draußen ist es bereits dunkel, als Frederiks Vater Jochen anruft und verlangt, dass Mutsch sofort zu ihm kommt. Während sie mit ihm spricht, bildet sich zwischen ihren grünen Augen eine steile Falte, aber ihre Stimme bleibt ruhig. Es ist nicht der erste Anruf dieser Art. Alle paar Monate wird Mutsch zu dem großen Haus auf der Südseite des Ortes gerufen, hinter dem das Dickicht des Waldes beginnt. Sie hat mir nie gesagt, worin genau diese angeblichen medizinischen Notfälle bestehen, deshalb bin ich überrascht, als sie an diesem Abend sagt: »Hol deine Jacke, Vera, du kommst mit.«

»Zu einem Patienten?«

Sie nickt und holt die große Arzttasche aus der Praxis, die immer gepackt unter dem Schreibtisch steht.

»Was ist denn passiert?«

»Das wirst du schon sehen«, ruft sie mir auf dem Weg nach draußen über die Schulter zu. Hastig schnappe ich mir die Jacke und renne ihr hinterher. Während sie unser himmelblaues Auto startet, schließe ich die Haustür ab und schalte die Alarmanlage ein. Mit Vollgas geht es los. Auf meinen Knien balanciere ich die Tasche und Mutsch wirft immer wieder Blicke zu mir rüber. »Du bist jetzt alt genug, um mir zu assistieren«, sagt sie.

»Mutsch, das ist illegal, ich bin erst sechzehn.«

Doch sie zuckt nur mit den Schultern und fischt sich eine Zigarette aus dem Handschuhfach.

»Rauchen während des Autofahrens übrigens auch.«

»Mein Gott, für eine Sechzehnjährige bist du ganz schön

brav. Jochen wird sich schon nicht beschweren, wenn ich dich mitbringe.«

Was sie nicht sagt, ist, dass er es nicht anzeigen wird, wenn eine Sechzehnjährige ihrer Mutter mit Patienten hilft, weil das Rudel sich davor hütet, die Polizei auf sich aufmerksam zu machen, auch wenn sie natürlich Leute dort haben. Wie überall in der Stadt, in der Schulleitung, im Sportverein und in der Stadtverwaltung, doch kein Mensch weiß davon.

»Ich sollte dir doch mehr beibringen.«

»Da dachte ich eigentlich eher an solche Sachen wie: Welche Medizin passt zu welcher Krankheit und so was. Aber doch nicht daran, dass du mich mitten in der Nacht zu Frederiks Familie mitschleifst. Ich kann den Kerl nicht leiden!«

»Mhm«, sagt sie nur und biegt mit quietschenden Reifen in die Auffahrt ein.

Kaum sind wir ausgestiegen, geht auch schon die Haustür auf und einer von Frederiks zahlreichen Onkeln erscheint im Türrahmen. Weil er gegen das Flurlicht steht, ist sein Gesicht nicht zu erkennen. »Was brauchst du so lange?«, ruft er.

Mutsch schüttelt den Kopf. »Jedes Mal dasselbe Theater mit denen.«

Wir gehen auf ihn zu, aber als ich mich an ihm vorbeischieben will, greift er nach meinem Arm. »Was willst du denn hier?«

»Sie ist meine Assistentin.«

»Sie bleibt draußen!«

»Hör mal, ohne Vera gehe ich nicht in dieses Haus, und wenn du sie nicht durchlässt, kann ich auch dem Patienten nicht helfen, und deswegen bin ich ja schließlich hier, oder?«

Der Kerl überlegt einen kurzen Moment, dann tritt er schnaufend zur Seite. Mutsch fasst mich an der Hand und steuert auf eine Treppe zu, als wüsste sie bereits, wo sie erwartet wird.

Wahrscheinlich tut sie das auch, schließlich ist sie ja nicht zum ersten Mal hier. Scheint fast Routine für sie zu sein. Für mich ist es das aber nicht. Ich war noch nie bei Frederik zu Hause, und es kommt mir reichlich merkwürdig vor. Im ersten Stock geht plötzlich eine Tür auf und wir stehen Frederiks Vater gegenüber.

Es ist jedes Mal eine seltsame Begegnung. Der Mann ist groß und besitzt ein breites Kreuz, ein Kerl wie ein Bulle, wie Großvater sagen würde. Er hat denselben dichten Haarschopf wie sein Sohn und auch den gleichen düsteren Blick. Obwohl ich nicht zum Rudel gehöre, flößt er mir doch eine ganze Menge Respekt ein.

»Wieso bringst du deine Tochter mit?«, fragt er.

»Weil sie mir assistieren kann.«

»Das war nicht abgemacht.«

»Spielregeln ändern sich.«

Ich weiß nicht, was Mutsch vorhat, aber das Spiel scheint Jochen nicht zu gefallen, er zieht die Brauen zusammen und verschränkt die Arme. Mutsch umschließt meine Hand fester. Ich hoffe nur, dass sie weiß, was sie tut, ich bin ja nicht feige, aber es ist vielleicht nicht das Klügste, den Alpha eines Rudels in einem Haus voller Werwölfe herauszufordern, wenn man als einzige Verteidigungswaffe eine Arzttasche hat.

Doch Mutsch drängt sich einfach an ihm vorbei und ich bleibe dicht hinter ihr. Als wir den Raum betreten, wenden sich uns acht Köpfe zu, darunter auch Frederiks.

»Muli«, sagt er überrascht und springt von seinem Stuhl. Woraufhin ich knallrot anlaufe und mich sofort maßlos darüber ärgere. Mich ausgerechnet vor seiner Familie und Mutsch mit diesem blöden Spitznamen anzureden, was denkt sich dieser Idiot eigentlich?

Aber ich habe keine Zeit zu grübeln, weil mein Blick auf das Bett an der Wand fällt und mir der Atem stockt.

Auf dem Bett liegt ... ein Ding. Weder Mensch noch Wolf. Es ist gekrümmt, die Haut ist aufgeplatzt, an einigen Stellen dringen Fellbüschel durch die Haut, auch Knochen sind sichtbar. Alle Muskeln scheinen angespannt und verkrampft und halb herausgewachsene Fangzähne reißen die Unterlippe auf. Vor Schreck lasse ich die Tasche fallen.

»Okay, ich glaube, es ist jetzt besser, wenn alle den Raum verlassen, damit ich mich um meinen Patienten kümmern kann.« Mutsch hat ihren Doktorton drauf und erstaunlicherweise leisten die Werwölfe auch Folge. Nur Frederik nicht.

»Ich lasse Mike doch nicht mit ihr hier drin alleine.« Er zeigt auf mich. »Kommt nicht infrage!«

»Fredrik«, sagt Jochen von der Tür aus.

»Aber Paps ...«

»Du tust, was ich dir sage. Komm jetzt.«

Mit geballten Fäusten geht er an mir vorüber und rempelt mich im Vorbeigehen mit der Schulter an, sodass ich die Tasche beinahe ein zweites Mal verliere. Als wir allein sind, schließt Mutsch die Tür und geht zum Bett, wo noch immer Frederiks kleiner Bruder liegt. Ich hätte ihn nie im Leben wiedererkannt. Sein Gesicht ist bis zur Unkenntlichkeit verzerrt und mit aufgeplatzten Stellen übersät.

Vorsichtig setzt sich Mutsch neben ihn. »Er hat Schwierigkeiten mit der Wandlung. Er verbrennt zu viel Energie dabei und dann reicht es nicht, um sich vollständig zu wandeln.«

»Er bleibt stecken.«

»Ganz genau.«

Nervös beobachte ich sie dabei, wie sie leise auf Mike einredet und ihm über den Kopf streicht. Sie ist wirklich mit ganzem

Herzen Ärztin, es scheint ihr nichts auszumachen, dass seine Haut mit einem feinen Schleimfilm überzogen ist. Hilflos stehe ich daneben und reiche ihr die Sachen aus der Tasche, die sie verlangt. Aus dieser Nähe habe ich noch nie einen Werwolf bei der Wandlung gesehen. Wenn die Gestaltwandler laufen, meide ich den Wald. Einmal bin ich meinem Vater nachgegangen, um zu sehen, was die andere Hälfte in mir zu bedeuten hat, aber ich konnte ihm nach der Wandlung nicht durch den Wald folgen, er war einfach zu schnell. Danach saß ich zwei Stunden in der nächtlichen Kälte und habe geheult wie ein Kleinkind. Werwolfhybriden wie ich können sich nicht wandeln, deshalb werden sie verstoßen. Sie sind nutzlos für das Rudel, zumindest behaupten das alle. Vor lauter Neid und Eifersucht hat sich mir der Magen ganz verkrampft, und dann war da noch diese Sehnsucht, ganz tief drinnen – nach dem, was sie haben, die Werwölfe, wenn sie durch den Wald rennen und mit anderen Augen die Welt sehen. Weil sie zwischen den Welten wechseln können, wann immer sie wollen, und damals sah ich nur den Reichtum, den sie besitzen, doch an diesem Abend glaube ich zu begreifen, dass sie unter Umständen einen sehr hohen Preis dafür zahlen.

Mike krümmt sich vor Schmerzen, er wimmert, und als Mutsch die Spritze ansetzen will, schlägt er aus Reflex nach ihr. Sie ist nicht schnell genug und wird vom Bett geschleudert. Ich stürze zu ihr, aber sie rappelt sich schon wieder auf, klopft sich die Hose ab und lächelt mir aufmunternd zu.

»Alles okay?«

»Geht schon, Kleines. Aber ich hasse das wirklich. Er kann nichts dafür, das weißt du, oder?«

Ich nicke. Beim zweiten Versuch klappt es, und sobald das Adrenalin in seinem Blutkreislauf ist, entspannt sich Mike sichtlich.

»Geh mir mal ein nasses Handtuch holen.«

Einen Moment zögere ich, dann trete ich nach draußen und schließe leise die Tür hinter mir. Auf dem Gang steht die Familie und beobachtet mich, sie haben sicher jedes Wort verstanden. »Ein Handtuch?«, frage ich in die Runde, und es ist ausgerechnet Frederik, der mit dem Kopf in Richtung Bad zeigt und mich dorthin begleitet.

Kaum trete ich über die Schwelle des Badezimmers, schiebt er mich ganz hinein und drückt die Tür ins Schloss. Plötzlich finde ich mich mit dem Rücken gegen die gekachelte Wand wieder, seine Hände schmerzhaft um meine Oberarme geschlossen. Keine Hand breit entfernt von meinem Gesicht schwebt seines und der Ausdruck darin ist alles andere als freundlich.

»Wenn du auch nur ein Wort darüber in der Schule verlierst, bist du tot!«, faucht er mir entgegen.

»Spinnst du? Lass mich los!«

Er drückt fester. »Hast du verstanden, Vera, kein Wort.«

Wenn er meinen richtigen Namen benutzt, muss es ihm ernst sein, und sein flackernder Blick lässt mein Herz rasen.

»Lass mich.«

Er bewegt sich nicht.

»Ich muss meiner Mutter das Handtuch bringen.«

Einen Moment passiert gar nichts, dann lässt er mich los und verschränkt die Arme. »Denk an das, was ich gesagt habe.«

Er ist so ein Idiot, am liebsten möchte ich ihm etwas Schweres über den Schädel ziehen. Eines Tages mache ich das vielleicht auch, aber an diesem Abend nehme ich nur ein Handtuch und gehe zurück zu Mutsch, während Frederik draußen an der Wand lehnt und so tut, als hätte er mich nicht Sekunden zuvor bedroht.

Als ich zurückkomme, liegt ein großer Wolf auf dem Bett

und schnuppert träge an Mutschs Hand. So zutraulich ist Mike in seiner menschlichen Form nicht.

»Alles in Ordnung?« Ich gebe ihr das Handtuch, mit dem sie sich die Hände abwischt, an denen noch Schleim und Blut kleben. Danach lässt sie es achtlos auf den Boden fallen und steht vom Bett auf.

»Lass uns nach Hause gehen, der Abend war lang genug.«

Natürlich will Jochen noch einmal unter vier Augen mit ihr reden, und ich ahne, dass er ihr eine ähnliche Rede hält wie Frederik mir. Dabei ist das wohl überflüssig, schließlich bewahrt sie dieses Geheimnis schon seit Jahren. Als wir dann endlich ins Auto steigen und abfahren, sehe ich Frederik im Türrahmen stehen, wie er uns nachblickt.

»Kann ich dich mal was fragen, Mutsch?«

»Was denn?« Sie winkt und ich gebe ihr eine neue Zigarette aus dem Handschuhfach.

»Warum sind wir eigentlich noch hier? Warum bist du nie in einen anderen Ort gezogen? Ich meine, bei dem ganzen Mist, den wir uns von denen anhören können ...«

Ihr Blick verlässt die Straße nicht, und das Licht der glimmenden Zigarette erleuchtet ihr Gesicht, während der Fahrtwind, der durch das geöffnete Fenster dringt, ihr Haar zerzaust.

»Am Anfang war es nur Sturheit, Schatz, weil ich nicht einfach den Schwanz einziehen und abhauen wollte, schließlich haben sie nicht mehr Recht, hier zu leben, als wir, oder? Außerdem lebt dein Vater hier ...«

Einen Moment schweigt sie. Vater hat schon seit Jahren eine Gefährtin innerhalb des Rudels, trotzdem kommt er ab und zu bei uns vorbei, manchmal bleibt er sogar über Nacht. Mutsch und ich reden nicht darüber, vielleicht ist es ihr peinlich, dass sie immer noch an ihm hängt. Wenn er dann wieder weg ist, ist sie ein paar Tage traurig und guckt Liebesschnulzen im Fernsehen und trinkt ein bisschen zu viel Wein. Aber die meiste Zeit geht es uns gut, Mutsch und mir, wir haben uns und das ist auch okay so.

»Du denkst vielleicht, ich merke nicht, wenn bei dir was nicht stimmt, Kleines, aber das tue ich. Und ich versuche, das alles für uns so gut hinzukriegen wie möglich. Siehst du, über die Jahre habe ich einen Weg gefunden, mit dem Rudel umzugehen. Auch Werwölfe brauchen hin und wieder einen Arzt, aber sie können nur zu einem gehen, der über sie Bescheid weiß und sich mit den Besonderheiten ihrer Physiognomie auskennt. Jedes Mal, wenn mich einer von ihnen schief anguckt, sage ich mir, dass ich sie früher oder später alle mal in meiner Praxis haben werde.«

Ich werfe ihr einen misstrauischen Blick zu. »Wie meinst du das?«

Sie bemerkt meine Skepsis und lacht laut. »Ach, Schatz, ich tue ihnen doch nichts. Ich lass sie nur richtig viel dafür bezahlen.« Ihr Lachen ist ansteckend und die nächsten Minuten können wir nicht damit aufhören. Das ist es also, so sind wir zu unserem Haus gekommen und dem jährlichen Urlaub in Frankreich.

»Du hast gewusst, dass ich in der Schule Schwierigkeiten habe?«, frage ich, nachdem wir uns wieder beruhigt haben, und Mutsch greift nach meiner Hand.

»Aber ja, Mütter kriegen das immer mit, merk dir das. Aber ich denke, ab jetzt wird sich einiges ändern, oder?«

Wird es das? Je länger ich mir die Sache durch den Kopf gehen lasse, desto mehr begreife ich, warum sich Frederik so aufgeführt hat. In den Augen des Rudels ist ein Werwolf, der Schwierigkeiten mit der Wandlung hat, fast genauso schwach wie ein Hybrid. Wenn herauskommt, dass es in der Familie des Alphas solch einen Fall gibt, würde das die Position des Alphas schwächen. Mit einem Mal wird mir bewusst, dass Frederik ein Riesengeheimnis hütet. Und ich jetzt davon weiß. Vor lauter Aufregung werden mir die Knie weich.

Eine Weile denke ich noch über die Sache nach, dann steht der Plan. Man muss den Feind nicht immer mit bloßer Stärke kleinkriegen. Morgen werde ich Frederik meine Bedingungen nennen, damit sein Geheimnis ein Geheimnis bleibt. Keine aufgeschlitzten Fahrräder mehr, keine Fouls im Sportunterricht und keine Beleidigungen mehr in den Pausen. Wie er es seinen Leuten erklärt, ist sein Problem.

Mutsch ist ziemlich clever, und mir kommt der Verdacht, dass sie mich aus genau diesem Grund mitgenommen hat, damit ich ein Druckmittel gegen Frederik in der Hand habe. Ich grinse ihr zu und sie grinst zurück. Sieht so aus, als wäre das Muli doch nicht so hilflos, wie alle gedacht haben.

Zufrieden drehe ich das Radio laut und lehne mich in meinem Sitz zurück. Der böse Wolf kann sich schon mal warm anziehen.

Christopher Kloeble

13:24:51

RAUCHEN KANN TÖDLICH SEIN, las ich stündlich seit meinem achtzehnten Geburtstag. Meine Zigaretten bewahrte ich in der Brusttasche auf, wurden es weniger als fünf, besorgte ich Nachschub. Die Marke wählte ich nach Lust und Laune, ähnlich, wie Samuel immer Klavierstücke ausgewählt hat. Für ihn gab es nie Favoriten, er wühlte im Stoß der Notenhefte – die meisten davon hatte ich ihm geschenkt – und spielte mir jedes Mal ein anderes vor.

Seitdem ich rauchte, lebte ich alleine in der Hohenzollernstraße. Eines Abends paffte ich beim Fernsehen eine Zigarette nach der anderen und fand, als ich wieder einmal zur Schachtel griff, nur ein paar Brösel Tabak darin. Ich warf meine blaue Jacke über, steckte Schlüssel und Geldbörse ein und verließ mein Zimmer. Der Zigarettenautomat war nur zwei Blocks entfernt.

Draußen empfing mich die nächtliche Stille der Stadt, meine Schritte hallten knirschend von den Häuserwänden wider. Es war Anfang Februar, die Luft kalt und meine Jacke zu dünn. Ich ging auf dem Bürgersteig möglichst nahe der beleuchteten Schaufenster und hielt Abstand zur Straße. An einem Uhrengeschäft blieb ich stehen. Armbanduhren konnte ich nicht leiden, sie hatten etwas von Fesseln, außerdem stank die Haut, trug man sie zu lange, süßlich ungewaschen. Ich tastete nach meiner Taschenuhr, derselben Taschenuhr, die mir Samuel zu meinem achtzehnten Geburtstag besorgt, aber nicht mehr geschenkt hatte. Ich hielt sie gegen das Licht der Straßenlaterne. Einmal täglich putzte ich sie, damit das Silber nicht anlief. Durch leichten Druck auf einen Knopf an der Seite klappte der Deckel nach oben, auf dessen Innenseite eingraviert war: *Für Meinen Lieben Bruder*. Ein Sprung zog sich wie ein gespaltener Blitz durch das Glas. Die Uhr stand still, alle drei Zeiger ruhten in der Position, in der sie bereits verharrten, als ich sie zum ersten Mal sah. Dreizehn Uhr vierundzwanzig und einundfünfzig Sekunden. Der Zeitpunkt, an dem Samuel einen Glimmstängel aus dem heruntergekurbelten Autofenster warf und mir riet, niemals mit dieser Scheiße anzufangen. Derselbe Zeitpunkt, an dem ein Lastwagen einen schlenkernden Fahrradfahrer überholte, auf die Gegenfahrbahn auswich und unseren Wagen erfasste.

Unter den Gegenständen, die mir aus dem Unfallwrack überreicht wurden, war eine kleine, apfelgrüne Schachtel, leicht eingedrückt. Darin fand ich die silberne Taschenuhr in Wattestoff gewickelt. Dreizehn Uhr vierundzwanzig und einundfünfzig Sekunden, sagten die Zeiger, und genau das sagten sie noch immer, ein Jahr später, als ich nachts auf der Hohenzollernstraße unterwegs war.

Eine Pendule im Schaufenster des Uhrengeschäfts zeigte halb vier. Ich steckte die Taschenuhr wieder ein, weiter vorne sah ich schon den Zigarettenautomaten im orangen Licht der Straßenlaternen. Neben dem Münzschlitz klebte ein Sticker: *Rauchen ist wie Sozialismus – irgendwann probiert es jeder*. Mein letztes Kleingeld verschwand in dem zerkratzten Metallschlitz, ich entschied mich für Marlboro, das war ein Marlboroabend meiner Meinung nach, riss die Packung auf und stellte verärgert fest, dass ich kein Feuerzeug bei mir hatte. Da stieß mich jemand und ich prallte gegen den Zigarettenautomaten. Plastikknöpfe bohrten sich in meine Rippen.

»Was hast du, hm? Was hast du?« Der andere tänzelte vor und zurück. Auch er trug eine Jacke, einen grünen Poncho, der sein Gesicht verbarg. Und er stank bestialisch.

»WAS HAST DU?«, brüllte er und streckte mir eine Hand entgegen, in der er ein aufgeklapptes Schweizer Taschenmesser hielt. »GELD! KREDITKARTEN? HANDY?«

Weder noch. Nicht einmal ein Bankkonto besaß ich. Nur schnödes Bargeld.

Ich sagte: »Du stinkst.«

Die Kapuze des Ponchos rutschte von seinem Kopf ... von ihrem Kopf. Langsträhnige, fettige Haare, schmutzige Wangen und glühend blaue Augen wie zwei Gasflammen. Hübsch waren nur die vollen Lippen.

Etwas Kaltes stach mich an der Wange. Aus dem Augenwinkel sah ich das Schweizer Taschenmesser.

»Das würdest du nicht ...«

»Ich würde«, zischte sie.

Ich wollte die Irre von mir drücken, doch sie packte meine Hand und zog das Messer ruckartig über meinen Handrücken. Zuerst spürte ich nichts, dann wanderte ein Brennen über meine Hand und Blut lief aus der Wunde. Wieder deutete sie mit der Messerspitze auf meine Wange. Ich bemühte mich, nur durch den Mund zu atmen. Mit der unverletzten Hand nahm ich langsam mein Portemonnaie aus der Hosentasche. Sie grapschte danach, zählte die Scheine, sah mich entsetzt an.

»Das ist alles?«

Ich nickte. Sie durchwühlte meine Taschen, fand den Wohnungsschlüssel und warf ihn, nach kurzem Zögern, hinter sich. Erleichtert merkte ich mir, wo er lag. Als Nächstes zog sie die Taschenuhr aus meiner Jackentasche, ich wollte mich wehren, aber sie stach nach mir und verfehlte um wenige Zentimeter mein rechtes Ohr. Der Schnitt an der Hand war anscheinend nicht tief, das Blut gerann bereits.

»Die ist hinüber. Aber Silber ist was wert«, sprach sie mit sich selbst.

»Bitte nicht«, sagte ich.

»Wieso nicht?«

»Vielleicht, weil sie mir gehört?«

Sie ließ Geldbörse und Uhr in ihrer Hosentasche verschwinden und wandte sich zum Gehen.

»Scheiß Junkie!«, rief ich. »Willst' nicht gleich noch meine Kippen?!«

Sie blieb stehen, drehte sich um.

»Ich rauche nicht.«

Selbst aus der Entfernung sah ich die Gasflammen im ungewaschenen Gesicht brennen. Sie zog sich wieder die Kapuze über, klappte das Taschenmesser zu und trat auf die Straße. Ihr Körper wurde erfasst, wie eine Schaufensterpuppe durch die Luft gewirbelt und landete mit einem dumpfen Laut auf dem Asphalt. Die Autoreifen quietschten und ich erwartete, dass der Wagen aufgebrachte Menschen ausspie, die beteuerten, niemanden gesehen zu haben. Stattdessen wurde der erste Gang eingelegt, der Motor heulte auf und weg war er. Auf das Nummernschild achtete ich zu spät, nicht einmal die Marke erkannte ich, nur das Mädchen sah ich, wie es in seinem dunkelgrünen Poncho für einen Augenblick in der Luft schwebte, fiel, aufprallte und liegen blieb.

Nachdem der Lastwagen mit unserem Auto kollidiert war, schob er uns von der Straße und zerdrückte die Fahrerseite, Samuels Seite, wie Pappmaché. Mit einem plötzlichen Knall stieg Qualm aus dem Motor, hüllte uns ein, während der Wagen auf dem

Seitenstreifen zur Ruhe kam. Benommen, aber bei Bewusstsein tastete ich mich zu Samuel vor und fand ihn. Metall schnitt seine Beine vom Oberkörper ab. Sein linker Arm lag nutzlos in seinem Schoß, mit der rechten Hand suchte er nach mir. Ich nahm sie, drückte sie fest, wahrscheinlich zu fest, und versicherte ihm, dass Hilfe unterwegs war, und versprach, gemeinsam mit ihm Geburtstag zu feiern, die ganze Familie, er würde Klavier spielen und Paps uns fotografieren und Mama eine riesige Geburtstagstorte backen und ich darauf bestehen, dass er sie wie immer anschnitt. Ich verschränkte seine Hand mit meiner und lehnte mich an seine Schulter. Er murmelte etwas, das ich nicht verstehen konnte, ich bat ihn, es zu wiederholen – er reagierte nicht. Was er damals zu mir sagte, weiß ich nicht, aber ich bin mir sicher, es müssen schöne Worte gewesen sein. Es waren seine letzten.

Ich kniete mich neben das Mädchen. Sie lag auf dem Rücken, den Körper seltsam verdreht wie bei einer bizarren Gymnastikübung, ihr Brustkorb hob und senkte sich kaum. Geldbörse und Taschenuhr nahm ich wieder an mich und überprüfte sofort, ob etwas fehlte. Aus der Regenrinne neben der Straße fischte ich meinen Wohnungsschlüssel.

Dann öffnete ich die Taschenuhr. Zuerst dachte ich, durch den Aufprall wären die Zeiger verrutscht.

Aber nein.

Der Sekundenzeiger war in Bewegung, er kreiste über dem Zifferblatt, hüpfte im Takt. Es war dreizehn Uhr siebenundzwanzig und fünfunddreißig und sechsunddreißig und siebenunddreißig Sekunden.

Nicht weit entfernt heulten zwei Sirenen im Duett, gedämpftes Hundebellen setzte ein, hinter einzelnen Fenstern über uns wurde Licht angeknipst, irgendwo rief irgendwer nach irgendjemandem.

Doch was scherte mich all das?

Ich las die Zeit.

Christoph Hardebusch

Einzelgänger

Schamesröte überzog sein Gesicht, kroch brennend auf seine Wangen. Nur mit größter Anstrengung hielt er die Tränen zurück, die ihm in die Augen steigen wollten. Zu heulen konnte er sich jetzt wirklich nicht erlauben.

Sein Gegenüber hingegen feixte. Er war gut einen Kopf größer und wirkte älter, fast schon erwachsen. Er ließ die Arme betont lässig pendeln und wirkte, als wippe er im Takt einer nur von ihm gehörten Musik. Das Shirt, die Hose, seine Jacke, alles Markenklamotten, und sein Haar trug er mit Gel cool zur Seite gestylt.

»Komm schon«, rief er herausfordernd. »Die anderen machen nix. Nur du und ich.«

Es war ein hohles Versprechen und sie beide wussten das. Der Kreis der Jugendlichen, der sich um sie herum geschlossen hatte, war ein Gefängnis, aus dem Torsten nicht ausbrechen konnte. Links sah er ein Handy, das auf ihn und seinen Gegner gerichtet war. Jemand filmte die ganze Szene mit und vermutlich würde seine Demütigung schon morgen die große Runde in der Schule machen. Aber morgen war ein ziemlich weit entfernter Gedanke. *Wenn es bloß schon morgen wäre, dann wäre das hier nämlich vorbei*, schoss es ihm durch den Kopf. Die Angst erlaubte es ihm nicht, länger nachzudenken, sofort kehrte er ins Hier und Jetzt zurück.

Er gab keine Antwort. Er erwartete auch keine. Die erste

Ohrfeige traf ihn. Es war kein fester Schlag und es schmerzte kaum, aber jetzt liefen Torsten doch Tränen aus den Augen. Er hasste sich dafür, hasste die Schwäche, die er damit zeigte, doch er konnte nichts mehr dagegen tun.

Eine zweite Ohrfeige landete klatschend in seinem Gesicht. Er wollte nur weg, es gab keinen anderen Gedanken mehr, aber er war umzingelt und sie würden ihn nicht gehen lassen.

»Komm schon!«

Die Aufforderung hätte ihn beinahe dazu gebracht, doch noch zuzuschlagen. Für einen Moment blitzte ein Bild hinter seinen Augen auf, wie er sich auf den Typen warf, ihn zu Boden riss und auf ihn einprügelte, bis er sich nicht mehr bewegte, bis das Blut auf die Pflastersteine floss. Aber er blieb einfach nur stehen. Sie waren zehn oder mehr, er war allein. Und auch nicht gerade Vin Diesel.

»Du feige Sau«, sagte sein Gegenüber verächtlich und strich sich über die Haare. »Los, wehr dich. Oder gib mir die Jacke.«

Hinter Torsten lachte jemand: »Er rippt ihn ab!«

Mit Fingern, die sich bewegten, als wären sie nicht seine, öffnete er den Reißverschluss und zog die Jacke aus. Weder bedeutete sie ihm viel, noch war sie besonders teuer gewesen, aber in diesem Moment hätte er trotzdem alles dafür gegeben, sie behalten zu dürfen.

»Und deine Kohle.«

Er zitterte am ganzen Körper. In seinen Fingern kribbelte es und sein Herz schlug laut und unregelmäßig in der Brust. Er konnte sein Portemonnaie durch die Tränen kaum sehen, fischte aber dennoch mühselig zwei kleine Scheine raus und hielt sie vor sich, ohne seinem Gegenüber ins Gesicht zu blicken.

»Handy?«

Torsten schüttelte den Kopf.

»Nicht dabei«, brachte er heraus und fürchtete, dass sie jetzt über ihn herfallen würden. Doch nichts geschah.

Als wäre es alles nur ein Spuk gewesen, löste sich die Versammlung auf. Die Clique, die gerade um ihn herumgestanden hatte, schlenderte die Straße entlang, als sei nichts passiert. Er hörte ihr Lachen, einer schlug einem anderen angedeutet ins Gesicht, was dieser mit einem Tritt quittierte. Torstens Jacke hing über der Schulter seines Angreifers.

Es dauerte einige Sekunden, bis er wieder klarer denken konnte. Die Angst verging nicht, sondern wurde nur schwächer, und allmählich mischte sich Zorn hinein. Er wischte die Tränen aus dem Gesicht. Er stand immer noch an der Bushaltestelle, an der er schon so oft auf den Bus nach Hause gewartet hatte. Alles war wie immer; und doch auch nicht. Eine Handvoll Menschen wartete ebenfalls. Keiner sah ihn an. Niemand hatte etwas unternommen, obwohl doch alle die kleine Szene beobachtet haben mussten.

Wütend zog er die Nase hoch. Seine zitternden Hände wanderten wie von selbst in die Taschen seiner Cargohosen. Der Bus musste jeden Moment kommen, aber er hatte keine Lust mehr einzusteigen, wollte nicht nach Hause, nicht jetzt, nicht in diesem Zustand. Das orangefarbene Licht der Straßenlaternen tauchte den ganzen Platz in ein unwirkliches Licht, verlieh den Menschen eine ungesunde Hautfarbe, als wären sie nicht lebendig, sondern nur animierte Schatten ihrer selbst.

Torsten stapfte los, die große Straße entlang, den Blick gesenkt. Vielleicht sah ihn einer an, aber er wollte keinen Kontakt, wollte nicht gesehen werden. Noch immer spürte er die Demütigung tief in sich. Demütigung und Schwäche, denn obwohl er wusste, dass er nichts hatte tun können, fühlte es sich schwach an, tatsächlich nichts getan zu haben.

In einem Game oder Film wäre das alles anders gewesen. Da hätte der Held sich gewehrt. Und gewonnen. Oder zumindest seine Würde behalten. Während nun auf einem Handy gefilmt und für immer gespeichert war, wie man ihm seine Jacke klaute und er dabei anfing zu flennen.

Auf seinem Weg wurden die Straßenlaternen seltener und so lief er von hellem Licht in diffuse Schatten und wieder zurück ins Licht. Er achtete nicht auf die vorbeifahrenden Autos, die fahlen Gesichter hinter den Windschutzscheiben. Alle Gedanken in seinem Kopf kreisten nur um ihn selbst.

Schnell hatte er die Häuser hinter sich gelassen und durchquerte das Industriegebiet. Schilder kündeten von Firmen, Werkstätten und kleinen Betrieben. Selbst jetzt in der Dunkelheit war alles hell erleuchtet. Aber er suchte die Schatten abseits der breiten Straße. Seine Schritte führten ihn zu dem Ort – seinem Ort.

Auf dem Gelände wuchsen dichte Büsche, doch er kannte den Weg zwischen ihnen hindurch gut. Hin und wieder knirschte eine zerbrochene Glasscherbe unter seinen Sohlen oder er stieß mit dem Fuß an ein Stück Metall, das von wem auch immer zurückgelassen worden war. Die große Fabrikhalle mit den eingeworfenen Fensterscheiben wirkte im schwachen Licht der Neonanzeigen bedrohlich, aber Torsten wusste, dass sich niemals jemand dorthin verirrte.

Dort, wo die Betonplatten auf dem Boden lagen, gab es weniger Pflanzen, aber sie suchten sich die Lücken zwischen ihnen, stemmten sich gegen den Stein und fanden einen Weg hindurch. Hier und da waren die Platten bereits angehoben worden; von unscheinbaren Pflänzchen aus dem Muster gerissen, das sie einst geformt hatten. Einige Betonfliesen waren gesprungen und die Scherben klirrten, wenn er sie berührte. Manchmal stellte

Torsten sich vor, wie dieser Ort in hundert Jahren aussehen würde und er fragte sich, ob man dann überhaupt noch irgendetwas von der ehemaligen Fabrik erkennen können würde.

Er umrundete das Gebäude, an dessen fleckiger Backsteinwand eine Menge Tags prangten. Quickpieces hauptsächlich, nichts Besonderes, denn die guten Sprayer verschwendeten ihre Zeit nicht an Orten, an denen ihre Motive nicht gesehen wurden.

Hinter der Halle gab es einen Platz, der früher geteert gewesen war, aber die Spuren von schweren Baggern hatten den Boden zerstört. Zwei kleinere Gebäude waren eingerissen worden und ihre kläglichen Überreste waren längst von einer Menge Gestrüpp überwachsen.

Inmitten des kleinen, vor allen Blicken geschützten Platzes gab es die Grube. Sie wirkte wie ein leeres Schwimmbecken, aber auch hier brach die Natur aus jeder Ritze hervor. In der Grube befand sich jede Menge Müll, von Konservendosen bis hin zu den verrosteten Überresten von Maschinen, deren Zweck Torsten nicht einmal mehr erahnen konnte. Aussortiert, weggeworfen, vergessen. Hier fühlte er sich sicher. Wofür das Becken auch genutzt worden war, jetzt gehörte es ihm.

Er setzte sich auf den gebrochenen Betonstein, der fast wie ein echter Fels wirkte, und legte den Kopf in die Hände. Hier konnte er endlich richtig weinen. Hier war niemand, der ihn sehen und auslachen würde. Seine Schultern bebten, sein ganzer Körper zuckte unter dem Ansturm der Gefühle, der aus ihm herausdrängte. Angst, Wut, Hass, Scham und noch viel mehr. Tränen strömten über sein Gesicht, seine Nase lief und sein Schluchzen hallte von den Wänden der künstlichen Grube wider.

»Warum passiert das ausgerechnet mir?«

Es gab keine Antwort. Es gab niemals eine Antwort.

Er konnte nicht sagen, wie lange er dort saß und einfach

heulte. Irgendwann versiegten die Tränen, und er schämte sich, während er in den Taschen seiner Cargohose nach einem Taschentuch kramte. Er war kein Kind mehr, sondern ein Mann. In drei Monaten würde er seinen Führerschein machen. Er sollte nicht weinen.

Ein paar Mal durchatmen brachte Klarheit in seine Gedanken. Als er kein Tempo fand, rieb er sich mit dem Ärmel des Pullovers die Nässe aus dem Gesicht. Aber noch wollte er nicht aufstehen und den Ort verlassen. Hier war er sicher und allein. Hier hatte er seine Zuflucht abseits der sonstigen Welt gefunden. Ein Ort nur für ihn ...

Dann bemerkte er einen Schatten. Das Licht der großen Leuchttafel für Autoreifen fiel schräg in die Grube. Fast sah es so aus, als wäre es der Schatten eines Menschen. Entsetzt sah Torsten auf. Tatsächlich stand dort jemand am Rand der Grube und schaute zu ihm hinab. Gegen das Licht war es nur ein schwarzer Umriss, eine diffuse Gestalt, die umso furchteinflößender wirkte, da sie an diesem Ort war, wo sie nicht sein sollte, nicht sein durfte.

Sie sprang hinab. Ihre Beine federten den Aufprall locker ab, und als sie einen Schritt nach vorne machte, sah Torsten, dass es sich um ein Mädchen handelte. Etwas kleiner als er, vielleicht in seinem Alter. Sie sah ein wenig aus wie die Punks, die manchmal in der Stadt rumhingen, aber an ihr wirkten die abgerissene Lederjacke und die löchrige Jeans weniger wie Mode, sondern so, als ob es ihr einfach egal sei.

Aber es war nicht ihre Kleidung oder ihre selbstbewusste Haltung, die ihn gefangen nahm; es waren ihre Augen, die groß waren und leicht schräg standen, und die das Licht zu reflektieren schienen, obwohl sich die Reklame in ihrem Rücken befand. Sie war hübsch, auch wenn ihre langen blonden Haare ungewaschen und strähnig wirkten, und Torsten unter der weiten Kleidung mehr erraten als sehen konnte, dass sie ziemlich schlank war.

»Nett hast du es hier«, erklärte sie, als wäre es vollkommen normal, dass sie in einer alten Grube inmitten von Schrott und Müll miteinander redeten.

Eine schlaue Antwort wollte ihm nicht einfallen, also nickte er nur.

»Wer bist du?«, platzte es aus ihm heraus. Ihre Anwesenheit hier war so merkwürdig, dass ihm partout keine Erklärung einfallen wollte.

»Das war mal ein besonderer Ort«, fuhr sie fort, als ob sie seine Frage gar nicht gehört hätte. »Menschen kamen hierher, um zu beten.«

»Was? In der alten Fabrik?« Der Gedanke war so absurd, dass Torsten beinahe vergaß, wie seltsam die Situation war.

»Nein, natürlich nicht.« Ihre Augen funkelten grün und sie starrte ihn unverwandt an. Als sie lächelte, zeigte sie ihre hellen Zähne. »Damals gab es hier einen kleinen Teich und eine Lichtung mit Bäumen drum herum.«

Verwirrt blickte Torsten sich um. Solange er die Gegend kannte, stand die Fabrik leer. Davor musste sie voller Arbeiter gewesen sein. Wald gab es hier nicht; er wusste nicht einmal, ob es ihn überhaupt je gegeben hatte. Und sie war sicher nicht älter als er, also konnte sie das höchstens irgendwo gelesen haben.

»Die Menschen hielten diesen Ort für heilig, weil sie geglaubt haben, dass sie hier mit der Natur reden konnten.«

»Willst du mich verarschen?«

Er hatte nicht nachgedacht und bereute die Worte sofort. Vielleicht war sie nicht allein, sondern hatte noch eine ganze Freak-Gang dabei. Vielleicht war sie auch gefährlich. Vielleicht gehörte sie zu denen, die ihn abgerippt hatten. Auch wenn ihr Aussehen nicht zu den gegelten Haaren und schicken Klamotten der anderen passte.

»Nein. Ich verarsch dich nicht. Das ist alles wahr«, erwiderte sie und grinste. Ihr Blick ließ von ihm ab und wanderte durch die Grube. Torsten richtete sich auf.

Sie sah ihn wieder an, als er vor ihr stand. »Spürst du das nicht?«, fragte sie. Ihre Stimme war jetzt tief und leise und erinnerte Torsten ein bisschen an ein Knurren. »Es ist noch da. Sie haben nicht alles wegnehmen können.«

Vielleicht waren es ihre Worte, die ihm das einredeten, aber er glaubte unvermittelt, tatsächlich etwas zu spüren. Wie ein Friede, der hier allem zugrunde lag, tief unten, begraben, aber nicht vergessen, und der durch alles hindurchdrang, schwach zwar, aber doch vorhanden.

»Du kannst es fühlen, oder? Deshalb kommst du hierher.«

Stumm nickte Torsten. Sie näherte sich und er hielt den Atem an. Er nahm ihren Geruch wahr, erdig und dabei doch scharf. Seine Kehle wurde trocken. Die hellen Haare fielen ihr ins Gesicht, das im Schatten lag. Bis auf die Augen, in die immer noch Licht einzufallen schien.

»Ich wusste es«, murmelte sie.

»Wer bist du?«, wiederholte er beinahe atemlos. Er wusste nicht, ob er sich fürchtete. Oder ob er sie schön fand.

Die Frage hing zwischen ihnen. Sekunden verstrichen, ohne dass einer der beiden sich rührte. Dann nickte sie in Richtung der Stadt, über der sich am Himmel helle Wolken abzeichneten, angestrahlt durch das Licht der zahllosen Laternen und Scheinwerfer.

»Die haben dich ganz schön fertiggemacht. Feige Bande, vierzehn gegen einen.«

»Du hast es gesehen«, seufzte er und merkte gleichzeitig, wie sein Gesicht ganz heiß wurde. *Na toll.* Dann schaltete sein Gehirn. »Bist du mir gefolgt?«

»Ich habe es gesehen«, bestätigte sie.

»Ach ja.« Wie stand er wohl nun in ihren Augen da? Als Schwächling vermutlich. *Geil, dann braucht sie sich die Show ja morgen gar nicht auf dem Handy ihrer Kumpels anzusehen.* »Ich muss los«, sagte er unwirsch.

»Stimmt«, antwortete sie. Ihr Lächeln war verschwunden, aber sie rührte sich noch immer nicht. Torsten hatte das Gefühl, dass sie etwas anderes meinte als er, aber er wagte nicht, sie zu fragen. Stattdessen nickte er unbestimmt und ging zu der rostigen Leiter, die in die Beckenwand eingelassen war.

»Was willst du denn jetzt machen? So weiter wie bisher?«

Ihre Frage überraschte ihn, ließ ihn zögern. Er überlegte kurz.

»Jetzt geh ich erst mal nach Hause«, entgegnete er ziemlich lahm.

»Was willst du tun?«

Die Antwort darauf war einfach: Diese Penner fertigmachen. Und dann von hier verschwinden, irgendwo anders hin. Aber das konnte er ja schlecht sagen.

Torsten blickte über die Schulter. Sie hatte sich ihm zugewandt, und noch immer war dieser seltsame Blick auf ihn gerichtet, intensiv, leuchtend, mit einem Versprechen, das ihm Angst einjagte.

»Komm mit mir und du kannst das alles vergessen. Du kannst alles ändern. Alles, was du willst.«

»Mit dir kommen? Wohin denn? Was redest du denn da?« *Vielleicht war sie ja von irgendwo abgehauen. Ein Straßenkid oder so was, von der Platte.*

»Komm mit mir.«

Die Worte sandten einen Schauer über seinen Rücken. Sie klangen verrückt, aber Torsten wusste, dass sie es nicht waren. Es war ein Angebot, so real wie das kalte Metall der Leiter in seiner Hand. Instinktiv wusste er, dass sie meinte, was sie sagte. Und dass es nicht darum ging, künftig in einem Pappkarton unter der Brücke zu hausen.

»Was bist du?«, gelang es ihm zu sagen und wirre Bilder schossen ihm durch den Kopf. »Ein Vampir oder so was?«

Noch bevor sie lachte, ahnte er, dass er natürlich Unsinn redete. Mit einem Mal verlor die Situation alles Seltsame und er stand einfach nur mit einem durchgeknallten Mädchen auf einer alten Industrieanlage. Bis sie antwortete: »Nein, ich bin ein Wolf.«

Sie kam auf ihn zu, langsam, aber so unabänderlich wie die Zeit selbst. Sie blickte ihm in die Augen und es war, als sehe er in seine eigenen Augen.

»Komm mit mir. Du gehörst zu mir. Du gehörst zu uns. Immer schon. Du weißt es, oder?«

Jetzt stand sie direkt vor ihm, keine zwanzig Zentimeter von ihm entfernt. Er spürte die Wärme ihres Körpers, doch es war das Feuer in ihren Augen, das ihn überwältigte.

»Du bist wie ich«, flüsterte sie. »Nicht wie die anderen. Komm mit mir.«

Er vergaß zu atmen, vergaß zu denken, vergaß alles außer ihr.

Am Ende war es ihr Kuss, die leichte Berührung ihrer Lippen auf seinen, die ihn zustimmen ließ. Das Versprechen, das darin lag, die Freiheit, die er gewinnen konnte, wenn er ihr folgte. In der Ferne hörte er ein Heulen.

Er verließ die Grube mit ihr und drehte sich nicht mehr um.

Simon Weinert

Wolf an der Leine

Rüdi war es alles andere als wohl bei der Sache.

»Jetzt stell dich nicht an wie ein Mädel mit fünfzehn!«, herrschte Boris ihn an.

Aber der hatte ja keine Ahnung. Genau wie Rüdi war er selbst kaum älter, gerade mal sechzehn. Seine Tarnhose passte bestens zu der nächtlichen Unternehmung, aber deswegen trug er sie nicht. Sie gehörte zum Standard-Look.

»Hey, Boris, ich glaub, das ist echt keine gute Idee. Lass uns zurückgehen.« Rüdi stapfte mit hochgezogenen Schultern hinter ihm her. Er hatte lange, strähnige Locken, war hagerer als der untersetzte, muskulöse Boris und trug eine abgewetzte Kordhose. »Autsch!« Im Dunkeln hatte er sich an einer Wurzel den Fuß vertreten.

Nicht umsonst nannte man diese verschnarchte Gegend Schwarzwald, denn die Bäume ragten wahrlich wie schwarze Stelen in den wolkenlosen Nachthimmel. Stockfinster war es zwischen den Stämmen. Von den Abhängen hallte Wolfsgeheul, unheimlich, aber Rüdi gruselte es nicht. Das Unwohlsein kam von etwas anderem.

»Mann, Rüdi, renn doch heim zu deiner Mutti und hol dir einen runter, du hormonschwache Kapuze!« Boris hatte eine Hundeleine dabei und wedelte mit ihr in Rüdis Richtung, als wolle er ihn vertreiben. Doch der ließ sich nicht verscheuchen.

»Ich hab keine Angst«, beteuerte Rüdi.

Seit vor ein paar Jahren diese Familie aus Kanada hierhergezogen war, gab es in der Gegend Wölfe und es wurden immer mehr. Allerdings nur in Vollmondnächten wie dieser. Weder der Förster noch der Bürgermeister unternahmen etwas. Wahrscheinlich weil ihre Familien auch schon befallen waren. Keiner wusste, wie sich die Infektion ausbreitete, aber die Leute konnten damit leben. Die Wölfe waren harmlos, man hatte sich an sie gewöhnt.

»Ich find Möpse gucken total bescheuert«, nörgelte Rüdi. »Zumindest so, wie du es machen willst.« Etwas Uncooleres hätte er nicht sagen können. Aber er hatte es schon lange aufgegeben, so cool wie Boris sein zu wollen. Überhaupt so wie Boris sein zu wollen.

»Jetzt hilf mir halt, eine zu fangen«, sagte Boris spöttisch. »Danach kannst du ja heimgehen. Gucken tu ich alleine.«

»Du weißt doch gar nicht, ob's da überhaupt was zu gucken gibt.«

Boris stieg auf eine Wurzel und drehte sich um. Rüdi blieb nichts weiter übrig, als zu ihm aufzuschauen. »Hast du denn die DVD nicht angeschaut, die ich dir gegeben habe?«

»Mann, Boris, das ist *Angel*, irgendeine dumme Fernsehserie. Die hat doch nichts mit der Realität zu tun.«

»Klar, aber du kennst dich mit der Realität aus, was?« Boris baute sich großkotzig auf. »Du hast ja auch schon, na, lass mal nachrechnen, hm, okay, runden wir zu deinen Gunsten auf: null Freundinnen gehabt und exakt kein einziges Mal geknutscht oder so was. Du bist voll der Checker, Mann.«

»Arschloch.« Rüdi schob sich die Kapuze auf den Kopf und steckte die Hände in die Taschen seiner Jacke. Null. Scheiße, dabei würde ihm eine reichen, Yvie, dann wäre ihm die Realität schnuppe. Aber das ging selbst seinen besten Freund nichts an.

Boris stieg von der Wurzel herunter und ging weiter. Dabei ließ er die Hundeleine hin und her baumeln wie ein siegessicherer Cowboy, der dabei war, eine wilde Stute einzufangen. »Die Tuss bei *Angel* sieht scharf aus, was?«, sagte er, ohne sich nach Rüdi umzudrehen.

»Was immer du sagst, Fremder«, brummelte Rüdi. »Ich hab das Teil nicht angeguckt, dieser Vampir-Dämonen-Quark interessiert mich nicht. Mir reichen die Werwölfe hier in der Gegend.«

»Ach, du Penner, gerade darum ging's doch in der *Angel*-Folge, Mann!«, ereiferte sich Boris. »Diese Tuss, die so scharf aussieht, wird da nämlich zur Werwölfin, und damit sie niemandem was tun kann, lässt sie sich bei Vollmond immer in eine Zelle sperren. Und das Geilste ist, wenn sie sich bei Sonnenaufgang wieder zurückverwandelt, dann hat sie keine Klamotten an!« Boris war ganz aufgeregt.

»Das hast du mir jetzt schon zweihundertfünfzig Mal erzählt.« Ständig ließ er sich von Boris zu irgendwas überreden, rannte ihm hinterher wie ein dämlicher Schoßhund. Dabei hätte er dieses Wochenende was Besseres machen können, als durch den Wald zu stolpern. Comics lesen, Gitarre spielen, Computerspiele, irgendwas. Aber nein, er vertrat sich die Füße an unsichtbaren Wurzeln und lauschte, wie Boris von irgendwelchen amerikanischen Serienschauspielerinnen im Adamskostüm schwärmte.

»Bloß drehen die das immer so bescheuert, dass man gar nix sieht. Da, wo die Möpse sind oder der Arsch, sind dann immer irgendwelche belämmerten Gitterstäbe. Das nervt total.«

»Das hast du mir fünfhundertfünfzig Mal erzählt.« Rüdi rollte die Augen.

»Aber dir ist das egal, was? Ich glaub, du hast Angst vor nackten Frauen, du alte Schwuchtel.« Boris gab ihm mit der Leine einen leichten Peitschenhieb.

»Lass das, du Sackgesicht!« Rüdi griff nach der Leine, bekam sie zu fassen, und für ein paar Augenblicke zerrten beide daran, bis der Klügere nachgab. Danach schwang sie Boris wieder wie ein Lasso.

»Ich bin nicht schwul«, sagte Rüdi. »Und ich hab auch keine Angst. Es ist nur … ich meine … ach, leck mich doch.«

»Du hast halt noch nicht genug Haare am Sack«, klärte ihn Boris auf.

Aber Rüdi hatte seinen Freund schon oft genug nach dem Fußballspielen unter der Dusche gesehen, um zu wissen, dass der Schwachsinn daherredete. Denn er hatte mehr Haare als Boris, nicht nur am Sack, auch unter den Achseln, auf dem Bauch und der Brust. »Aber immerhin hab ich schon gelernt, dass man sich nicht am Sack kratzt, wenn man unter Leuten ist.«

»Warum nicht? Die Mädels stehen drauf.«

»Wer's glaubt.« Wieder verdrehte Rüdi die Augen. Aber wer weiß, vielleicht standen die Mädels tatsächlich drauf. Jedenfalls standen sie auf so Typen wie Boris. »Hey, Boris, du willst das doch nicht im Ernst durchziehen, oder?«

»Na klar will ich.« Mit der freien Hand begann er, in der Hosentasche nach seiner Zigarettenschachtel zu kramen.

»Und was ist mit Yvie?«

»Die hat keine richtigen Titten, da gibt's nicht viel zu sehen, Mann.«

Da war Rüdi anderer Meinung, aber was sollte er machen? »Nee, ich meine, schließlich ist sie deine Freundin.«

»Na und? Die ist heut Abend auf dieser Party.« Mit dem Mund angelte er sich eine Kippe aus der Schachtel. Dann steckte er die Packung wieder ein und fischte das Feuerzeug heraus. »Ich hab ihr gesagt, dass ich was Besseres vorhabe, als mit ihr auf dieses Pissfest zu gehen. Manchmal nervt sie total, immer will sie alles gemeinsam machen, doofe Zicke.«

»Hey, mach mal halblang.«

Ein Klicken, und dann erschien über dem Feuerzeug eine blendende Flamme, kurz nur, danach war nur noch das Glimmen der Zigarettenspitze zu sehen. »Was heißt hier halblang? Sei froh, dass du nicht mit ihr zusammen sein musst.«

»Ich versteh einfach nicht, was du willst.« Rüdi bekam die erste Rauchschwade direkt ins Gesicht.

»Ich hab's dir doch erklärt.« Boris sprach mit ihm wie mit einem Kind. Egal, was für einen Stuss er daherredete, er schaffte es immer, Rüdi als den Deppen hinzustellen. »Ich fang mir eine Wölfin, bind sie an einem Baum fest, und wenn die Sonne aufgeht, verwandelt sie sich in eine splitternackte geile Schnitte. Tataa! Wenn ich Glück habe, ist es die blöde Schnalle vom Bäcker Bernd, ist dir mal aufgefallen, was die für fette Glocken hat?«

Mit der Kippe wittert jeder Wolf, dass du hier rumschleichst, Idiot. Aber das sagte Rüdi nicht laut, sonst hätte Boris sie womöglich wieder ausgemacht. »Du bist echt eklig. Das kannst du doch nicht bringen.«

»Pff, wen juckt's?«

»Und wenn du einen männlichen Wolf erwischst?«

Boris drehte sich um und gab Rüdi einen Klaps auf den Hinterkopf. »Denk mal scharf nach, woran man den Unterschied zwischen einem Männlein und einem Weiblein erkennt. Aber nicht in deiner Hose spicken, falls da überhaupt was zu sehen ist.«

Rüdi ballte vor Wut die Fäuste in den Taschen. Warum musste er sich ständig zum Trottel machen? Kein Wunder war Boris immer cooler als er. Scheißspiel.

In diesem Moment gelangten sie auf eine Lichtung. Mit einem Mal war es viel heller, denn der Vollmond überzog alles mit silbernem Glanz. Ringsum ragte eine schwarze Mauer aus Tannen und auf der Wiese wiegten sich lange Gräser sachte im leichten Wind. Was für ein romantischer Ort, wie geschaffen für ein Schäferstündchen, aber Rüdi machte sich kaum Hoffnungen, ein solches einmal zu erleben.

»Da!«, flüsterte Boris ganz aufgeregt. »Guck mal, wer da ist!«

Mitten auf der Lichtung sahen sie einen jungen Wolf. Er ging mit langsamen und unkoordinierten Bewegungen hin und her, ganz eigenartig, aber er hatte ihr Kommen offenbar nicht bemerkt. Das wunderte Rüdi, denn sie hatten laut geredet und Boris' Zigarette brannte immer noch. Lag es daran, dass der Wolf noch so jung war? Aber wie ein Welpe sah er eigentlich auch nicht aus. Irgendetwas stimmte nicht mit dem Tier, wie es so ziellos über die Lichtung schwankte.

»Na dann, auf ihn mit Gebrüll«, sagte Boris, warf die Kippe ins Gras und rannte los. Rüdi trottete gemächlich hinterher. Erst im allerletzten Moment, bevor sich Boris auf das Tier stürzte, witterte der Wolf die beiden Jungs und reagierte. Dabei stellte er sich jedoch so ungeschickt an, dass er stolperte und mit den Vorderläufen einknickte. Boris nutzte die Gelegenheit und ließ sich auf den Leib des Tieres fallen.

Jetzt beeilte sich Rüdi, denn er wollte das Gerangel aus nächster Nähe mitverfolgen. Unter das Knurren des Wolfes mischte sich Boris' angestrengtes Stöhnen und das Rascheln von Kleidern. Die beiden balgten sich am Boden, doch dem Jungen gelang es schließlich tatsächlich, dem Wolf das Halsband umzulegen. Jetzt hatte er ihn an der Leine.

»Es ist ein Weibchen!«, jubilierte er zwischen Keuchen und Ächzen. Rüdi blieb daneben stehen und schaute fassungslos zu.

Etwas blitzte silbern im Mondlicht auf, etwas im Ohr der Wölfin.

Und dann wurde ihre Gegenwehr plötzlich heftiger, sie sträubte sich, zappelte und biss. Schließlich warf sie Boris ab. Kaum lag der Junge auf dem Rücken, nagelte ihn das wilde Tier mit seinem Gewicht fest und riss knurrend die Kiefer auseinander. Boris schrie auf, seine Augen funkelten panisch, gleich würden ihm die Reißzähne der Bestie die Kehle zerfleischen, und Rüdi reagierte nicht auf seine verzweifelten Hilferufe. Doch da verebbten seine Schreie in einem furchtbaren, ekelerregenden Gurgeln, denn aus dem Rachen des Wolfes schwappte ein Schwall Kotze über Boris herein, floss ihm in den Mund, übers Kinn, rann ihm den Hals hinab und in den Kragen. Dann erschlaffte die Wölfin, und Boris hustete und röchelte, als würde er gleich verrecken.

»Scheiße!«, keuchte er, als er endlich wieder dazu in der Lage war. Angewidert stieß er das Tier zur Seite, sodass es seitlich ins Gras rollte und leblos liegen blieb. Dann sprang er auf, spuckte aus und lief davon.

»Was machst du denn?«, rief ihm Rüdi nach.

»Leck mich!«, war die Antwort. »Ich hab keinen Bock mehr auf diesen Scheiß. Dieses Drecksvieh. Kotzt mich einfach an. Uäh, ist das eklig. Muss erst mal duschen. Scheiße, Mann.« Und damit war Boris zwischen den Tannen verschwunden.

»Aber – he!«, protestierte Rüdi, aber sein Freund kehrte nicht zurück. Für einige Augenblicke war noch das Knacken von Zweigen und das Rascheln von Laub und alten Nadeln unter seinen Schritten zu hören, aber dann herrschte Stille. Jetzt waren Rüdi und das Tier allein auf der Lichtung.

Er kniete sich neben der Wölfin nieder und betrachtete sie. Sie roch nach Kotze und Wodka. Viel zu viel Wodka. In letzter

Zeit kam das öfter vor, sie trank vollkommen hemmungslos, als sehnte sie sich nach Besinnungslosigkeit. Rüdi hätte gerne den Grund dafür gewusst und ihr geholfen, aber er kam ja nicht an sie ran.

Wieder funkelte der Ohrring mit den Glassteinen im Mondlicht. Rüdi hatte ihn gleich erkannt. Schließlich hatte er ihn ausgesucht, als Boris ein Geschenk für Yvie gebraucht hatte. Es war ihr Lieblingsohrring.

»War 'ne tolle Party, was?«, murmelte er. Ob sie überhaupt bemerkt hatte, dass sie sich verwandelt hatte? Oder war sie schon zu betrunken gewesen? In der letzten Vollmondnacht waren sie noch zu dritt im Kino gewesen, sie konnte sich also erst vor Kurzem infiziert haben. Es war ihre erste Nacht als Wölfin gewesen und im Suff hatte sie es womöglich gar nicht mitbekommen.

Innerlich fluchte Rüdi auf Boris. Warum kümmerte der sich nicht um seine Freundin? Warum ging er lieber in den Wald Möpse gucken, als aufzupassen, dass Yvie nicht zu viel trank? Rüdi wäre immer für sie da, wenn sie nur wollte.

Sie würde wohl kaum vor Sonnenaufgang wieder aufwachen. Und dann würde sie sich zu Tode erschrecken, wenn sie mitten im Wald aufwachte, nackt, in ihrer eigenen Kotze liegend. Rüdi blieb nichts anderes übrig, als sie von hier fortzubringen.

»Armes Mädel«, sagte er, warf sich den Wolfsleib über die Schultern und trottete mit ihm nach Hause. Dort legte er die Wölfin in sein Bett und deckte sie zu. Müde setzte er sich auf den Drehstuhl vor dem Schreibtisch am Fenster und schaute zu, wie der Mond unterging und der Morgen dämmerte.

Als der erste Sonnenstrahl über die Wipfel der Tannen kletterte, drehte er sich zum Bett um. Yvie. Braune Haare wallten über das Kissen, ihre Figur zeichnete sich vage unter der Decke ab, die schmale Brust und die rundlichen Hüften. Bestimmt war es so, wie Boris erklärt hatte, und sie war nackt. Er brauchte nur die Decke etwas zu heben, einen Blick darunter zu werfen.

Doch damit wäre er ihr kein bisschen näher. Er wollte doch viel mehr, als sie bloß anzuschauen. Berühren, küssen, reden, zuhören, da sein.

Vergiss es, sagte er sich, blieb auf dem Stuhl sitzen und döste vor sich hin.

Erst als die Sonne hoch am Himmel stand, erwachte Yvie, drehte sich einige Male hin und her und richtete sich verschlafen auf. Als sie ihn bemerkte, versuchte sie zu lächeln.

»Hey, Rüdi, was machst du denn hier?«

»Morgen, Yvie«, sagte er. »Wie war die Party?«

»Ich ...« Er sah förmlich die Kopfschmerzen, als sie sich verwundert umschaute. Wer weiß, was sie außer Wodka noch alles geschluckt hatte. Selbst mit zerknittertem Gesicht hielt Rüdi sie für das schönste Wesen der Welt.

»Scheiße, Mann, wo sind denn meine Klamotten?« Sie hielt sich den Kopf, damit er nicht platzte. »Wieso bin ich bei dir?«

»Kannst du dich an gar nichts mehr erinnern?«, fragte er und zeigte zum Nachttisch. »Da, ich hab dir Klamotten hingelegt. Werden dir nicht passen, aber egal.«

»Sag mal Rüdi, was soll denn der Scheiß? Hast du mich abgeschleppt oder was?«

»Bleib ganz ruhig, Yvie«, beschwichtigte er. »Du warst total durch und da habe ich dich hierhergebracht, aber ...«

»He! Wieso bin ich nackt? Was hast du mit mir gemacht?«

Rüdi wollte etwas sagen, doch da fasste sie sich an den Hals, spürte das Band und entdeckte die Leine, die daran festgemacht war. Jetzt wurde sie laut. »Du bist ja total pervers! Bist du noch ganz dicht? Mann, wie ekelhaft ist denn das? Ich bin die Freundin von deinem besten Freund! Du bist echt krank!«

Vielleicht war sie so in Rage, vielleicht war es auch der Restalkohol, jedenfalls sprang sie mit einem Satz aus dem Bett und scherte sich nicht darum, dass sie splitternackt war. Rüdi drehte sich auf der Stelle um.

»Yvie, bitte, lass es dir doch erklären, hör mir doch zu!«, flehte er, während sie sich raschelnd die Sachen anzog, die er ihr rausgesucht hatte.

»Halt die Klappe. Du bist so ein erbärmlicher, dreckiger Wichser, ich glaub's einfach nicht!« Und damit schleuderte sie ihm Halsband und Leine in den Rücken und rannte aus dem Zimmer.

Scheiße. Hätte er doch wenigstens einmal unter die Decke geguckt. Aber das würde seinen Frust jetzt auch nicht lindern. Sie hasste ihn, war unerreichbarer denn je. Wahrscheinlich würde sie ihm nicht glauben, wenn er ihr sagte, dass sie infiziert war. Und dass nicht er ihr wegen irgendwelcher perversen Fesselspielchen das Halsband angelegt hatte, sondern Boris, ihr Freund. Weil er Möpse hatte gucken wollen. Das konnte Rüdi ihr natürlich nicht erzählen, schließlich durfte er seinen besten Freund nicht verpetzen, egal, wie fies der sie behandelte.

Lustlos, müde und vor sich hin brütend hockte Rüdi den Tag über in seinem Zimmer und hörte traurige Lieder, bis es an der Tür klingelte. Als er aufmachte, war niemand mehr zu sehen, nur ein Brief lag auf dem Fußabstreifer. Es war ein Brief von Yvie.

Rüdi,
ich kann nicht fassen, was du mir angetan hast. Du bist ein ekelhaftes Schwein. Mich schaudert bei dem Gedanken, dass ich dich immer ganz nett gefunden habe. Eigentlich wollte ich Boris erzählen, was du getan hast, aber ich werde es nicht tun, weil ich eure

Freundschaft nicht zerstören will. Unsere aber ist hiermit beendet, und wenn du mich jemals auch nur ansprichst, erzähle ich allen, was du getan hast.
Yvonne

Das war ein Schlag. »Ganz nett«, mehr war er nie für sie gewesen. Und jetzt war selbst das dahin. Aber das alles war doch nur ein Missverständnis, er hatte ihr bloß helfen wollen.

Boris war seine letzte Hoffnung, ihm würde sie glauben. Sicher hatte er sie in der Nacht zwar nicht erkannt – woher sollte er schließlich ihre Ohrringe kennen? –, aber wenn er erst mal wusste, dass es sich um Yvie gehandelt hatte, dann würde er ihm sicher helfen.

Wieder klingelte es an der Tür. Es war Boris.

»Hi Rüdi, ich wollt bloß fragen, ob du meine Hundeleine hast?«

»Ja, oben in meinem Zimmer ...«

»Und da fällt mir ein, bevor ich's vergesse, das ist echt superwichtig: Du erzählst Yvie keinen Mucks, dass wir im Wald waren, um Möpse anzugucken, okay?«

»Nicht? Wieso nicht?«

»Ach, sie ist grad wieder total zickig. Also, kein Wort über die Wolfsjagd, klar? Wir haben DVDs geguckt.«

Rüdi nickte entgeistert.

»Wie war sie eigentlich?«, fragte Boris mit einem breiten Grinsen. »Du bist ja dageblieben. Ich hatte echt keinen Nerv mehr, nachdem mich das Drecksgör angekotzt hat. Erzähl schon! Hast du sechs Richtige gezogen? War's die Schnalle vom Bäcker Bernd, die mit den fetten Glocken?«

Rüdi hob nur müde die Hand, hielt Boris den Mittelfinger entgegen und schlug ihm die Tür vor der Nase zu.

Erst dann sagte er: »Fuck!« Und damit meinte er nicht nur Boris, das Möpse gucken und die vergangene Vollmondnacht, sondern sein ganzes uncooles Leben. Und seine hoffnungslose Liebe, die heute genau wie an jedem anderen Tag einfach nur scheiß wehtat.

Uwe Voehl

Im Nebel

Da stand ich nun, auf einem Parkplatz am Ende der Welt, während der Morgen graute und die Rücklichter von Birgits Mini Cooper vom Nebel verschluckt wurden.

Na großartig!, dachte ich und versuchte dabei die Tränen zurückzuhalten.

»Soll ich nicht doch noch hier warten, bis die Fähre kommt, Nina?«, hatte Birgit gefragt, aber ich hatte nur trotzig den Kopf geschüttelt. War grußlos ausgestiegen, hatte meinen Koffer vom Rücksitz geklaubt und die Tür hinter mir zugeschlagen.

Auch Birgit war den Tränen nahe, aber ich ließ mir nicht anmerken, dass ich es sah. Sie hatte es verdient, fand ich. Birgit war meine Mutter. Eine echte Rabenmutter!, dachte ich enttäuscht. Während meine Freundinnen nach Amerika zum Skifahren oder in die Karibik zum Flirten fuhren, hatte Birgit entschieden, mich auf die Hallig Nebel zu verbannen.

»Dein Vater und ich haben in den nächsten Wochen einiges zu regeln«, hatte sie gesagt, »wir halten es für das Beste, wenn du in den Ferien zu Tante Heike fährst.«

»Sagt doch gleich, dass ihr euch scheiden lassen wollt!«, hatte ich geantwortet. »Und überhaupt: Tante Heike! Wie sich das schon anhört! Ich bin sechzehn und kein Kind mehr, auf das man aufpassen muss! Außerdem kann ich mich an Heike kaum mehr erinnern!«

»Was die Scheidung anbelangt, bist du auf dem Holzweg, meine Liebe.«

»Was ist es dann? Warum streitet ihr euch den ganzen Tag?«

Birgit hatte nicht geantwortet und aus Dad bekam ich sowieso nie viel heraus. Wenn er von der Uni nach Hause kam, arbeitete er gewöhnlich gleich weiter, setzte sich an seinen Schreibtisch und tippte bis in die Nacht hinein an seinen Romanen.

Das Meer musste ganz nah sein. Ein fischiger Geruch drang an meine Nase. Eine Nebelwand riss auf und gab einen kurzen Blick auf eine im Wind flatternde Fahne frei.

W.D.R., las ich.

»Das heißt Wycker Dampfschifffahrts Reederei«, hatte Birgit mich zuvor im Wagen aufgeklärt. »Dampfschifffahrt mit drei f.«

»Ach ja? Und ich hätte gedacht, mit vier. Außerdem hätte ich auf Westdeutscher Rundfunk getippt«, hatte ich genervt geantwortet.

Ich packte meinen Koffer und stiefelte Richtung W.D.R.-Flagge. Der Nebel klebte an mir wie Zuckerwatte. In kleinen Bäuschchen, nur dass er kälter war und auch nicht so süß roch – sondern nach Meer und Tang und Fisch.

Vor mir schälte sich ein dunkler Schatten aus dem Nebel, der sich als Fährhaus entpuppte. Ein gelber Lichtschein drang heraus und wirkte einladend.

Ich stieg die drei Stufen hoch und öffnete die Tür.

Von drinnen drang mir eine bullige, rauchige Wärme entgegen. Alles war einladender als diese unwirkliche Nebellandschaft.

Ich schlug die Tür hinter mir zu. Außer mir befanden sich noch vier Wartende in dem Raum. Ein altes Ehepaar, eine junge Frau, die mit ihrem altmodischen Dutt wie eine strenge Lehrerin wirkte, und ein Junge, dessen lange Haare bis auf die Schultern fielen. Er schien etwa so alt wie ich zu sein, hatte eine viel zu bleiche Haut, schwarz gefärbte Haare und trug einen langen schwarzen Ledermantel. Meine Blicke streiften ihn beiläufig, während er unverwandt sein Nintendo bearbeitete. Schon das reizte mich.

»Morgen zusammen«, grüßte ich. Die anderen murmelten »Moin, moin« zurück. Bis auf den Jungen. Wahrscheinlich fand er es cooler zu schweigen. Er war der Typ Junge, der auch in den Pausen immer nur mit seinesgleichen rumhing und deren Gesprächsthemen von diversen Computerspielen bis zu den neuesten DVD-Filmen reichten. Viel zu öde für Mädchen. Dafür hatten diese Jungs aber meist die besseren Noten und ließen einen abschreiben.

Ich suchte mir einen freien Platz und passte mich dem Schweigen an. Nur das Bollern der Heizung und das Knacken der hölzernen Dielen waren zu vernehmen. Ab und zu seufzte einer der beiden Alten vernehmbar.

Die Wände waren kahl, abgesehen von einem Plakat mit den aktuellen Ankunfts- und Abfahrzeiten und einigen Kugelschreiber-Graffiti. Am liebsten hätte ich mich auch darauf verewigt, um meine Hilflosigkeit hinauszuschreien.

Obwohl es hier drinnen immerhin gemütlicher war als draußen, sank meine Laune zusehends. Wenn es hier schon so trostlos war, wie ging es dann erst auf der Hallig ab?

»Die Fähre kommt heute später.«

Erstaunt hob ich den Kopf. Es war der Junge gewesen, der gesprochen hatte. Doch er hatte längst wieder den Kopf gesenkt und sich in sein Spiel vertieft.

Und ich dachte schon, du bist stumm, dachte ich. Laut aber sagte ich: »Ach nee, und ich dachte, sie kommt überhaupt nicht.«

Weil er darauf nichts erwiderte, nahm ich an, dass er jetzt

beleidigt war. Ging mir öfter so mit Jungs. Die meisten können mit meiner Form von Humor einfach nichts anfangen.

»Manchmal kommt sie wirklich nicht«, sagte der alte Mann. Aha, der konnte also auch reden – und nicht nur murmeln. »Bist nicht von hier, Mädchen, oder?«

»Nein, aus Köln.« Schon als ich es aussprach, kam es mir vor, als würde ich von einer anderen erzählen. *Hallo Erde, hier ist Sputnik.*

Die Frau stupste ihren Ehemann an. »Nun mach ihr doch keine Angst! Du und deine Ammenmärchen. Natürlich kommt die Fähre!«

Ich hätte zu gern gewusst, was sie damit meinte, doch fortan schwiegen beide beharrlich. Mir blieb nichts anderes übrig, als weiter auf die Graffiti zu starren.

Es ist schwerer, eine Träne zu stillen als tausend zu vergießen, las ich. Dieser Spruch war mir zuvor noch nicht aufgefallen. Doch was weise klang, traf zumindest auf mich nicht zu. Ich wollte, ich wäre imstande gewesen, nur eine Träne zu vergießen, die auch etwas bewirkte. Die machte, dass ich nicht auf die Hallig musste. Tausend hätte ich dafür getrocknet!

Na toll, dachte ich, jetzt wirst du auch noch sentimental.

Plötzlich fiel mir ein Geräusch auf. Es war das Ticken einer Uhr. Dafür, dass ich es zuvor nicht bemerkt hatte, empfand ich es jetzt als umso nervtötender. Ich schaute mich um. Die Uhr hing direkt über meinem Kopf. Es war eine typische Bahnhofsuhr, die anstatt Ziffern nur schwarze Balken aufwies. Und sie ging falsch.

Sie zeigte erst fünf vor acht an. Dabei war ich sicher, dass es schon nach acht gewesen war, als mich Birgit auf dem Parkplatz abgesetzt hatte. Die Acht-Uhr-Nachrichten hatten da schon begonnen.

Die Fähre sollte um halb neun gehen.
So oder so hatte ich noch Zeit.
Ich wandte mich wieder meiner trostlosen Umgebung zu.

Den Schalter, der am Ende des Raumes lag, hatte ich zwar schon vorher wahrgenommen, doch erst jetzt fiel mir auf, wie schmutzig die Scheiben waren. Sie waren von innen mit Vorhängen bedeckt. Ich hatte den Eindruck, als wäre hier seit Jahren keine Fahrkarte mehr verkauft worden. Sowieso war ich davon ausgegangen, dass ich direkt auf dem Schiff bezahlen konnte.

Ich schrak zusammen. Die Tür hatte sich geöffnet. Kälte strömte herein. Neugierig hob ich den Kopf und erblickte ein junges Pärchen. Von beiden ging eine merkwürdig faszinierende Aura aus.

Der Junge war einen Kopf größer als seine Partnerin. Nie zuvor hatte ich in ein Gesicht geblickt, das mich stärker angezogen hätte. Dabei war es noch nicht einmal schön zu nennen – im besten Falle fiel mir »markant« als Charakteristikum ein. Die Nase war ein wenig zu scharfkantig, die Wangen ein wenig zu hohl und das Kinn ein wenig zu eckig. Aber vor allen Dingen waren es die Augen, die mir einen Schauer über den Rücken rieseln ließen. Sie waren schwarz wie tiefe Bergseen und genauso unergründlich. Ich fühlte mich von ihnen gleichermaßen abgestoßen, wie ich in sie versank.

Der Blick des Jungen streifte mich nur kurz. Zu kurz, wie ich mich ertappte festzustellen.

Das Einzige, was mich störte, waren die tiefen Augenringe. Sein dunkles Haar trug er schulterlang. Es wirkte gepflegt und war doch von einer gewissen Lässigkeit. Im Gegensatz zu dem harmlosen Gruftie mit seinem Nintendo wirkte er wie ein geschmeidiges Raubtier. Sein Gang war leicht und federnd.

Er strebte einen der freien Plätze auf der Holzbank an. Leider nicht neben mir, sondern schräg gegenüber. Aber wenigstens konnte ich ihn so besser im Auge behalten.

Seine Begleiterin war auf ihre Weise mindestens ebenso attraktiv. Sie hätte ein Ebenbild des Jungen sein können, wenn ihre Züge nicht in allem weiblicher, runder und ihre halblangen Haare nicht rötlichblond gewesen wären. Auch ihre Augen waren dunkel wie Bergseen und ebenso umschattet.

Dennoch war ich mir fast sicher, dass die beiden keine Geschwister waren. Dazu gingen sie auf eine unbestimmbare Art zu vertraut miteinander um.

Schade, dachte ich, der ist garantiert schon vergeben.

Ich fragte mich, was er wohl auf der Hallig zu suchen hatte, und malte mir aus, unter welchen Umständen ich ihn dort wieder treffen würde. Bestimmt lief man sich dort andauernd über den Weg. War er Urlauber so wie ich? Wohnte er vielleicht sogar dort? Nein, dazu wirkt er zu städtisch, entschied ich, wobei ich mich unwillkürlich fragte, ob man mir das Stadtkind auch auf den ersten Blick ansah.

Nach und nach kamen weitere Leute hereingeschneit. Der Warteraum war fast zu klein, um alle aufzunehmen. So gerade eben bekam jeder noch einen Platz.

»Schietwetter!«, schimpfte einer der Neuankömmlinge. Mit seinem schneeweißen Haar, dem zotteligen Bart und dem wetterfesten Troyer-Pullover wirkte er wie ein alter Seebär. Sein Blick fiel auf mich. Einen Moment sah ich so etwas wie Erstaunen darin. Dann senkte er den Blick, ging kopfschüttelnd weiter, bis er einen Platz gegenüber dem alten Ehepaar einnahm. Ich hörte, wie die drei miteinander tuschelten, und spürte, dass ich rot wurde.

Behandelten die Einheimischen etwa jeden Festlandbewohner wie einen Exoten? Dabei fühlte ich mich gar nicht besonders exotisch. Im Gegenteil, mit meinen Stiefeln und dem wasserdichten Stepp-Parka kam ich mir vor wie ein Walfisch. Okay, mit dem bunten Schal, der zufälligerweise auch mein Lieblingsschal war, vielleicht wie ein *lustiger* Walfisch. Nina, der lustige Walfisch – vielleicht konnte ich damit auf der Hallig ja im Zirkus auftreten. Ich fühlte mich im Moment nicht gerade attraktiv. Dafür war der Parka vor ein paar Jahren recht billig gewesen. Jedenfalls hatte ich nichts Besseres zum Anziehen für das Wetter, mit dem ich hier zu rechnen hatte.

Ob es an dem Parka lag, dass der Junge mit den umschatteten Augen keine Notiz von mir nahm?

Ich schaute zu ihm herüber, aber er beachtete mich nach wie vor nicht. Er starrte geradeaus und seine Blicke schienen in eine imaginäre Ferne gerichtet.

Mir wurde allmählich warm. Ich öffnete den Reißverschluss meines Parkas und stöhnte demonstrativ. Aber auch diese Aktion verpuffte wirkungslos.

Frustriert schaute ich wieder zur Uhr. Abermals musste ich mich umständlich umdrehen. Ich stutzte.

Diesmal zeigte sie zehn vor acht an. Das gab's doch nicht! Entweder ging das Ding rückwärts oder es tickte komplett falsch.

Zu blöd, dass ich meine eigene Armbanduhr vergessen hatte. Ich versuchte, einen Blick auf die Armbanduhren meiner Mitwartenden zu erhaschen, aber diese waren allesamt unter Ärmelenden verborgen. Nach der Uhrzeit zu fragen kam mir zu dumm vor.

Also übte ich mich in Geduld. Irgendwann musste diese verfluchte Fähre ja eintreffen. Zumal es nach meiner inneren Uhr nun bald halb neun war.

Plötzlich wurde es draußen unruhig. Die anderen Wartenden horchten sichtbar auf.

Es klang wie ein Nebelhorn, aber zugleich trug es noch andere Geräusche mit sich – wie eine gespenstische Symphonie aus Möwenkreischen, Sturmgeheul und seltsamen Stimmen.

Wahrscheinlich war es die Fähre, die auf diese Weise ihre Ankunft ankündete. Dennoch machte keiner der Wartenden Anstalten, sich zu erheben.

Ich studierte die Gesichter. Auf den meisten lag diese morgendliche Mischung aus Müdigkeit und Gleichgültigkeit, die ich von endlosen Straßenbahnfahrten zur Genüge kannte.

Nur auf dem Gesicht des alten Käpt'ns, wie ich den Seebär insgeheim nannte, lag so etwas wie ein Lächeln. Als er bemerkte, dass ich ihn beobachtete, lächelte er noch breiter: »Das ist der Klabautermann«, sagte er. »Er kommt, um nach Seelen zu fischen.«

Sein Lächeln kam mir nicht mehr freundlich vor. Eher heimtückisch. Mein Gott, ich schien es hier nur mit irgendwelchen merkwürdigen Typen zu tun zu haben.

Mir reichte es! Ich schnappte meinen Koffer, und war gerade im Begriff, mich zu erheben, um draußen zu warten, als erneut die Tür aufging.

Der Mann war uralt. Dennoch schien er sich noch im Dienst zu befinden. Er trug eine akkurate marineblaue Uniform mit goldblitzenden Knöpfen. Die Dienstmütze saß ein wenig schief auf seinem Kopf, der ebenso eingefallen war wie die ganze Erscheinung. Er zog ein Bein nach, während er Richtung Fahrkartenschalter ging. Als er an mir vorbeihumpelte, nahm ich den eigenartigen Geruch wahr, der in seiner Uniform hing. Es roch wie bei meiner Uroma im Kleiderschrank. Nach Mottenpulver und alten Kleidern, die lange nicht mehr gelüftet worden waren. Der alte Mann musterte mich kurz. Er öffnete die blutleeren Lippen und gewährte mir einen Einblick auf sein lückenreiches Gebiss. Die wenigen Zähne, die er noch besaß, waren lang und gelb.

Er schloss die kleine Tür auf und begab sich in das Innere des Fahrkartenschalters. Kurze Zeit später bewegte sich der Vorhang und in der Fensterscheibe wurde eine kleine Klappe geöffnet.

Endlich ging es los!

Sofort ergriff eine eigenartige Unruhe die Wartenden. Die meisten hatten es wohl sehr eilig. Dabei würde niemand von uns eher wegkommen, bis die Fähre ablegte.

Ich vergab mir also nichts, mich als Letzte in der Reihe anzustellen. Meinen Koffer ließ ich an seinem Platz. Ich hatte keine Sorge, dass ihn hier jemand klaute.

Vor mir standen zehn Leute. Nach und nach wurden sie abgefertigt. Bei einigen dauerte es endlos lange. Mehrmals sah ich auf die Uhr. Die ging zwar nach wie vor rückwärts, aber immerhin konnte ich einigermaßen ermessen, wie viel Zeit vergangen war.

Lediglich zwei der Wartenden hatten sich nicht eingereiht.

Es handelte sich um das dunkeläugige gutaussehende Pärchen.

Sie saßen noch immer auf ihren Bänken und taxierten die Anstehenden. Als sie meinen Blick spürten, wandten sie wie auf Kommando den Kopf und sahen mich an. Ich wäre fast zurückgeprallt, so tief traf mich ihr Blick.

Für einen Moment hatte ich das Gefühl, dass sie direkt in mein Herz schauten – so komisch das auch klingt.

»Wartet ihr auch auf die Fähre?«, fragte ich. Etwas Originelleres fiel mir gerade nicht ein. Und weiter zu schweigen kam mir irgendwie falsch vor.

Die beiden sahen sich an und verzogen die Lippen zu einem amüsierten Lächeln. Machten die sich etwa lustig über mich?

»Nein, wir nehmen nie die Fähre«, antwortete das Mädchen schließlich. »Im Allgemeinen schauen wir uns nur die Leute an, die hier anstehen.«

»Ist das nicht öde?«, fragte ich und meinte es sogar ehrlich. Am interessantesten von all den Leuten war eindeutig das Pärchen selbst.

Unisono schüttelten sie den Kopf. »Im Gegenteil«, widersprach das Mädchen. »Es ist jedes Mal wieder spannend, wer sich hier alles einfindet. Manche kommen von weit her. Von wo kommst du?«

»Aus Köln«, antwortete ich. »Und ihr? Wohnt ihr auf der Hallig?«

Abermals warfen sie sich einen amüsierten Blick zu. Dabei hatte ich aber nicht den Eindruck, dass sie mich nicht ernst nahmen.

Es wunderte mich selbst, wie unbefangen ich zumindest mit dem Mädchen sprechen konnte. Zum Glück überließ der Junge ihr das Reden, wahrscheinlich wäre ich ansonsten eher ins Stottern geraten.

»Nein, auf der Hallig waren wir noch nie.«

Unser Gespräch brach ab, weil mir bewusst wurde, dass ich die Letzte vor dem Schalter war. Alle anderen waren bereits abgefertigt worden und aus der Enge des Wartehäuschens geflüchtet.

Von draußen erklang ein weiteres Mal das Nebelhorn. Diesmal hörte es sich noch unheimlicher an als zuvor. Ich musste an den Klabautermann denken, den der alte Mann vorhin erwähnt hatte. Wie musste man sich den wohl vorstellen?

Leicht verwirrt kramte ich mein Portemonnaie hervor. Ich hatte gar nicht gemerkt, dass die anderen so schnell das Weite gesucht hatten.

Ich beugte mich hinunter, um hinter die Scheibe des Fahrkartenschalters zu blicken. Dahinter war alles schwarz. Aber es war eine Schwärze, die irgendwie lebendig wirkte. Sie wirbelte und wisperte, flirrte und flüsterte. Wahrscheinlich kam das von der Hitze.

Saß der alte Fahrkartentyp etwa im Dunkeln? Er hatte auf mich nicht den Eindruck gemacht, als vertrüge er kein Licht. Für einen Moment glaubte ich in der Schwärze eine Doppelreihe goldfarbener Knöpfe aufblitzen zu sehen.

»Hallo? Sind Sie noch da?«, fragte ich zaghaft in die Dunkelheit hinein. »Ich hätte auch gern eine Karte für die Überfahrt zur Hallig.«

So etwas wie ein heiseres Flüstern antwortete mir. Der Geruch von Tang und Mottenkugeln war plötzlich allgegenwärtig und raubte mir fast den Atem.

»Ich hätte gern eine Fahrkarte«, wiederholte ich trotzig.

Das Schweigen wurde bedrohlicher.

Ich hatte keine Ahnung, was ich jetzt machen sollte. Ich zögerte.

»Du stehst nicht auf meiner Liste«, vernahm ich endlich die Stimme des Alten aus der Finsternis heraus. Gleichzeitig glaubte ich zwei rötlich glühende Punkte in der Dunkelheit auszumachen. Wie zwei glühende Zigaretten – nur dass sie dicht beieinanderstanden – wie Augen.

»Welche Liste?«, fragte ich verwirrt. Hatte Birgit etwa für mich reserviert?

»Ich kann dir keine Karte geben. Dein Name steht nicht auf meiner Liste«, wiederholte die Stimme des Alten stur.

»Ob mit oder ohne Liste, es wird doch noch ein Platz für mich frei sein, oder?«

Die Stimme schwieg.

Ich fühlte mich seltsam deplatziert. Mir war zum Heulen zumute. Wieder mal.

»Habt ihr eine Ahnung, was der meint?«, wandte ich mich verzweifelt an das schöne Pärchen.

»Genau das, was er gesagt hat«, antwortete das Mädchen. »Deswegen sind wir hier.«

»Etwa meinetwegen?« Ich verstand die Welt nicht mehr.

»Deinetwegen, ja.« Zum ersten Mal sprach auch der Junge. Er hatte eine tiefe, angenehme Stimme. Ich ertappte mich bei dem Gedanken, wie wundervoll es wäre, von ihm in den Arm genommen und hinausgeführt zu werden.

»Warum tust du es nicht?«, fragte er.

»Was meinst du?«, fragte ich erstaunt.

»Warum kommst du nicht her, damit ich dich in den Arm nehmen kann?«

War das ein Witz? Konnte er Gedanken lesen oder sah man mir bereits aus der Entfernung an, dass ich kurz davor war, die Kontrolle zu verlieren?

Aber so schnell wollte ich ihm dann doch wieder nicht auf den Leim gehen. »Wenn du dafür sorgst, dass mich die Fähre mitnimmt ...« Ich ließ den Satz unvollendet.

»Du kannst die Fähre nicht nehmen«, sagte das Mädchen. »Die Fähre ist nur für die anderen da.«

Für die anderen? Plötzlich hatte ich die Lösung! Klar, ich war von lauter Irren umgeben!

Aber wie Irre wirkten die beiden nicht. Auch nicht bedrohlich. Im Gegenteil, nach wie vor hatte ich das Gefühl, ihnen vertrauen zu können.

Ein drittes Mal durchbrach das unheimliche Nebelhorn die Stille. Diesmal klang es weiter entfernt als die ersten beiden Male. Hatte die Fähre etwa bereits abgelegt?

Ich zwang mich dazu, ruhiger zu werden. Na und, dachte ich, dann nimmst du eben die nächste …

Das Mädchen schüttelte den Kopf. Wieder hatte ich das beunruhigende Gefühl, dass sie meine Gedanken lesen konnte.

»Die anderen sind die Toten«, erklärte sie mir mit Engelsgeduld. »Sie sind jetzt unterwegs. Nur du, du bist nicht tot.«

»Und deswegen sind wir hier«, ergänzte der Junge.

»Klar, und ihr seid zwei Engel!«, spottete ich. In Wahrheit war mir nicht zum Spotten zumute.

Ganz und gar nicht, denn so makaber es war, was sie da gesagt hatten – ich spürte, dass sie nicht scherzten. Sie sprachen mit einer Ernsthaftigkeit, die kaum einen Zweifel erlaubte.

Und dennoch war es zu abgedreht!

»Der Junge mit dem Nintendo …«, stammelte ich.

»Tot«, antwortete das Mädchen.

»Das freundliche alte Ehepaar …«

»Tot«, sagte der Junge mit monotoner Stimme, in der dennoch so etwas wie Traurigkeit lag.

»Die junge Frau mit dem Dutt …«

»Tot.«

»Der alte Kapitän …«

»Tot.«

»All die anderen …«

»Sie waren alle tot. Schon als sie das Fährhaus betraten.«

»Aber warum?«

Beide zuckten sie die Achseln.

»Es war die nächste Fährstelle. Deshalb sind sie hierhergekommen.«

»Und ich? Warum bin ich dann hier?«

»Eben. Du darfst nicht hier sein.«

»Weil ich nicht tot bin«, schlussfolgerte ich.

Die beiden nickten. »Wir waren uns erst nicht sicher, was mit dir ist. Aber er hat dir keine Fahrkarte verkauft. Also gehörst du nicht hierher.«

»Wir sind gekommen, um dich zurückzubringen«, ergänzte das Mädchen.

»Wohin zurück?«, fragte ich völlig verwirrt.

»Dorthin, von wo du gekommen bist. Und nun lass uns keine weitere Zeit mehr vergeuden.«

Ich spürte eine Woge der Beruhigung, die von ihnen ausging. Was immer sie auch vorhatten, ich beschloss, mich ihrer Obhut anzuvertrauen. Im Gegensatz zu mir schienen sie genau zu wissen, was hier vorging.

Sie nahmen mich in ihre Mitte. Ich griff nach der Hand des Jungen. Er verweigerte sie mir nicht. Seine Finger schlossen sich um meine. Sie waren merkwürdig kalt. Ich hatte das Gefühl, eine Marmorstatue zu berühren.

Zu dritt gingen wir hinaus in den Nebel. Nach wenigen Schritten hatte ich einmal mehr die Orientierung völlig verloren. Der undurchdringliche Nebel erinnerte mich an ein Wolkenmeer. Ich verspürte nicht die geringste Angst. Mit dem Jungen an meiner Seite glaubte ich zu schweben.

Ich wagte es nicht mehr, weitere Fragen zu stellen. Ich ahnte, dass die beiden sie mir nicht beantworten würden.

Schließlich stoppten wir.

»Wo sind wir?«, fragte ich dann doch.

»Auf dem Parkplatz, an dem deine Mutter dich abgesetzt hat«, sagte mein Begleiter.

»Warum …?«, wollte ich fragen. Da spürte ich, dass er meine Hand losgelassen hatte.

Verwirrt sah ich mich um. Er war verschwunden! Von einem Moment zum anderen. Und seine Begleiterin ebenso.

Ich fühlte, wie der Nebel seine klammen Finger gierig nach mir ausstreckte. Dunkle Gestalten tanzten darin.

In diesem Augenblick war ich froh, dass ich meinen dicken Walfischparka trug. Er verlieh mir das Gefühl, hier draußen nicht ganz schutzlos zu sein.

Vor mir tauchten zwei rote, glühende Punkte auf. Ich musste an den Fahrkartenverkäufer denken und spürte mein Herz bis zum Hals klopfen.

»Lauf schon!«, hörte ich eine Stimme! *Seine* Stimme. Die Stimme des Jungen. Gleichzeitig bekam ich einen Stoß, der mich nach vorne trieb. »Lauf um dein Leben, Nina!«

Mehr denn je waren die Nebelschwaden von flüsternden, wispernden Stimmen erfüllt. Ich musste an den Klabautermann denken, und fast augenblicklich glaubte ich, den Geruch des Meeres, von Tang und Fisch noch stärker wahrzunehmen. Aber da war noch etwas …

Der Gestank von Mottenkugeln.

Voller Panik rannte ich los.

Lauf um dein Leben, Nina!

Wild gestikulierend und schreiend lief ich auf die rot glühenden Punkte zu. Weil ich ganz plötzlich wusste, was sie bedeuteten.

Es waren die Rücklichter eines Autos.

Birgits Autos.

Unseres Mini-Coopers!

Hatte sie die ganze Zeit auf mich gewartet oder …

Ich hatte keine Zeit mehr zu überlegen. Etwas war mir auf den Fersen.

Der Gestank der Mottenkugeln raubte mir fast den Atem.

Der Fahrkartenverkäufer. Er war hinter mir her! Wahrscheinlich hatte er es sich anders überlegt.

Nein, dachte ich entschlossen. Nein, ich will nicht mit der Fähre fahren!

Schweratmend erreichte ich den Mini-Cooper. Ich riss die Beifahrertür auf und sprang hinein.

Nie zuvor hatte ich mich mehr gefreut, Birgit zu sehen.

»Nina!«, rief sie erstaunt.

»Mama!« Ich nannte sie tatsächlich Mama, so froh war ich. Am liebsten hätte ich mich in ihren Armen verkrochen. So aber schrie ich. »Fahr los! Fahr um Gottes willen los!«

Es gibt Dinge, für die ich Birgit küssen könnte. Zum Beispiel dafür, dass sie in den entscheidenden Augenblicken keine Fragen stellt, sondern mir einfach vertraut.

So wie jetzt. Sie gab einfach Gas und fuhr davon.

Vielleicht war es nur Einbildung, aber ich glaubte ein lautes, enttäuschtes Seufzen von draußen zu vernehmen.

Ich war ihm entwischt!

Dem Fahrkartenverkäufer, dem Klabautermann, dem Teufel. Wem auch immer!

Ich musste an das faszinierende junge Pärchen denken, dem ich meine Rettung verdankte. Waren es Engel gewesen?

Noch während ich mir das markante Gesicht des Jungen wieder vor Augen führte, verblasste es. Verblassten sämtliche Erinnerungen.

Ich hatte das Gefühl, aus einem langen, dunklen Traum zu erwachen.

Vor uns lag eine Nebelwand.

Es war fünf vor acht. Das Radio spulte nervtötende Reklame ab. Gleich würden die Nachrichten beginnen.

»In fünf Minuten sind wir da«, sagte Birgit. »Die Fähre geht um halb neun.«

Birgit war meine Mutter. Eine echte Rabenmutter!, dachte ich enttäuscht. Während meine Freundinnen nach Amerika zum Skifahren oder in die Karibik zum Flirten fuhren, hatte Birgit entschieden, mich auf die Hallig Nebel zu verbannen.

Sie raste, als machte ihr der Nebel überhaupt nichts aus.

»Fahr langsam!«, schrie ich.

»Wieso? Was hast du?«, fragte Birgit besorgt, drosselte aber das Tempo. »Um diese Zeit ist doch kein Mensch unterwegs!«

Im nächsten Moment trat sie das Bremspedal bis zum Anschlag durch. Reifen quietschten. Ich wurde trotz meines Sicherheitsgurtes nach vorne gerissen. Der Mini schlingerte, hielt sich aber auf der Straße.

Endlich kam der Wagen zum Stehen.

Vor uns erhellten einige Warnblinklichter die morgendliche Dämmerung. Dazwischen herrschte Chaos. So weit ich blicken konnte, waren Wagen ineinander verkeilt. Menschen lagen wimmernd auf dem Asphalt, andere liefen schreiend umher oder leisteten erste Hilfe.

Es war eine gespenstische Szenerie.

Ich löste den Sicherheitsgurt. Mir war nichts passiert! Ein Blick zu Birgit. Sie atmete hektisch, war aber ebenfalls unverletzt.

»Alles in Ordnung mit dir, Mama?«, fragte ich.

Sie nickte.

»Woher ... woher hast du das gewusst?«, fragte sie.

»Was gewusst?«

»Dass hier Gefahr lauert. Wenn du mich nicht zum Bremsen gebracht hättest, wären wir hier reingerast ...«

Sie war noch immer fassungslos.

Ich zuckte die Achseln. »Ich weiß es nicht. Ich weiß nicht, woher ich es wusste. Eigentlich ist es nur so ein Gefühl gewesen.«

Vielleicht hatte ich auch nur einen Schutzengel gehabt.

Ich öffnete die Beifahrertür.

»Wo willst du hin?«, Birgit schien noch immer sehr besorgt.

»Die Unfallstelle absichern«, erklärte ich. »Warndreieck aufstellen und so. Bevor *uns* noch jemand reinrast! Vielleicht solltest du besser auch aussteigen.«

Zum Fahren war sie nicht mehr in der Lage. Ich sah, wie ihre Hände zitterten. Ich half ihr heraus, holte eine Decke aus dem Kofferraum, hüllte sie damit ein und geleitete sie zum Straßenrand. »Warte hier!«, befahl ich.

Ich erkannte, dass wenigstens einer von uns wie ein Erwachsener handeln musste. Birgit war dazu im Moment nicht fähig. Es kam mir selbst komisch vor, dass ich so ruhig war.

Du hast einen Schutzengel, erinnerte ich mich.

Nachdem ich die Unfallstelle abgesichert hatte, ging ich an unserem Wagen vorbei, winkte Birgit, die noch immer wie apathisch am Straßenrand stand, aufmunternd zu und marschierte weiter.

Ein Mann wollte mich aufhalten. Aus einer Stirnwunde floss Blut, sodass sein Gesicht wie das eines Schwerverletzten wirkte. Aber es schien schlimmer auszusehen als es war.

»Hier kannst du nicht weiter, Mädchen.«

»Was ist passiert?«, fragte ich.

Er wies nach vorne. »Typische Unfallursache: Nebel und erhöhte Geschwindigkeit. Und das alles innerhalb weniger Minuten. Hoffentlich kommt gleich der Krankenwagen. Und die Polizei, damit nicht noch mehr hier reinrasen ...« Aus der Ferne hörte ich bereits das Heulen von Sirenen.

»Vielleicht könnten Sie sich um meine Mutter kümmern«, sagte ich und wies nach hinten. »Sie hat einen Schock oder so was in der Art.«

Der Mann nickte ernst und lief zu unserem Wagen.

Wenigstens dachte er nicht mehr daran, mich aufzuhalten.

Ich bahnte mir einen Weg durch die verkeilten Autos. Es waren die grauenhaftesten Szenen, die ich je gesehen hatte.

Aber ich musste es tun.

Ich musste hinschauen.

Den Jungen mit dem Nintendo entdeckte ich auf dem Beifahrersitz eines Mercedes. Ein Splitter der Windschutzscheibe steckte in seinem Hals. Sein Vater hatte sich über ihn gebeugt und rief immer wieder mit tränenerstickter Stimme seinen Namen, als würde sein Sohn noch leben. Jetzt erfuhr ich, dass er Tobias hieß.

Es geht ihm gut, dort, wo er jetzt ist, hätte ich am liebsten gesagt, aber ich schwieg.

Die junge Frau mit dem Dutt, von der ich gedacht hatte, dass sie sich ganz gut als Lehrerin machen würde, lag auf dem Straßenrand. Jemand hatte sie aus ihrem total zertrümmerten Opel Corsa gezogen.

Das alte Ehepaar lag nur wenige Meter weiter Seite an Seite. Auf den ersten Blick konnte ich keine Verletzung an ihnen ausmachen. Sie wirkten, als würden sie schlafen.

»Die alten Leute – wahrscheinlich hat sie der Herzschlag erwischt«, hörte ich eine Stimme. Ich drehte mich um. Es war ein weiteres Unfallopfer. Eine Frau, um die dreißig. »Hoffentlich kommt bald der Krankenwagen«, sagte sie mit zitternder Stimme. »Weiter vorne liegen noch einige andere Schwerverletzte … Mein Sohn, er ist erst zwölf …« Ihr versagte die Stimme, dann rief sie: »Ich muss einen Krankenwagen rufen …«

»Der ist alarmiert«, sagte ich und drückte tröstend ihre Hand. Jetzt hörte auch sie die Sirenen. »Dann besteht ja vielleicht noch Hoffnung …«

»Die besteht«, sagte ich. »Und glauben Sie mir: Ihr Sohn wird überleben! Am besten, Sie gehen jetzt zu ihm zurück und stehen ihm bei.«

Sie lächelte dankbar. Offensichtlich glaubte sie mir. Vielleicht spürte sie auch nur die Zuversicht und den Ernst, mit dem ich es aussprach.

Ich wusste es, weil ich keinen zwölfjährigen Jungen im Wartesaal erblickt hatte. Aber die anderen.

Die Toten waren alle dort gewesen.

Ich ließ mich erst von einem der Sanitäter fortführen, nachdem ich den letzten von ihnen in einem der Wracks gesehen hatte. Es war der alte Kapitän.

Fast hatte ich das Gefühl, dass er mir zublinzelte, als ich in einer Geste des Abschieds über seine bärtige Wange strich.

Jörg Kleudgen

Nicht von dieser Welt

Als sie kamen, um mich über Leander auszufragen, wusste ich wirklich nicht, was ich antworten sollte.

Es waren zwei Männer und sie waren in Zivil gekleidet.

Aber ihre Dienstausweise waren echt.

Nun, sie wollten wissen, ob mir an seinem Verhalten in letzter Zeit etwas aufgefallen sei.

Ich vermutete im ersten Moment, er hätte etwas angestellt.

In dem Fall war es besser, wenn ich meinen Mund hielt.

Ich wollte ihn ja nicht durch meine Aussage belasten.

Seltsamerweise musste ich gleich an die Zwischenfälle in Columbine, Erfurt und Tuusula denken. Und das war nicht so abwegig. Ich meine … du weißt ja selbst, wie Leander herumlief und welche Musik er hörte. Oder kennst du sonst noch jemanden, der sich morgens von *Marilyn Manson* wecken lässt, schwarze, zerschlissene Kleidung trägt und seine Augen mit einem fetten Kajalstrich nachzeichnet?

Ich weiß nicht, wie er das nannte, was er verkörpern wollte. Gothic, Emo, Visual Kei oder was weiß ich.

Jedenfalls stempelte er sich durch sein merkwürdiges Erscheinungsbild von vornherein als Außenseiter ab.

Aber ich glaube, das war ihm ziemlich egal.

Da ich an dem Tag krank war und den Unterricht nicht besucht hatte, hätte ich nicht mitbekommen, wenn … aber es war ganz anders und ich musste es eigentlich wissen.

Beleg
über die Zahlung gemäß § 28 Absatz 4 SGB V

99

Q	J	J
3	1	1

für das Quartal

Krankenkasse bzw. Kostenträger		18111
AOK NORDWEST		

Name, Vorname des Versicherten

Lisa
Tuchmacherstr. 89
48369 Saerbeck

13.05. geb. am 90

12/16

Kassen-Nr. 1401 Versicherten-Nr. 0628

Betriebsstätten-Nr. 200 Arzt-Nr. 667103 Datum 28.08.11

192013200 363667103

Dr.med.Hermann Tücking
Internist
Albachtstraße 2
48268 Greven
Tel.: 02571/93550
Fax.: 02571/935522

Vertragsarztstempel / Unterschrift

**Die/Der oben genannte Versicherte
hat die Zuzahlung gemäß § 28 Absatz 4 SGB V
in Höhe von 10 Euro
für das oben genannte Quartal
heute entrichtet**

**Zur eventuellen Wiedervorlage
bitte unbedingt aufbewahren!**

Ausstellungsdatum

T	T	M	M	J	J
2	6	0	0	8	1

Muster 99 (4.2009)

Paul Albrechts Verlag, 22952 Lütjensee

Leander war verschwunden.

Ob wir befreundet gewesen seien, fragten sie.

Es hatte keinen Zweck, das abzustreiten.

Auch wenn das, was ich über ihn herausgefunden hatte, mir das Gefühl gab, ihn niemals auch nur ansatzweise verstanden zu haben.

Ich habe seitdem oft darüber nachgedacht, wie das mit unserer Freundschaft überhaupt angefangen hatte.

Wir kannten uns schon seit der Grundschule.

Er war schon damals ein sehr stiller und unauffälliger Junge, der eher am Rande unserer Klassengemeinschaft stand. Nicht weil er unbeliebt war. Ihn interessierten einfach nur ganz andere Dinge als seine Mitschüler.

Ob er außerhalb der Schule Freunde hatte, konnte ich nicht sagen. Ich glaube, er war ganz gerne allein. Das wurde mir erst später bewusst, als er mir einen Einblick in seine Gedankenwelt erlaubte und mir einige, wenn auch nicht alle Orte zeigte, die seine überbordende Fantasie beflügelten.

Er konnte stundenlang durch die weiten Felder streifen oder einfach auf einem Felsen sitzen und den Himmel beobachten. Ruinen faszinierten ihn ganz besonders, selbst wenn es nur eine unscheinbare Steinmauer war, die aus einem Brombeergestrüpp herausragte.

Er war ein sehr genauer Beobachter und liebte es, aus seinen Beobachtungen Schlüsse zu ziehen.

Ich glaube, ihm reichte es nicht, die Dinge so hinzunehmen, wie sie sich darstellten.

Er wollte ihre wahre Natur begreifen.

Ich erinnere mich noch genau daran, wie ich ihn eines Tages auf einem seiner Streifzüge begleitete. Wir fuhren mit den Rädern hinaus zum See, der im Herbst einsam inmitten der Felder lag, umringt von Pappeln, deren silbernes Laub im Wind rauschte.

Die Wasseroberfläche war völlig unbewegt und unergründlich.

Die Spiegelungen der Bäume darauf wirkten wie in Glas geätzt.

Als ich einen Stein über das Wasser springen lassen wollte, fiel Leander mir in den Arm.

»Tu das bitte nicht«, sagte er, und ich sah, dass es ihm wirklich ernst war. »Jede unserer Handlungen ruft eine Wirkung hervor.« Er strich sich durch das dichte schwarze Haar und sah mich nachdenklich an. »Sie setzt sich wellenförmig fort. Über den sichtbaren Bereich hinaus. Und sie könnte etwas herbeirufen, dem wir beide nicht gewachsen sind.«

Ich weiß nicht, was du darüber denkst, aber wenn du mich fragst, klingt das ziemlich seltsam. Es ist jedenfalls nichts, was man als Vierzehnjähriger normalerweise so von sich gibt.

Bei allem, was uns beide unterschied, war er ein aufrichtiger und verlässlicher Freund, und ich muss zugeben, dass mich seine Einbildungskraft faszinierte.

Wir trafen uns nachmittags nach der Schule oft bei ihm zu Hause, um unser gemeinsames Hobby zu teilen: Rollenspielabenteuer.

Leander hatte von seinen Eltern zu Weihnachten einen modernen Computer geschenkt bekommen und eines meiner Spiele lief auf meinem alten Rechner nicht.

Ja, aus diesem Grund trafen wir uns das erste Mal, und von da an wurde es zur Gewohnheit, alle neuen Spiele bei ihm zu testen. Wenngleich ich stets das Gefühl hatte, dass Leander gerne mehr darin sah als ein bloßes Spiel. Er schien in den virtuellen Welten der Adventures eine Zuflucht vor der tristen Wirklichkeit zu finden. Hier war er nicht länger der schmächtige, unscheinbare Junge, sondern mal strahlender Held, mal geheimnisvoller Magier, kraftstrotzender Barbar oder weiser König.

Ich vermute, dass er auch dann noch spielte, wenn ich schon gegangen war. Seine Schulnoten verschlechterten sich jedoch nicht, sodass seine Eltern offenbar keinen Anlass zur Sorge sahen.

Eines Tages wollte ich mich wie gewohnt auf dem Schulhof mit ihm für nachmittags verabreden, doch er erklärte mir, dass er im Moment keine Zeit für ein Treffen habe.

»Ich habe ein neues Adventure bekommen«, sagte er, und in seinen dunklen Augen flackerte ein Feuer, das mir unheimlich war. »Dagegen kannst du alles vergessen, was du bisher gespielt hast!«

Ich erwartete, dass er mir seinen neuesten Besitz stolz präsentieren würde, doch nichts dergleichen geschah.

»Ich muss das Spiel zuerst alleine schaffen«, flüsterte er geheimnisvoll. »Danach kannst du es gerne haben.« Damit stieg er auf sein Rad und fuhr davon. Einfach so, ohne dass ich ihn auch nur nach dem Namen des Spiels hatte fragen können.

In den darauf folgenden Tagen hatte ich den Eindruck, dass Leander mir aus dem Weg ging.

Die Pausen verbrachte er irgendwo im Schulgebäude, obwohl das von unserem Hausmeister nicht gerne gesehen wurde, wahrscheinlich in der kleinen Bibliothek.

Im Unterricht saß er zwar meistens neben mir, doch er schien sich so sehr auf den Vortrag des Lehrers zu konzentrieren, dass ich es kaum wagte, ihn anzusprechen.

Als sich sein Verhalten auch nach einer Woche nicht änderte, kam mir der Gedanke, dass ein Mädchen der Grund dafür sei.

So war es doch meistens.

Leander hatte noch nie eine Freundin gehabt.

Die Mädchen unserer Klasse standen natürlich auf ältere Jungs, und die der unteren Klassen waren ihm wohl einfach zu albern.

Mir fiel jedoch keine bessere Erklärung für sein merkwürdiges Benehmen ein.

Als ich ihn ganz offen danach fragte, schüttelte er lachend den Kopf. Die Art und Weise, in der er meine Vermutung von der Hand wies, erschien mir ein wenig zu vehement.

Ich gab mich ihm gegenüber zwar mit seiner Verleugnung zufrieden, gewöhnte mir jedoch an, ihn aus der Ferne zu beobachten.

Was das Mädchen betraf, hatte er mich wohl nicht angelogen.

Es gab niemanden, den er traf. Weder heimlich noch offen.

Stattdessen verbrachte er offenbar einen großen Teil seiner Freizeit damit, das mysteriöse Adventure zu knacken, von dem er gesprochen hatte.

Sogar im Unterricht beschäftigte es ihn.

Die Ränder seiner Schulhefte waren voller seltsamer Skizzen, die er mit großer Sorgfalt anfertigte.

Ich konnte nicht sagen, was sie darstellten, aber ich hatte den Eindruck, dass es um die Entschlüsselung eines komplizierten Codes ging.

Genau das behauptete Leander dann auch, als ihn einer der Lehrer dabei erwischte, wie er ein weiteres seiner Hefte vollschmierte.

Und dann kam der Tag, an dem er unentschuldigt der Schule fernblieb.

In meine Richtung gewandt, fragte unser Klassenlehrer, ob jemand von uns wisse, ob Leander krank sei.

Natürlich meldete sich niemand, und mir wurde bewusst,

dass ich Leanders einziger Freund war, auch wenn unsere Freundschaft in den letzten Wochen merklich abgekühlt war.

Widerstrebend erklärte ich mich bereit, ihm die Hausaufgaben vorbeizubringen.

Womöglich war das eine Gelegenheit, mehr über dieses rätselhafte Game in Erfahrung zu bringen.

Nach dem Mittagessen fuhr ich mit dem Fahrrad zu dem Haus, in dem Leander mit seinen Eltern wohnte. Als seine Mutter mir die Tür öffnete und ich ihr den Grund meines Besuchs nannte, zeigte sie sich sehr besorgt.

»Er war nicht in der Schule? Aber … als ich heute Morgen in sein Zimmer ging, um ihn zu wecken, war er schon weg. Seine Schultasche hat er mitgenommen. Ich habe mir erst Sorgen gemacht, als er nicht zum Essen kam. Ich dachte, er ist mit dir unterwegs. Sonst sagt er mir ja immer Bescheid …«

Sie war eine blasse, zartgliedrige Frau mit traurigen Augen und einem müden Lächeln.

Seinem Vater war ich noch nie begegnet. Er arbeitete sehr viel, in irgendeinem Büro in der Stadt. Mehr hatte Leander mir nicht erzählt.

»Nein, ich habe ihn den ganzen Tag noch nicht gesehen. Ehrlich gesagt … Leander und ich sind nicht mehr so gut befreundet.«

»Aber wo treibt er sich denn bloß wieder herum? Ich habe immer solche Angst um ihn, wenn er alleine unterwegs ist …«

Ich zuckte mit den Schultern: »Hat er denn keine Nachricht hinterlassen?«

»In seinem Zimmer vielleicht«, fiel ihr ein. »Komm, wir wollen nachsehen!«

Leanders Zimmer sah auf den ersten Blick noch genau so aus, wie ich es in Erinnerung hatte.

Es waren allerdings seit dem letzten Mal einige Gegenstände hinzugekommen, mit denen ich rein gar nichts anfangen konnte.

Ich wusste weder, in welchem Laden er sie gekauft hatte, noch, von welchem Geld. Sie sahen nicht billig aus, und als ich einige davon in die Hand nahm, erwiesen sie sich als erstaunlich schwer. Einige waren aus einer mir unbekannten Legierung gefertigt. Etwa so wie Bronze, aber doch ganz anders. Sie alle fühlten sich alt und abgegriffen an, wie Artefakte einer untergegangenen Kultur. Als seien sie schon durch viele Tausend Hände gegangen.

Hatte er sie vielleicht im Internet bestellt?

Es handelte sich um Dinge, die in unserer Welt eigentlich keinen Nutzen mehr haben und denen ich keinen Sinn zuordnen konnte.

Eine lange Nadel etwa, von der ich mir vorstellen konnte, dass sie einen Mantel oder Umhang zusammenhalten sollte.

Eine glänzende Kugel, die aus zwei metallenen Hemisphären zusammengesetzt war.

Ein Fernrohr. Jedenfalls hielt ich es dafür. Doch als ich hindurchblickte, sah ich nichts als Schwärze.

Oder das Messer mit der kurzen Klinge. Als ich vorsichtig mit dem Daumen darüberfuhr, ließ ich es beinahe fallen, denn ich hatte mir tief ins Fleisch geschnitten.

Leanders Mutter war so sehr mit ihrer Sorge beschäftigt, dass sie nichts davon bemerkte.

»Mein Gott, woher hat er all das Zeug?«

Auch sie hatte keine Ahnung, wo er es gefunden haben mochte.

In diesem Moment läutete im Flur das Telefon.

»Oje, es wird doch nichts passiert sein!«

Sie eilte aus dem Zimmer und ließ mich alleine zurück.
Ich sah mich weiter um.
Und dann entdeckte ich es.
Das Adventure.
Es lag auf einem Stapel anderer Spiele, die ich bereits kannte.
Ich öffnete die Hülle. Sie war leer.
Beinahe.
Anstelle des Datenträgers befand sich darin eine verschwommene Fotografie.

Sie war mit Leanders alter Kleinbildkamera gemacht worden und hatte dieselbe Qualität wie die Fotos von unserer letzten Klassenfahrt.

Der Ausdruck von Überraschung auf ihrem Gesicht erweckte den Eindruck, es sei der Person, die darauf abgebildet war, nicht recht, dass man sie aufnahm.

Ich wendete das Bild und fand auf der Rückseite einen Namen in Leanders unverkennbarer Handschrift.

»*Sylvana*«

Und da war noch etwas in der Hülle. Eine Art Scheibe nämlich, die sich aus vier gegeneinander verschiebbaren Ringen zusammensetzte. Jeder einzelne dieser Ringe war mit Symbolen versehen, die mir bekannt vorkamen. Einen Sinn aber ergaben die Zeichen oder Kombinationen von Zeichen leider nicht.

In diesem Augenblick hörte ich Schritte auf dem Flur.

Jemand kam rasch näher und den Geräuschen nach war es nicht Leanders Mutter.

Tatsächlich stürzte Leander selbst ins Zimmer.

Er befand sich in einem bemitleidenswerten Zustand, völlig zerkratzt und zerschunden, mit zerrissener Kleidung.

Die Stirn zierte eine hässliche, tiefe Schramme.

Er nahm mich gar nicht richtig wahr.

Wie im Fieber taumelte er an mir vorüber, warf seine Schultasche in eine Ecke und ließ sich auf das Bett fallen.

»Leander, was ist passiert? Du siehst furchtbar aus! Wer hat dir das angetan?«

Er schrak zusammen, sagte jedoch nichts, sondern sah starr an mir vorbei aus dem Fenster. Herbstlaub taumelte im Wind zu Boden.

Ich trat an ihn heran, packte ihn an der Schulter und rüttelte ihn durch: »Mein Gott, sag doch was!«

»Du … du würdest mir eh nicht glauben, wenn ich es dir erzählen würde.« Endlich trafen sich unsere Blicke.

Die Augen, noch dunkler als sonst, erglühten wieder in jenem unseligen Feuer. Sie waren auf seltsame Weise gealtert.

Wie der ganze Junge, der einmal mein Freund gewesen war.

Wer uns beide in diesem Augenblick gesehen hätte, hätte kaum für möglich gehalten, dass wir dieselbe Schulklasse besuchten.

Leander schüttelte den Kopf. »Nein, ich muss da alleine durch.« Er lächelte matt. »Ich bin okay. Sieht schlimmer aus, als es ist. Du gehst jetzt besser.«

Ich muss zugeben, es verletzte mich, dass er mich nicht ins Vertrauen zog. Doch so leicht wollte ich mich nicht geschlagen geben.

»Leander, ich bin doch dein Freund. Du musst dich irgendjemandem anvertrauen. Wenn das welche von den älteren Jungs waren …« Tatsächlich gab es zwei Klassen über uns ein paar Schüler, die Leander wegen seiner Andersartigkeit regelrecht hassten und ihm bereits einige üble Streiche gespielt hatten. »Sie werden dich nie in Ruhe lassen!«

»Du hast keine Ahnung!«, sagte er, diesmal energischer als vorher.

Hatte ich das wirklich nicht? Ein absurder Gedanke beschlich mich. Ich tat mich schwer, ihn auszusprechen: »Es ist das Spiel, nicht wahr?« Ich versuchte herauszufinden, welche Wirkung meine Worte auf ihn ausübten. »Es ist nicht nur ein Spiel. Ich weiß nicht, was es ist, aber ich werde es herausfinden und dir helfen, bevor es zu spät ist.«

Leander wich meinem Blick aus.

»Na gut, wenn du meinst ...« Ich zögerte noch einen Moment lang. »Dann gehe ich jetzt. Ich habe deiner Mutter unsere Hausaufgaben gegeben. Ruf mich an, wenn du Hilfe brauchst, ja?«

Leander nickte stumm.

Ich schloss die Tür hinter mir.

In den darauf folgenden Tagen zeigte Leander sich wesentlich zugänglicher, wenngleich er all meine Fragen mit erstaunlicher Unverbindlichkeit beantwortete.

Ich hätte ihn zu gerne nach Sylvana gefragt, doch ich wollte nicht, dass er glaubte, ich hätte in seinen Sachen herumgeschnüffelt.

Dabei musste ich gestehen, dass ich mich nicht nur wegen meiner Freundschaft zu Leander für das Mädchen auf dem Bild interessierte.

Sie war anders als alle Mädchen auf unserer Schule.

Sie war seltsam ätherisch und unwirklich. Ich konnte nicht beschreiben, was genau mich an ihr faszinierte.

Mit Mühe bekämpfte ich die Eifersucht auf Leander, die in mir aufstieg.

Ich wünschte, ich wäre etwas beharrlicher gewesen und hätte mich nicht darauf verlassen, dass er mir früher oder später von sich aus erzählte, was ich von ihm wissen wollte.

Und dann kam der Tag, an dem die Polizei vor unserer Haustür stand und meine Mutter beinahe einen Nervenzusammenbruch erlitt, weil sie glaubte, ich hätte Scheiße gebaut. Songs oder Filme aus dem Internet heruntergeladen oder so etwas.

Zum Glück klärten sie sie recht zügig darüber auf, dass ich lediglich als Zeuge befragt werden sollte. Weil ich Leanders einziger Freund war und sie sich von mir Auskunft darüber erhofften, wo er sich möglicherweise aufhalten mochte.

Es fiel mir schwer, ihre Fragen zu beantworten. Ich hätte ihnen ja gerne geholfen, wenn ich nur gekonnt hätte.

Nach etwa einer Stunde verabschiedeten sie sich.

Sie ließen sich ihre Enttäuschung nicht anmerken.

Vermutlich war ich ihre größte Hoffnung gewesen.

Kurz darauf hörte ich in den Nachrichten, dass alleine in Deutschland derzeit rund zweitausend Kinder und Jugendliche als verschollen gelten.

Auch Leander tauchte nicht wieder auf.

Die Polizei stellte die Ermittlungen nach einem Jahr ergebnislos ein.

Sie sagen, er sei vermutlich in schlechte Gesellschaft geraten und in einer fremden Stadt untergetaucht.

Ich glaube es besser zu wissen.

Dass Leander Drogen genommen oder irgendjemanden beklaut hat, kann ich mir beim besten Willen nicht vorstellen.

Er hatte das einfach nicht nötig.

Ich habe meine ganz eigene Theorie entwickelt.

Sie gründet sich auf dem, was ich in seinem Zimmer gesehen habe.

Und auf der Fotografie.

Ich weiß, es war nicht richtig, das zu tun, aber ich hatte sie eingesteckt.

Noch bevor Leander nach Hause kam.

Ich konnte nicht anders.

Immer und immer wieder muss ich das Mädchen betrachten.

Ihr Alter zu schätzen scheint unmöglich.

Ihr Haar gleicht gesponnenem Gold.

Ihre dunklen Augen blicken ernst und aufrichtig.

Ihr linker Nasenflügel wird von einem silbernen Ring durchbohrt.

Das schwarze, enganliegende Kleid, das sie trägt, zeichnet einen atemberaubenden Körper nach.

Sie könnte eine Gestalt aus einem der Adventures sein, die ich mit Leander gespielt habe.

Ein Wesen von morbider, überirdischer Schönheit.

Nicht von dieser Welt.

Sondern von einer anderen, wilden, aufregenden Welt.

Und ich habe den Schlüssel, mit dem ich das Tor dorthin aufschließen werde.

Auch ihn habe ich in Leanders Zimmer gefunden.

Es ist die Scheibe mit den verschiebbaren Ringen.

Wenn ich ihren Code knacke, so wie es Leander gelungen sein muss, werde ich meinem Freund folgen können.

Melanie Stumm

Die Kerze im Spiegel

In Sommernächten liebt man es in Japan, sich zu versammeln, Kerzen anzuzünden und sich eine Gruselgeschichte nach der anderen zu erzählen. Man sagt, dass der Schauer, der einem danach über den Rücken läuft, in der schwülen Regenzeit angenehm kühlt. Ist eine Geschichte beendet, wird eine Kerze gelöscht, so lange, bis schließlich keine mehr brennt.

Aber die letzte Geschichte, die wir an diesem Abend hörten, stimmte mich furchtbar traurig. Keine vorher hatte mich so sehr berührt wie die der Großmutter.

»Ich hatte einmal eine Freundin«, so begann die Erzählerin, und eine einzige noch leuchtende Kerze grub dabei tiefe Schattenschluchten in ihr faltiges Gesicht, »die war mit ihren blonden Haaren und blauen Augen wirklich etwas ganz Außergewöhnliches.«

Die Großmutter hielt inne, blickte zu mir herüber, lächelte kurz und ich spürte einen Stich in meinem Inneren. Dann fuhr sie in ihrer Rede fort:

»Sie hatte es in diesem kleinen Örtchen nie einfach, nein, wahrlich nicht, und große Schwierigkeiten, Kontakt zu bekommen. Sie lebte allein mit ihrer Mutter. Der Vater war fort, man sagte, er hätte die Mutter im Ausland für eine andere verlassen. Das betrachtete man hier schon als anrüchig, obwohl die Mutter in der großen Stadt eine ordentliche Anstellung als Deutschlehrerin gefunden hatte. Sie lebte mit ihrer Tochter nur deshalb bei uns, weil sie sich in der Stadt die Miete nicht leisten konnte. Viele Eltern verbaten ihren Kindern, sich mit der Fremden zu treffen, denn sie galt als übermütig und über die Maßen neugierig. Sie war jemand, der Ärger förmlich anzog, und auch die Jungen verschmähten sie, weil sie ihnen nicht zart, bescheiden und weiblich genug erschien. Sie trieb sich herum, und das kam ihnen erst recht nicht geheuer vor, denn für ein junges Mädchen schickte sich das nicht.

Nach ihren Streifzügen schwärmte sie immer von den wilden Tieren, die sie bei ihren Erkundungen entdeckt hatte. Kein noch so verbotener Ort, nicht einmal einer, an dem es spukte, war ihr heilig. Ich war die Einzige, die hinter ihrer artigen Fassade wohl ebenso neugierig war wie sie.

Und dann kam der Tag, den ich nun nicht mehr aus meiner Erinnerung zu bannen vermag.«

In diesem Moment öffnete sich die Schiebetür und der Priester des nahe gelegenen Schreins kam herein. Er hielt den heiligen Zweig des Sakaki-Baums in der Hand, wechselte einen kurzen Blick mit der Alten und setzte sich dann schweigend zu uns. Sie erzählte weiter: »Wir waren abends, nach den Schularbeiten, verabredet. Wir wollten uns am Ortsausgang im Westen treffen, an der Kreuzung der großen Hauptstraße.« Wieder hielt die alte Frau in ihrer Erzählung inne und schaute in die Kerze, die nun unruhig zu züngeln begann. Unvermittelt wandte sie sich dann aber an ihre Zuhörer: »Ihr habt doch sicherlich schon von dieser einen unheimlichen Ampel gehört und euch gewundert, warum sie von allen hier im Ort gemieden wird?«

»Ja!«, antwortete ich aufgeregt, weil niemand sonst reagierte. »Und ob ich die Ampel kenne. Ich ...«

Aber die Alte unterbrach mich, indem sie einfach weiterredete: »Vielleicht versteht ihr, wenn ich euch erzähle, was sich dort

167

zugetragen hat: Es war schon dunkel, und ich erinnere mich noch genau, wie meine Freundin mir fröhlich von der anderen Straßenseite zuwinkte. Plötzlich jedoch sprang eine Katze auf die Fahrbahn. Ihr geschecktes Fell flackerte im Licht der roten Ampel. Im gleichen Moment kam der Laster angerast. Im Rückspiegel, so berichtete der Fahrer hinterher, sah er noch, wie das Kätzlein, erst mal unter den Wagen geraten, panisch wieder darunter hervorgelaufen kam. Die Katze wurde von der Kraft des Hinterrads erfasst und drehte sich wie ein lebloses Stofftier in der Nabe mit. Während dies alles geschah, hörte der Fahrer von vorne einen dumpfen Aufprall. Glas splitterte ihm entgegen – er hatte das junge Mädchen nicht kommen sehen. Im Angesicht der Gefahr für das Tier galten ihr Verkehrsregeln nichts mehr.

Da lagen nun die beiden Leiber auf dem Asphalt, grausig bestrahlt vom flutenden Licht des Transporters. Ungerührt begleitete die kleine Melodie, die ertönt, wenn die Ampel auf Grün schaltet, das qualvolle Sterben.

Da das Mädchen eine Ausländerin war, wurde sie ohne große Zeremonie bestattet. Ihre Mutter zog in die große Stadt und ich habe nie wieder etwas von ihr gehört. Die blutigen Reste des Tieres entsorgte man lediglich auf der Müllhalde. »Doch«, die Alte senkte ihre Stimme, »war es mit diesen beiden Toden noch lange nicht vorbei.« Wieder blickte sie zum Shintō-Priester hinüber. »Seit dem Unfall ist die Ampel unberechenbar geworden. Sie ist verflucht, denn an ihr haften zwei rastlose Seelen. Der Geist meiner Freundin scheint unablässig diesen Ort aufzusuchen und lässt die Ampel, wie im Spiel, auf Grün springen, wenn sie eigentlich auf Rot stehen sollte. Zehn Unfälle und drei weitere Tode hat sie verschuldet. Anstelle der Melodie hörten manche seltsame Geräusche aus der Ampel. Aber immer, wenn ich dorthin ging, ertönte lediglich das Ampel-Lied.«

Damit schloss die Großmutter ihren Bericht und blies die letzte Kerze aus. Jetzt war der Raum in völlige Dunkelheit getaucht. Selbst der Umriss der Erzählerin war im Schattenschwarz nicht mehr zu erkennen.

Alle schwiegen, als erwarteten sie etwas, doch mich trieb etwas an, es zog mich hinaus, ich musste weiter. Da war nämlich noch eine Sache, die ich unbedingt tun wollte.

Niemand blickte auf, als ich, ohne ein Wort zu sagen, durch die papierbespannte Schiebetür nach draußen schlüpfte. Ich wollte nicht unhöflich sein, nichts ist schlimmer, als es an Zurückhaltung mangeln zu lassen, wenn man als Gast in Japan in den Kreis einer Familie geladen ist. Nein, dieses Hineinlauschen in die Nacht wollte ich um keinen Preis mit meinem Japanischkauderwelsch unterbrechen.

Draußen, als ich mich vom Schemen des tief bedachten Holzhauses löste, umhüllte mich die Nachtluft wie ein Seidenkimono, auf dem nun alle Sterne ein gleißendes Gespinst bildeten. Die Nacht verschwamm mit mir zu einem Einklang, während die Mondsichel das quadratische Gitter der Schiebetüren anstrahlte, sodass es noch einmal gerippeartig aufleuchtete.

Ich fühlte mich leicht und frei, als ich an den hohen Zedern vorüberglitt, die das Markenzeichen des nahe gelegenen Tempels waren. Die Luft roch sauber und frisch, wie sie nur in Japan duftet. Die Reinheit des alltäglichen Lebens schien in alles eingedrungen zu sein, selbst in die Natur. Noch immer brauste die letzte Geschichte der Alten in meinen Gedanken. Noch immer, als ich bereits den gefegten Vorplatz des Tempels betrat, schwamm mein Kopf.

Die große Bronzeglocke ragte vor mir auf. Ich tastete an den Fugen der Steinplatte, die im Boden darunter eingelassen war, und plötzlich klickte es. Eine Katze miaute zwischen den Tempelbauten, im selben Moment hob ich die schwere Versiegelung an. Ein Schauer jagte über meinen Rücken, als ich noch einmal daran dachte, wie ich vorhin, noch bevor ich mich zu den Geschichten im Kerzenschein begeben wollte, heimlich Zeugin des Gesprächs der beiden Tempel-Mönche geworden war, die mir unwissentlich dieses Versteck verraten hatten.

Ich hatte eine Zeit lang am Waldsaum gesessen und den Mond angestarrt, als sie sich einfach neben mich auf die Bank setzten. Ohne mich weiter zu beachten, vertieften sich die beiden Mönche in ein folgenschweres Gespräch. Da sie erkannt hatten, dass ich eine Ausländerin war, sahen sie wohl keinen Anlass zur Heimlichkeit. Der jüngere der beiden Kahlgeschorenen begann als Erster zu sprechen: »Sensei, warum habt Ihr mich zu dieser späten Stunde hierherkommen lassen?«

Der andere blickte kurz in meine Richtung und räusperte sich: »Ich habe dir ein großes Geheimnis zu eröffnen. Deswegen bitte ich dich vor allem um deine Verschwiegenheit, denn ich brauche deine Hilfe.«

Der Jüngere antwortete ernst: »Seit ich mich erinnern kann, habe ich strenge Übungen unter Eurer Aufsicht gemacht und bin im Schweigen geschult.«

Der alte Mönch nickte. »Du hast dich, seit man dich in unseren Tempel gebracht hat, sehr gut entwickelt. Es freut mich, dich allmählich in meine Fußstapfen treten zu sehen. Nun ist die Zeit gekommen, dich in das Allerwichtigste einzuweihen.«

Das Gesicht des Jüngeren blieb regungslos, während der alte Mönch weitersprach:

»Morgens ist mein Harn so rot wie das Feuer unter unserem Teekessel und mein Magen kann kaum noch die Fastenspeise aufnehmen. All mein Denken ist erfüllt vom Nichts und wird immer weiter eingesogen vom Nirwana. Der Zeitpunkt meines Todes naht.«

Der jüngere Mönch hörte aufmerksam und doch mit gelassenem Gesichtsausdruck zu. Der Alte fuhr fort:

»Es gibt einen Brauch des Sterbens, der hier im Norden Jahrhunderte lang von unserer Sekte ausgeübt wurde. Du kennst ihn, nicht wahr? Du weißt, was ein *sokushinbutsu* ist?«

»Ja, Sensei, in alten Zeiten sind einige unserer Brüder als lebende Buddhas direkt ins Nirwana eingegangen. Ich bewundere sie sehr, denn indem sie sich unter die Erde begaben und alle Nahrung verweigerten, haben sie sich in den Tod meditiert. In ewiger Meditation sind sie im Lotussitz zu Mumien, zu *sokushinbutsu* geworden.«

Der Alte ergänzte: »In aller Heimlichkeit wird diese Praktik heute weitergeführt. Es gibt hier einen Ort dafür, der ist unter der Erde. Noch immer begeben sich Angehörige unserer Sekte dorthin.«

Der Jüngere sprang auf: »Wo ist dieser Ort?«

Der Meister erwiderte: »Es gibt ein unterirdisches Gangsystem, das von unserem Tempel zum Schrein führt, in dem die Shintō-Götter leben. Unsere beiden Religionen liegen eng beieinander. Früher trafen sich unsere Mönche und die Priester des Schreins, um geheime Rituale auszuüben. Wenn du mir nun hilfst, das Verbotene zu tun, verrate ich dir, was heute nur noch die Ältesten kennen: Es ist der Weg in das Herz des Shintō-Schreins. Er ist, wie du weißt, an ein Verbot gebunden, denn das Haus eines Gottes darf niemand betreten und niemand verlassen. Ich gebe dir also die Möglichkeit, in das Angesicht von Amaterasu, der Sonnengöttin, zu schauen, wenn du mir hilfst, zum *sokushinbutsu* zu werden.«

Der junge Mönch zuckte zusammen und auch ich, die genau neben ihnen saß, erschauerte, versuchte aber zugleich, mir nichts anmerken zu lassen. Daraufhin wandte sich der Alte erneut in meine Richtung. Es war der Blick eines abgeklärten Mönchs, der sowohl prüfend war als auch durch mich hindurchzuschauen vermochte. Doch ich hatte mich wieder im Griff. So begann der alte Mönch, dem jungen alles zu erklären. Danach erhoben sie sich und eilten den Pfad zum Tempel empor. Mühelos hielt der alte Mönch mit dem schnellen Schritt des jüngeren mit.

Ein schwarzes Loch tat sich vor mir auf, dem ein modrig-süßer Duft entströmte. Eine uralte Steintreppe führte hinab. Ich zündete eine Kerze an und stieg hinab. Bald würde ich von Angesicht zu Angesicht der japanischen Sonnengöttin Amaterasu gegenüberstehen. Ich zitterte vor Aufregung und Neugier.

Ich begann meinen Weg in den Gang hinein, doch dann hörte ich ein leises Geräusch. Ein Luftzug. Ich hatte vergessen, die Luke wieder zu schließen und kehrte noch einmal um. Dann tastete ich mich voran. Nach einiger Zeit kam ich zu einer Weggabelung und beschloss, den rechten Weg zu gehen. Ich eilte weiter und wandte mich erneut nach rechts, bis ich vor einer Wand stand. Ich musste zurück und nahm diesmal die linke Abzweigung. Bald entsprangen dem Gang drei weitere Richtungen. Unverdrossen schritt ich weiter, obwohl sich das Tunnelsystem nun immer mehr verzweigte. Auch hatte ich das Gefühl, tiefer und tiefer in die Erde hinabzusteigen. Die Luft wurde stickiger. Bald wurde ich müde und beschloss, an der nächsten Gabelung eine Pause zu machen.

Ich musste vor Erschöpfung eingedöst sein und wachte abrupt auf. War da nicht schon wieder ein Geräusch gewesen? In Panik lief ich in den erstbesten Gang hinein – und dann sah ich die Gestalt, in deren nächster Nähe ich ausgeruht hatte. Ich schrie auf, doch der Kauernde rührte sich nicht.

Ich ging auf den Sitzenden zu und hielt die Kerze vor sein Gesicht. Mir wurde eiskalt. Ich blickte in die leeren Augenhöhlen einer Mumie. Pergamentene Haut spannte sich über den Schädel, der unter der Mönchskapuze zum Vorschein trat.

»Ja, natürlich! Dieser hier muss die Idee des Alten schon vor ihm umgesetzt haben«, spielte ich möglichst kühl mein Grausen herunter. »So sieht also ein *sokushinbutsu* aus. Na, bald bekommt er ja Gesellschaft.«

Ich ging weiter, ohne mich umzuschauen. Dann stand ich auf einmal inmitten einer riesigen Halle, die bronzen glänzte. Überall verstreut konnte ich die Umrisse sitzender Statuen erkennen. Das musste eine Meditationshalle sein. Ich ging näher, um mir die Statuen genauer zu betrachten. Doch das waren keine Statuen. Mich umringten mumifizierte Mönchsgestalten! Das Kerzenlicht flackerte gespenstisch über ihre Gesichter, die sich zu bewegen schienen. Auch konnte ich verschiedene Gefühle in ihren eingefallenen Mimiken lesen. Ihre letzten Gefühle. Was mir da entgegenflackerte, war jedoch nicht die ewige Ruhe, sondern endlose Verzweiflung, Verwesung, Einsamkeit. Auch Hochmut, Eitelkeit und Ehrgeiz sah ich über die mumifizierten Gesichter huschen. Ich hielt diese Ballung der Ausweglosigkeit im Angesicht des Todes nicht mehr aus und lief, so schnell ich nur konnte, aus dem Raum. Nun hatte ich mich vollends verirrt. Was sollte ich tun? Zurück in diesen schrecklichen Raum wollte ich auf keinen Fall. Ich stolperte voran, bis ich erschöpft war.

Da ertönte eine kleine Melodie. Sie war genau über mir. Sie klang merkwürdig elektronisch. – Ich kannte diese Melodie ... Ich stand metertief unter der verfluchten Ampel! Ihre böse Energie drang bis nach unten und sog an meiner Lebenskraft.

Ich war im Knotenpunkt des Sterbens, der gefangenen Seelen, und konnte nicht hinaus. Winselnd, rufend, hoffend, dass mich jemand auf der Straße über mir hörte, rannte ich die Gänge entlang. Dabei verfolgten mich die Gesichter der Mumien genauso wie die Ampel-Melodie, die mir endlos von Gang zu Gang hinterherwehte.

Ich ließ mich auf den Boden fallen. Da berührte mich auf einmal etwas Weiches an meiner Wade, sodass ich entsetzt wieder aufsprang. Noch etwas sprang, aber es war viel flinker. Dann aber hörte ich ein zartes Miauen vor mir. Eine Katze! Doch gerade als ich das Wesen erkannt hatte, huschte es auch schon voraus. Ächzend lief ich hinterher. Unvermittelt blieb das Tier dann mitten im Gang stehen. Seine bernsteinfarbenen Augen hefteten sich geradewegs auf mich. Jetzt fühlte ich mich nicht mehr so allein! Ich wollte auf die Gescheckte zugehen, doch schon war sie wieder weiter. Ich folgte ihr eine Ewigkeit, während sie zielstrebig ihre Pfoten voreinandersetzte.

Noch einmal blieb sie stehen, die Augen glühten jetzt noch intensiver als vorher und richteten ihre Strahlen an die Decke. Ich folgte dem Blick und erkannte die Umrisse einer neuen Luke. Ich ging näher heran und sah, dass hier Kerben in die Mauer gehauen waren. Als ich mich jedoch nach der Katze umschaute, war sie verschwunden.

Schnell kletterte ich empor und stieß mit meinem Rücken die Luke auf, was erstaunlich einfach ging. Ich stand in einem kleinen Raum, der vollends aus Holz gezimmert war. Zickzackartig gefaltetes Papier war an den Wänden angebracht und raschelte im Wind, der durch die Fugen trat. Der Raum hatte keine Fenster und nur eine Tür. Davor hing ein dick gewundenes Seil, das den Ausgang wie ein Verbot versperrte. Wer einmal hier drinnen war, der durfte nicht mehr heraus, wer von draußen Einlass begehrte, den hielt diese Grenze mit ihrer ganzen Autorität davon ab, einzutreten.

Draußen schwoll das Zirpen der Zikaden zu einem heiligen Dröhnen an, das meinen Kopf in ein Rauschen versetzte, welches dem Brummton meditierender Mönche glich.

In der Mitte des Raumes stand etwas, das von einem Tuch verhüllt war.

Die Wunschtäfelchen, die Besucher des Schreines draußen an die Bäume gehängt hatten, klackerten.

Ich ging auf das Tuch zu.

Ich zog an dem Tuch. Ein alter Spiegel kam zum Vorschein.

Jetzt wollte ich in das Gesicht der Sonnengöttin schauen.

Meine Kerze flackerte im Spiegel.

Ich trat vor den Spiegel und schaute hinein.

Ich sah mein Gesicht. Es war durchscheinend, alt, eingefallen. Es war zerfressen von Angst, Schmerz, Einsamkeit und Verzweiflung.

Mein Gesicht verbrannte und nun begriff ich endlich, dass von meinem Leben nur eine Geistererzählung geblieben war.

Auf der Bank am Waldsaum saß ein junger Mönch und meditierte mit gelassenem Gesicht in der Stille der Nacht. Da knackte ein Zweig. Ohne zu erschrecken, sagte der Mönch zum Hinzugetretenen:

»Setzt Euch doch zu mir, jetzt ist hier ja wieder viel mehr Platz.« Der Shintō-Priester in der zeremoniellen weißen Robe lachte und setzte sich. Mit dem Sakaki-Zweig in der Hand spielend sagte er: »Also hat sich wieder das Jahrhunderte alte Geisteraustreibungsritual, das Schrein und Tempel, Mönch und Priester in Zusammenarbeit entwickelten, bewährt. Nur um die kleine Gespensterkatze tut es mir leid.«

»Sie hat ihre Schuld gegenüber dem ausländischen Mädchen abgetragen. Die Katze hat den Geist zur Läuterung in unser Seelenknoten-Labyrinth unter der Ampel geführt und wieder herausgeleitet«, entgegnete nun der junge Mönch. »Außerdem war sie es, die in ihrem Spieltrieb andauernd an den Kabeln der Ampel herumtatzte und somit die Unfälle verursachte.«

Der Priester nickte: »Wie geht es übrigens Ihrem Meister?«

Schalk sprang aus den Augen des jungen Mönchs: »Danke, dass Ihr nachfragt. Ihm geht es blendend, und wie er heute in der Zeitung gelesen hat, ist er jetzt wohl auf dem besten Weg, zum ältesten Mann Japans zu werden. Immerhin kann er ja bereits Geister sehen.«

In diesem Augenblick hörte eine elektronische Melodie auf zu spielen und draußen, an der großen Kreuzung im Westen, sprang eine Ampel von Grün auf Rot. In völliger Sicherheit stromerte ein rotes geschecktes Katerchen über die Straße, während alle Autos warten mussten.

Sylvia Ebert

VIOLA

»Ich bin ein Mensch!«

Leicht nervös saß ich da. Ich war der Letzte in der Vorstellungsrunde gewesen und nun starrten mich alle ungläubig an. Vereinzeltes Kichern, noch gedämpft, kam auf. Meine Unsicherheit schlug um in Verärgerung.

»Meine Güte. Ich bin ein Mensch! Na und?«

Nun war kein Halten mehr. Vampire, Werwölfe, Zauberer ... alle grölten und lachten, als hätte ich den Witz des Jahrhunderts gemacht. Die Elfe neben mir tat sich durch besonders bösartige Töne hervor. Die sollte gerade mal still sein. Mit Übergewicht durchs Leben trampeln und sich »Elfe« nennen, ja, das war tatsächlich ein Grund zum Lachen.

Fabian räusperte sich vernehmlich, es wurde stiller im Raum. »Okay, Leute, jetzt ist es wieder gut. Unser Erzengel will ein Mensch sein. Das eröffnet uns einige Möglichkeiten. Wir haben damit endlich jemanden, der unsere Chronik schreiben könnte.«

Na super. Wie immer blieb die Drecksarbeit an mir hängen. Ein Vampir wedelte blasiert mit seinem Umhang, wie um zu betonen, dass er sich nun wirklich nicht mit solchen Lappalien wie einer Chronik befassen könne. Fragend sah Fabian mich an. »Was sagst du dazu, Engelchen?«

»Nenn mich noch einmal Engelchen und ich schreibe die Chronik mit deinem lästerlichen Blut!« Genervt gab ich seinen Blick zurück.

Fabian war mein bester Kumpel, aber er konnte es sich seit Kindertagen nicht verkneifen, mich wegen meines Namens aufzuziehen. Breit grinste er mich an.

»Dann ist es also abgemacht. Gabriel schreibt die Chronik. In einer halben Stunde geht es los, um Mitternacht ist Schluss. Denkt bitte daran: Wir haben neu angefangen, weil manche ihre Rollen zu ernst nahmen und kein gutes Spiel mehr möglich war. Es war zeitraubend, neue Charaktere zu erschaffen. Seid also so nett und fahrt es nicht wieder gegen die Wand.« Mahnend ließ er seinen Blick über die versammelten Wesen schweifen. Manche nickten zustimmend, andere wirkten beleidigt.

Was nur hatte mich dazu verleitet, mich einem Live-Rollenspiel anzuschließen? Dieser Fantasy-Kram machte mich normalerweise nicht an. Aber ich hatte so sehr gehofft, Viola aus der Parallelklasse hier anzutreffen. Das wäre die Gelegenheit gewesen, endlich mal mit ihr sprechen zu können.

Nachdem alle aufgestanden waren, bildeten sich schnell kleine Grüppchen. Aufgekratztes Geplapper hallte durch den muffigen Kellerraum, die Spannung war mit Händen zu greifen.

Als ich am nächsten Tag aufwachte, fühlte ich mich wie von einer Planierraupe überrollt. Es gab so viele neue Eindrücke zu verarbeiten. Der vergangene Abend erschien mir wie ein surrealer Traum. All diese Kreaturen, die in ihrer aufwändigen Verkleidung durch das Jugendzentrum liefen und ihre Rollen auslebten … So ganz hatte ich noch nicht verstanden, was überhaupt der Sinn des Spieles war. Laut Fabian war das einzige Ziel, dass alle Spaß hatten. Na dann!

Die Spötteleien waren den ganzen Abend nicht abgeebbt. In ihren Augen war ich ein armer Irrer. Ich hätte ein Vampir oder Werwolf sein können, hatte mich aber dafür entschieden, Mensch zu bleiben.

Jedoch war ich schon im Normalzustand nicht begabt. In keinerlei Hinsicht. Da wollte ich nicht auch noch als Vampir versagen.

Stöhnend drehte ich mich auf die Seite und versuchte, wieder einzuschlafen. Doch dann dachte ich an Viola und verlor mich in Tagträumereien über ihre einzigartig violetten Augen.

Unsanft wurde ich von einem Klopfen an der Tür ins Hier und Jetzt zurückbefördert. Bevor ich antworten konnte, stand meine Mutter bereits im Zimmer. Vorwurfsvoll musterte sie mich. »Raus aus den Federn, Faulpelz. Sonst verpasst du das Mittagessen.« Kopfschüttelnd verließ sie das Zimmer.

Das Essen wäre kein Grund aufzustehen. Meine Mutter hatte eine Vorliebe für seltsam zubereitetes, modrig schmeckendes Gemüse. Oft dachte ich mir, ich könnte ebenso gut eine Handvoll Erde essen. Aber wenn ich jetzt nicht aufstand, würde sie es mir vielleicht nächsten Samstag verbieten, zu dem Spiel zu gehen. Und zumindest einmal wollte ich noch dabei sein, interessant war es allemal.

Missmutig setzte ich mich an den Küchentisch.

»Warum gibt es bei uns immer so einen Fraß? Und warum zum Teufel hast du mir so einen bescheuerten Namen gegeben?«, maulte ich meine Mutter an.

Sie knallte den Topf mit Nachdruck auf den Tisch. »Ich bin es leid, Gabriel. Wir führen diese Diskussion seit mindestens acht Jahren. Es ist ein schöner Name und es ist deine Bestimmung. Im Übrigen, was auch immer du gestern für eine Rolle hattest:

Wir sind keine Trolle, sondern Menschen mit Manieren. Also benimm dich bitte entsprechend und hör auf zu fluchen!«

Ihre merkwürdigen Aussagen über meinen Namen hatte ich noch nie kapiert. Gereizt sah ich zu, wie sie matschig gekochtes Gemüse auf unsere Teller häufte.

Der Tag war langweilig. Also nahm ich mein Bike und raste wie ein Irrer in den Wald. Ich fuhr gerne schnell und alleine. Das Herbstwetter machte seinem Namen alle Ehre. Es herrschten kaum mehr als 10 Grad und leichter Nieselregen durchnässte langsam, aber beharrlich meine Kleidung. Die Fahrradreifen versprühten einen feinen Regen aus weichem Erdreich hinter mir. Selbstversunken fuhr ich vor mich hin, bis plötzlich ein Leuchten am Wegesrand meine Aufmerksamkeit auf sich zog.

Was war das? Ein Wesen mit silberblondem Haar und alabasterweißer Haut stand wie eine Lichtgestalt in der Dämmerung. Erstaunt stieg ich in die Bremsen, als ich Viola erkannte.

Vollbremsungen auf nassem Laub sind nicht meine Spezialität. Beinahe hätte ich mich auf die Nase gelegt, kam aber glücklicherweise ohne peinliche Zwischenfälle vor Viola zum Stehen. Sie musterte mich, zupfte bedächtig ein Laubblatt von meiner Schulter und steckte es in ihren Mund. Meiner klappte auf.

So nah wie jetzt war ich ihr noch nie gewesen. Wie immer faszinierten mich ihre Augen. Sie waren violett. Ein kräftiges, wunderschönes Violett. Ob sie diese Augen schon als Baby gehabt hatte und man sie deshalb Viola nannte? Mir wurde bewusst, dass sie mich für den letzten Idioten halten musste, wie ich da so im Wald vor ihr stand und sie angaffte.

»Gestern Abend war ich bei dem LARP im JuZ. Ich dachte eigentlich, du spielst auch mit«, rutschte es mir heraus.

»Wie kommst du denn auf die Idee?«

»Na ja, ich weiß nicht, du siehst so aus«, stammelte ich mit knallrotem Kopf.

»Nicht im Geringsten.« Sie hatte ein feines, wunderschönes Lächeln. »Ich bin mit meiner Rolle als Mensch voll ausgelastet.«

»Tatsächlich? Ich auch! Ich meine, ich bin auch ein Mensch!« Bei allen Heiligen, warum redete ich nur so einen Stuss? Doch statt mich auszulachen, sagte sie: »Das finde ich gut.« Mein Herz schlug einen Purzelbaum.

Sie wollte nach Hause und so schob ich mein Rad und lief zusammen mit ihr zurück. Da mir kein besseres Gesprächsthema einfiel, redete ich über das LARP vom Vorabend. Viola erzählte mir, dass in ihrer Klasse einige fanatische Rollenspieler seien. Sie gab eine Story zum Besten, wie drei Möchtegern-Hexen vom Mathelehrer aus der Stunde geschmissen wurden, weil sie sich auf ihre Clan-Fehde statt auf den Unterricht konzentrierten. Es war leicht, sich mit Viola zu unterhalten. Wir fanden dieselben Dinge witzig und ärgerten uns über die gleichen Themen. Viel zu schnell waren wir vor ihrer Haustür angekommen. Das Haus von Violas Familie wirkte wie ein Hexenhäuschen aus einem Märchenbuch. Klein, altmodisch und kaum zu erkennen vor lauter Pflanzen und Bäumen, die sich ans Gemäuer schmiegten – es war zauberhaft. Wie Viola.

In dieser Nacht hatte ich einen Albtraum. Ich stand im Wald, an derselben Stelle, an der ich Viola begegnet war. Es war stockfinster und etwas Bedrohliches näherte sich. Es war schnell, schneller, als ein Mensch rennen konnte. Meine Glieder bewegten sich nicht, starr vor Angst stand ich da. Ich konnte nichts sehen, nur schauriges Hecheln und Heulen hören. Es musste der leibhaftige Teufel sein.

Ich wäre vor Angst gestorben, wenn ich nicht in der nächsten Sekunde von meinem Angstschrei aufgewacht wäre.

Ruckartig setzte ich mich im Bett auf, mein Herz schlug bis zum Hals. Da ging leise die Tür auf und Viola kam herein. Im hellen Licht des Mondes war sie überirdisch schön. Lautlos bewegte sie sich auf mich zu und gab mir einen zarten Kuss. Schneller als ein Wimpernschlag war sie wieder verschwunden.

Das musste ich mir doch eingebildet haben? Hastig fuhr ich mit der Zunge über meine Lippen, in der Hoffnung, dort Viola zu schmecken. Aber ich fand nur Angstschweiß. Frustriert sank ich zurück ins Bett. An Schlaf war nicht mehr zu denken.

Am nächsten Tag lungerte ich in der Schule vor den Fahrradständern herum in der Hoffnung, dort Viola zu treffen. Sie kam tatsächlich, allerdings in Begleitung eines Jungen. War das vielleicht ihr Freund? Ich hatte sie gar nicht gefragt, ob sie einen hatte. Mir wurde schlecht bei dem Gedanken. Als sie sich näherten, sah und hörte ich jedoch, dass sie sich stritten.

»Lass mich in Ruhe, ich sage es dir zum allerletzten Mal!« Viola klang sehr zornig.

»Ach, und was passiert, wenn nicht? Werde ich dann mit Laub beworfen, Elfchen?«

Für sein dreckiges Lachen hätte ich dem Kerl am liebsten eine verpasst. Schnell ging ich auf die beiden zu. Ohne zu wissen, um was es überhaupt in dem Streit ging, sagte ich zu ihm: »Lass sie in Ruhe.«

Verblüfft musterte er mich. Er kam unangenehm dicht an mich heran, und ich hätte schwören können, der Typ schnüffelte. Als würde er eine Witterung aufnehmen. Das war bestimmt einer von den LARP-Freaks aus ihrer Klasse, der die Trennung von Realität und Rolle nicht mehr schaffte.

»Hast du dir einen Schutzengel gesucht? Das hätte ich dir nicht zugetraut.« Die Worte waren an Viola gerichtet, aber er musterte nach wie vor mich. Auch ich besah ihn mir nun gründlicher. Der Kerl hatte eine auffällig starke Körperbehaarung. Ich weiß nicht, ob es das war, aber er war einfach nur abstoßend. Ich musste mich sehr beherrschen, um nicht ein paar Schritte zurückzugehen. Als er nach Violas Arm fasste, hatte ich den Eindruck, es war nicht die Gier nach ihr, sondern mehr eine Prüfung für mich. Wütend versetzte ich ihm einen heftigen Stoß gegen die Brust. »Pfoten weg von ihr! Geh Werwolf spielen!«

Er taumelte keinen Millimeter zurück, sah mich neugierig an und sagte: »Das ist wirklich interessant.« Mit einem mokanten Grinsen ging er zu seinem Rad, öffnete das Sicherheitsschloss und fuhr davon. Verblüfft über diesen Abgang schaute ich ihm nach und wandte mich schließlich Viola zu.

»Ist das einer von den Rollenspielern aus deiner Klasse?«
»Jens? Nein, der hat so viel Fantasie wie Blumenkohl.«
»Schade. Er würde auch ohne Verkleidung einen super Werwolf abgeben.«

Viola gab einen erstickten Ton von sich.

»Alles okay mit dir? Ich dachte, falls du nichts Besseres vorhast, kannst du ja nach dem Mittagessen zu mir kommen und wir hören ein bisschen Musik? Ich habe die neue CD von The Cure.«

»Cool. Ich komme direkt mit, wenn es okay ist. Meine Eltern sind eh nicht zu Hause.«

Ich konnte sie schlecht wieder ausladen und betete auf dem Heimweg, dass es kein Grünfutter zu essen geben würde.

Meine Mutter freute sich, dass ich Besuch mitgebracht hatte. Sie begrüßte Viola sehr herzlich. Leider hatte sie schon gekocht und es gab wieder nur grauenvoll gewürztes Gemüse. Ich schämte mich. Viola griff jedoch zu, als läge ein saftiges Steak auf dem Teller. Plötzlich hatte ich den Eindruck, dass die beiden sich bereits gut kannten. Ihr Umgang miteinander war so vertraut. Sehr merkwürdig.

Die nächsten Tage erlebte ich wie im Traum. Jeden Morgen traf ich Viola an einer Straßenkreuzung und wir liefen den Rest des Weges gemeinsam zur Schule.

Auf mein Zureden hin begleitete sie mich zum nächsten Rollenspiel. Als Fabian ihr nach einer kurzen Musterung eine Rolle als Elfe vorschlug, lachte Viola hell auf.

»Bitte nicht. Ich möchte keine Elfe sein. Ich wäre so gerne ein Mensch!«

»Ist die Sehnsucht nach dem Dasein als Homo sapiens neuerdings ansteckend?« Fabian schüttelte verwundert den Kopf. »Das habe ich in meiner gesamten Laufzeit als SL noch nicht erlebt, dass gleich zwei Leute nur Menschen sein wollen.«

Viola blieb jedoch dabei und so wurde sie als Assistentin des Chronisten für den einen Abend ins Spiel integriert.

Diesmal wirkte Fabians Ansprache gereizt. Parallel zum Live-Spiel hatte er ein Online-Forum eingerichtet, in dem die Rollen bis zum nächsten Treffen virtuell ausgelebt werden konnten. In dem Chat hatte sich zwischen zwei Charakteren ein Streit aufgebaut, der einige Tage später in der Schule sein handfestes Ende fand.

»Ich sage es zum letzten Mal, ihr Idioten: wenn ihr den Unterschied zwischen euren Rollen und dem echten Leben nicht kapiert, sucht euch eine andere Spielleitung!«

Mit Viola an meiner Seite war es wirklich lustig. Wir amüsierten uns königlich über jene Spieler, die mit großem Selbstverständnis über Vampire, Elfen, Trolle und all die anderen Wesen fabulierten.

»Warum wollen sie unbedingt etwas anderes sein und geben sich nicht mit ihrem normalen Dasein zufrieden?«, fragte ich Viola, während wir zwei Vampire beobachteten, die mit wilden Handzeichen Kämpfe, so genannte Challenges, austrugen.

»The gras is always greener on the other side.«

Sie sagte das so melancholisch, dass ich sie verwundert anschaute. Statt einer Antwort küsste sie mich.

Zwei Tage lang duschte ich nicht, vergrub die Nase in meinem Arm und suchte Violas Geruch, der von der Umarmung geblieben sein mochte, die dem Kuss gefolgt war. Selig schlief ich ein.

Beim Abendessen war meine Mutter in merkwürdiger Stimmung. Die Erregung war fast mit Händen greifbar. Argwöhnisch beobachtete ich ihre misslungenen Versuche, so zu tun, als wäre alles wie immer. Ich gab vor, früh ins Bett zu gehen und hockte mich im Dunkeln an meinen Schreibtisch. Vollständig bekleidet saß ich da, stundenlang. Ich weiß nicht, auf was genau ich wartete, aber meine Sinne waren hellwach. Dann hörte ich es: Verstohlene Schritte. Im Licht des Vollmonds huschte meine Mutter zur Haustür hinaus. Ich warf mir meine Jacke über und folgte in gebührendem Abstand. Sie lief in den Wald und blieb auf einer kleinen Lichtung stehen. Dort schienen andere Frauen bereits zu warten.

Nachts sah alles fremd aus. Erst nach einer Weile stellte ich mit Schrecken fest, dass es exakt die Stelle aus meinem Alptraum war. Bemüht darum, keine Geräusche zu machen, kletterte ich in Sichtweite möglichst leise auf einen Baum und betrachtete die Frauen. Es geschah zunächst nichts. Erst als noch fünf weitere dazukamen, fingen sie an. Was genau sie da unten taten, ließ sich für mich nicht nachvollziehen. Einige sangen, manche tanzten und andere schienen Blätter vom Boden aufzuheben und zu essen. Fasziniert beugte ich mich weiter vor. Aßen sie tatsächlich Blätter? War dies hier ein LARP speziell für Frauen?

Das Szenario änderte sich, als der Vollmond wanderte und seine Magie auf die Lichtung goss. Nun tanzten sie alle. Seltsam und gleichzeitig verlockend sah es aus, als die Frauen sich geschmeidig drehten und bogen. Meine Aufmerksamkeit wurde von einer besonders anmutigen Tänzerin gefesselt. Ich beugte mich so weit vor, dass ich dachte, ich würde jeden Moment vom Baum fallen. Unbedingt wollte ich einen Blick auf das Gesicht der Schönen werfen. Als ich in ihr Viola erkannte, stockte mir der Atem.

Das Wissen um mein verbotenes Tun machte alles noch aufregender. Mir schossen die zahlreichen Geschichten über Elfen durch den Kopf, die meine Mutter mir als Kind immer erzählt hatte.

Plötzlich durchliefen Schauer meinen Körper. Mit Verspätung bemerkte ich, dass es keine Freudenschauer waren. Angst waberte durch die Luft. Oder war es Wut? Ich konnte es nicht unterscheiden. Ich versteifte mich unwillkürlich und blickte wild in alle Richtungen. Was ging hier vor sich? Es kam in Wellen. Nun merkten es auch die Tänzerinnen.

Aber statt zu flüchten, liefen sie kopflos umher und kauerten sich schließlich aneinander.

Ein lauterwerdendes Hecheln war zu hören, genau wie in meinem Traum. Wie von Sinnen presste ich die Hände an meine Ohren. Gerade als ich dachte, schauriger könne es nicht werden, erklang ein durchdringendes Heulen. Langgezogen und irgendwie sehnsuchtsvoll, trug der Ton Schwärze auf die Lichtung. Der Tod persönlich kam zu Besuch. Diesmal wachte ich jedoch nicht auf.

Im Rhythmus meines wild pochenden Herzschlags näherte sich etwas Großes, etwas Böses. Laub raschelte unter seinen schnellen Sprüngen und die Panik der Frauen stieg zu mir herauf. Ich konnte ihre Angst sowie die herannahende Wut körperlich spüren. Äste knackten und mit einem riesigen Satz sprang er auf die Lichtung.

Ein Wolf umkreiste die Frauenschar, die sich an den Händen hielt und ein verzweifeltes Lied anstimmte. Mir blieb die Luft weg: Noch nie hatte ich so ein merkwürdiges Wesen erblickt! Es war ein Wolf, und doch war ich mir sicher, das Geschöpf könne sich jederzeit aufrichten und auf zwei Beinen laufen. In dem struppigen Fell fehlten ganze Büschel, als würde er öfter Kämpfe verlieren. Am schrecklichsten aber waren die Augen. Die gelben Pupillen des Raubtieres hatten eine menschliche Form.

Der Wolf heulte wieder, diesmal klang es triumphierend. Langsam und mit genießerischem Ausdruck streifte er eng an den versammelten Wesen vorbei, als würde er sich von ihrer Furcht nähren. Ich hatte auf einmal die wahnwitzige Eingebung, dass der Wolf da unten Jens sei, der behaarte Junge aus Violas Klasse. Hatte er Viola nicht »Elfchen« genannt? War Viola eine Elfe? Aber das würde ja bedeuten, dass meine Mutter ebenso eine Elfe war ...

Unerwartet überkam mich Gewissheit. Ich wusste nun, was zu tun war. Ich wusste, warum ich hier war, was meine Rolle in diesem Spiel war.

Ohne über die Konsequenzen und meine Panik nachzudenken, sprang ich vom Baum. Eigentlich hätte ich mir dabei sämtliche Knochen brechen müssen, aber nichts geschah.

Der Wolf fuhr herum, aufgeschreckt durch den Laut, den mein Sprung verursacht hatte. Stumm stand ich einfach nur da und starrte ihn an. Was hätte ich anderes tun sollen? Wie kämpfte man gegen einen Werwolf? In einem Buch hätte der Held nun eine Pistole mit einer silbernen Kugel dabeigehabt und die Bestie niedergestreckt. Aber ich war in keinem Buch. Trotzdem war ich mir sicher, dass meine pure Existenz die beste Waffe war.

Ich hatte keine Kontrolle mehr über meinen Körper, wurde an unsichtbaren Fäden gelenkt wie eine Marionette. Langsam näherte ich mich dem grauenerregenden Geschöpf. Oder Jens? Ich hatte das Gefühl, als müsse ich mich durch etwas hindurchkämpfen, denn mit jedem Meter, den ich voranstolperte, floss Energie aus mir heraus.

Dann geschah das Wunder: Das Fell des Wolfs sträubte sich und er knurrte mich fortwährend an, während er Schritt für Schritt rückwärtsging. Tatsächlich stellte er sich dabei auf seine beiden Hinterpfoten und verlor bei jedem Schritt Fell. Dabei fielen nicht einfach nur die Haare zu Boden, sondern seine Haut löste sich ab.

Gleich würde ich mich übergeben müssen. Seine Lefzen hoben sich zu einem letzten Jaulen, als er sich jäh umdrehte und so schnell verschwand, wie er gekommen war. Ich brach erschöpft zusammen.

Die Elfen eilten zu mir, allen voran meine Mutter. Die Angst war ihr deutlich anzusehen, aber ebenfalls ein anderes Gefühl: Stolz! Stolz auf ihren Sohn.

»Warum hast du es mir nie gesagt?«, wollte ich wissen. Stöhnend setzte ich mich langsam auf.

»Ich durfte nicht. Die Starken müssen ihre Fähigkeiten selbst entdecken, sonst entwickelt sich die Kraft nicht.«

»Die Starken?«

Viola antwortete. »In jeder Elfen-Familie ist der erstgeborene Sohn ein Starker. Er hat als Einziger die Kraft, uns Elfen gegen das Böse zu schützen. Jeder Starke wird Gabriel genannt. Das macht es für andere Elfen einfacher, sie zu identifizieren. Elfen wie mich, die niemanden haben, der sie beschützen kann.«

»Was wollte er von euch?« Schwach nickte ich in die Richtung, in die der Wolf geflüchtet war.

»Elfen haben keinen menschlichen Körperbau. Sie ernähren sich von den Früchten des Waldes. Ihr Körper ist gesponnen aus Sagen und Legenden. Aus Fantasie also. Wir brauchen den Mond und unsere Geschichten, um zu existieren. Werwölfe sind zerrissene Wesen, die einen ewigen inneren Kampf zwischen menschlichen Moralvorstellungen und dem Wesen des Wolfs austragen. Wenn sie eine Elfe in einer Vollmond-Nacht fressen, haben sie genug fantastische Nahrung, um für eine ganze Weile nur als Wolf leben zu können. Aber wir Elfen müssen in den Vollmond-Nächten tanzen, sonst gehen wir ein.« Viola warf mir einen langen Blick zu. Ich wollte darin ertrinken.

Während wir langsam zurück ins Dorf liefen, drückte Viola meine Hand. Hingebungsvoll betrachtete ich sie und schwor mir, immer an ihrer Seite zu sein.

Als Mensch.

Oder auch nicht.

Boris Hillen

Avezzano

Nun, meine Herren, da wir uns hier im Schein des Kaminfeuers, der seit jeher dazu angetan ist, merkwürdige und wundersame Ereignisse und Gestalten in unserem Innersten mit Leben zu füllen, in zufälliger Runde zusammengefunden haben, um uns gegenseitig Unheimliches zu berichten, möchte auch ich Ihnen eine Geschichte erzählen, die sich vor vielen Jahren auf Kreta zugetragen hat und die den Ihren – mit Verlaub – an Erstaunlichem und Gespenstischem kaum nachstehen dürfte. Wie ich vermute, überragt mein Alter das der meisten von Ihnen um ein Vielfaches, aber seinerzeit war ich 18, ein Ausreißer aus Liebeskummer und fast noch ein Kind. Seit damals bin ich noch viel herumgekommen, jedoch niemals mehr ist mir Schaurigeres widerfahren als an jenem Oktoberabend in der kleinen Taverne am Kretischen Meer.

Schon seit geraumer Zeit grollte der Donner. In der Ferne zeichneten Blitze weiße Adern in den schwarzen Himmel. Es begann zu tröpfeln. Ein Gewitter hatte sich in den Bergen verfangen und im Bemühen auszubrechen brüllte es wie ein großes Tier.

Als ich bei der Taverne nördlich des Viertausend-Seelen-Städtchens Ajios Nikólaos eintraf, trat mir im Licht der zuckenden Blitze gleich der Wirt aus der Vordertür seines Hauses entgegen, gerade so, als hätte er mich erwartet. »Kalispera«, grüßte er mich. Trotz meiner Jugend nannte er mich *Herr*.

Ich war der Jüngste im Team des kretischen Arztes Hazzidakis, das 1915 mit der Freilegung des minoischen Palastes von Mália begonnen hatte. Ein Haufen versprengter Archäologen, vornehmlich Griechen und Franzosen, aber auch Engländer, Amerikaner, Italiener und Deutsche – wie ich einer war, der sich einen Teufel um die Geschehnisse in Mitteleuropa scherte und den der Krieg nur insoweit betraf, wie er sich auf die Arbeit auswirkte.

Bereits seit sechs Uhr war ich auf den Beinen. Hazzidakis hatte mich gebeten, an diesem Tag das Fußbodenmosaik der Basilika von Olús auf der verbotenen Insel Spinalonga abzulichten. Da das Automobil auf den abenteuerlichen Wegstrecken noch wenig taugte, sattelte ich bereits in aller Frühe seinen Araberhengst Teiresias – ein edles Tier, das Hazzidakis hütete wie seinen Augapfel – und bepackte ihn mit der Linhoff nebst Stativ und weiteren Ausrüstungsgegenständen. Es versprach, ein schöner Tag zu werden. Noch vor Mittag erreichte ich Elúnda, von wo aus mich ein Fischer nach Spinalonga übersetzte. Es war nicht leicht, ihn zu der Überfahrt zu bewegen. Gesunden war der Aufenthalt auf der Insel verboten, befand sich hier doch, hinter den Mauern der alten venezianischen Festungsanlage, seit einigen Jahren eine Leprastation, von welcher man sich allerhand seltsames Zeug erzählte und vor der es die Bewohner der umliegenden Dörfer graute.

Obwohl mein Ziel, Olús, sich an der Südwestküste befand, landeten wir am Mittelteil der Insel. Hier waren wir immer noch weit genug von der Krankenstation am Nordende entfernt und das Risiko, von den Behörden aufgegriffen zu werden, erschien mir geringer.

Mit meiner Arbeit kam ich gut voran, sodass ich bereits eine halbe Stunde vor der vereinbarten Zeit wieder an der Stelle eintraf, an welcher ich mich mit dem Fischer für die Rückpassage verabredet hatte. Ich schwitzte, wiewohl ein kühler Wind wehte, hatte ich doch die gesamte Ausrüstung von der Basilika zum Ufer schleppen müssen, da ich Teiresias die Strapazen der wackligen Kahnfahrt hatte ersparen wollen und ihn in Elúnda zurückgelassen hatte. Während ich auf meinen Fährmann wartete, studierte ich die karge Felslandschaft. Mein Gott, wie trostlos nahm es sich hier aus! Kein Baum, kein Strauch, ja kaum ein Grashalm schien im schartigen Gestein gedeihen zu können. Bis auf die Festung im Norden, die sich nun, von meinem Standort aus gesehen, wie Bruegels Turm zu Babel gegen die blaue Fläche des Meeres abhob, nur diese eigentümlich rote Erde, Kargheit und Einöde.

Neben mir verloren sich nur einige wenige Gestalten im Gastraum der Taverne. Im flackernden Licht wählte ich einen Tisch und bestellte Brot, Lamm und Wein. Nach den Anstrengungen des Tages war ich froh, etwas Ruhe gefunden zu haben, doch der besinnliche Augenblick sollte nicht lange währen. Bereits beim Betreten der Schenke war ich auf eine merkwürdige Gestalt aufmerksam geworden, die im hinteren Teil der Gaststube aufgeregt auf die müde vor ihren Wasserpfeifen dahindösenden Männer einredete. Noch bevor der Wirt den Wein einschenken konnte, hatte sie mich ebenfalls bemerkt und sich zu mir an den Tisch gesellt. Ein alter Mann mit zerzausten weißen Haaren und geweiteten Pupillen in den aufgerissenen Augen. Schon wollte der Hausherr den ungebetenen Gast verscheuchen, doch ich gebot ihm Einhalt. Irgendwo war ich diesem aufgelösten Haufen Mensch, der da ohne Unterlass Unzusammenhängendes von Zypressen und Höllenorakeln faselte, schon einmal begegnet. Im Geiste ordnete ich sein Haar, versah ihn mit der Brille, die die kleinen waagerechten ungebräunten Hautstreifen oberhalb der Ohren verrieten und der Nationalität, die ich hinter seinem Akzent vermutete – und plötzlich hatte ich ihn.

Nicht möglich, und doch war ich mir nach erneutem Hinsehen sicher. Die wahnsinnige Kreatur war kein Geringerer als Professor D'Angelis, seines Zeichens Partner von *Halbherr und Pernier*, die im letzten Jahr die Freilegung des herrlichen Palastes von Festós vollendet hatten. Ein Archäologe, allseits bekannt und geschätzt als Persönlichkeit mit geradezu aristokratischem Benehmen. Nicht zu fassen, wie er sich seit unserer letzten Begegnung verändert hatte. Ich merkte, wie ich zu frösteln begann. Etwas Ungeheuerliches musste ihm begegnet sein. In meiner Unbeholfenheit legte ich ihm die Hand auf die Schulter, doch kaum hatte ich sie berührt, zuckte ich zurück. Eiskalter Schweiß hatte sein Hemd durchnässt.

Krachend schlug eine Tür. Mittlerweile hatte sich das Gewitter befreit und drängte nun mit der Gewalt einer Büffelherde in Richtung Meer. Hunde bellten und in seinem Stall konnte ich Teiresias wiehern hören.

»Setzen Sie sich, Professor D'Angelis. Um Gottes willen, was ist geschehen?« Auch die anderen Gäste versammelten sich um unseren Tisch und nach einer halben Flasche Ouzo begann D'Angelis sich tatsächlich zu beruhigen und seinen Worten Sinn zu verleihen.

»Wissen Sie, junger Freund«, begann er, »ich sitze nicht zum ersten Mal in dieser Taverne. Vor sieben Jahren war ich schon einmal hier. Sieben Jahre sind eine lange Zeit. Für einen glücklichen Mann genug, um eine neue Liebe zu finden und zwei Leben wachsen zu sehen. Heute wohne ich mit meiner zweiten Frau Mirella und unseren beiden Kleinen in Avezzano. Seinerzeit reiste ich aus Messina an. Dort lebte ich damals noch mit meiner ersten Gattin und meinen drei Töchtern. Eine knappe Woche zuvor hatte ich die Stadt verlassen, um mich *Halbherr und Pernier* im Süden Zentralkretas anzuschließen. Unzufrieden mit mir selbst war ich nach meiner ersten Erkundung der Insel hier eingekehrt, nachdem ich bei Tag vergeblich versucht hatte, das Mosaik von Spinalonga ausfindig zu machen, stattdessen jedoch wie ein Kleinkind vor einem mir mysteriös erscheinenden Schäfer und seiner Herde Reißaus genommen hatte.

Ich setzte mich neben einen jungen Amerikaner, bestellte Schnaps und berichtete ihm halb verärgert, halb amüsiert über meine Unzulänglichkeit, als Archäologe nicht in der Lage zu sein, ein seit Jahren freigelegtes Mosaik ausfindig zu machen. Meine mysteriöse Begegnung mit dem Schäfer verschwieg ich geflissentlich, schließlich war ich Wissenschaftler, und als solcher hatte ich den Anspruch an mich selbst, über Dinge wie Kinderängste und dergleichen erhaben zu sein.

Als ich geendet hatte, zeigte mein Gegenüber sich jedoch nicht erheitert, sondern berichtete mir seinerseits von einem Erlebnis, das ihm an selber Stelle zwei Jahre zuvor widerfahren war und das dem meinigen, abgesehen von einigen wenigen Details, glich wie ein Ei dem anderen.

»Ähnlich wie Sie, mein Herr«, erzählte der Amerikaner, »hatte auch ich damals die Absicht, die Überreste der frühchristlichen Basilika auf Spinalonga zu besichtigen. Ich erreichte die Insel gegen Mittag über die Westküste, dort, bei den Windmühlen, wo sie nur durch einen kleinen Stichkanal von Kreta getrennt ist. Schon glaubte ich mich am Ziel, hatte ich doch gehört, dass sich die Basilika ungefähr eine halbe Meile rechts hinter den Mühlen befände. So ging ich los und nach circa einer halben

Stunde – einer Menge Zeit für solch eine kurze Strecke – befand ich mich auf der ersten Anhöhe, die zwar eine bezaubernde Aussicht sowohl auf die Insel als auch auf das offene Meer gewährte, die Frage nach dem rechten Weg zu meinem Ziel jedoch unbeantwortet ließ. Ich entschloss mich, bei meiner Erkundung fortan dem von Zypressen gesäumten Pfad zu folgen, der in den Nordteil der Insel zu führen schien – Zypressen haben immer etwas Unheimliches, finden Sie nicht? Fünfzehn Minuten später sah ich mich unmittelbar unter dem Gipfel eines weiteren Hügels. Mittlerweile war ich mir sicher, die Ruine verpasst zu haben, doch ein Geräusch jenseits der Kuppe trieb mich weiter. Von dort aus nämlich vernahm ich Mähen und Blöken, Hundegebell und Glöckchenspiel, wie von einer Schafherde, was ich mir an diesem Ort – einer Leprainsel, auf der, wie es schien, außer Zypressen keine Pflanze jemals hatte Wurzeln schlagen können – jedoch beim besten Willen nicht vorstellen konnte. Voller Neugier erklomm ich die letzten Meter und vor Verwunderung über das, was ich dort sah, musste ich mir die Augen reiben. Vor mir breitete sich eine gewaltige Weidefläche aus. Gut und gerne siebzig Hektar bis zum nächsten Hügel und auf ihr graste eine riesige Schafherde. An die tausend Tiere mussten es sein. Mein Erstaunen hatte den Ärger über meine Unfähigkeit, das Mosaik zu finden, vertrieben, als ich mich forschen Schrittes auf dem Zypressenpfad näherte. Plötzlich aber merkte ich, dass etwas nicht stimmte. Ein süßlicher Geruch stieg in meine Nase und auch die Herde entsprach nicht dem lustigen Durcheinander von Böcken, Muttertieren und Lämmern, das ich noch aus der Ferne auszumachen geglaubt hatte. Vielmehr schienen die Tiere zu einer einzigen, amorphen Masse verschmolzen, die jetzt ihrerseits vom Bergrücken bedrohlich auf mich zuwaberte. Der mittlerweile beißende Gestank brannte auf meinen Schleimhäuten und ließ meinen Blick verschwimmen. Ich war kaum mehr in der Lage, Einzeltiere in dem fauligen Klumpen auszumachen und gelang es doch, so fehlten ihnen die Augen, hinkten sie oder waren von Eiterbeulen entstellt. Der Gestank drohte mir das Bewusstsein zu rauben. Verwesungsgestank, Leichengeruch. *Lepra*, schoss es mir durch den Kopf. Eine ganze Herde leproser Tiere.

Durch das Tränen meiner Augen und dem damit einhergehenden Sehverlust hatte ich die Orientierung verloren. Wie ein Wahnsinniger wischte ich mir mit den Händen durchs Gesicht und als es mir gelang, meine Sehfähigkeit wiederherzustellen, befand sich keine fünf Meter mehr von mir entfernt die grauenerregende Gestalt des Schäfers.

Sein großer, dünner Körper war in einen dreckigen Umhang gehüllt, sein Kopf war über und über bandagiert. Die Augen hatte er hinter einer schwarzen Brille verborgen, so wie es Blinde zu tun pflegen. Ich wich zurück und geriet ins Stolpern. Schon streckte er eine Hand nach mir aus. Mit der anderen drückte er ein blutendes Lamm, das gurgelnde Laute der Todesangst ausstieß, gegen seinen Körper. Unendlich langsam kam er näher und als seine Knochenfinger wie morsches Geäst ihre Schatten auf mich legten, rannte ich, was meine Beine hergaben. Erst am nächsten Hügel blickte ich mich noch einmal um. Neben seinen Tieren wirkte der Schäfer jetzt, als sei er nunmehr vier oder fünf Meter groß und er winkte mir zu. Sein Umhang und einige Enden seiner Bandagen flatterten wie schwarze Banner im Wind. Voller Entsetzen hastete ich den Zypressenpfad zurück, vorbei an den Windmühlen. Am Ufer versuchte ich erst gar nicht, den alten Kahn zu nehmen, sondern sprang, angezogen, wie ich war, ins Wasser, um die hundertfünfzig Fuß schwimmend zurückzulegen. Vor Nässe triefend setzte ich mich auf mein Motorrad und stoppte nicht vor Heraklion.

Den restlichen Abend verbrachte ich damit, in der belebtesten Bar des Hafens Drachmen in Alkohol zu verwandeln. Erst ein Rausch, der gereicht hätte, um einen Elefanten flachzulegen und zwei Mädchen von Madame Strubakis' erster Etage schafften es schließlich, mich in einen Schlaf zu wiegen, in dem ich recht bald fiebrig wurde. Fünf Tage lag ich so danieder und hätte ich gewusst, dass die Schrecken auf Spinalonga nur das seichte Vorspiel waren zu dem Grauen, das mich bei Wiedererlangung meines Bewusstseins erwartete, ich versichere Ihnen, ich hätte meine Augen nie wieder geöffnet.«

An dieser Stelle unterbrach der Amerikaner seine Erzählung und zunächst ärgerte mich seine Geschichte. Offensichtlich hatte er nichts Besseres zu tun, als mir nachmittags nachzuspionieren, meine Erlebnisse, welche an Peinlichkeit kaum zu übertreffen waren, mit kleinen Anekdoten auszuschmücken und als die seinigen auszugeben. Gerade wollte ich ihn zur Rede stellen, da trafen sich unsere Blicke und ich wusste, dieser Mann hatte die Wahrheit gesagt. Tränen rannen ihm über die Wangen.
»Sie haben mir noch nicht alles erzählt!«, sagte ich.
»Vielleicht ist es manchmal besser, nicht alles zu wissen«, gab der Amerikaner zur Antwort und dunkle Befürchtungen begannen mich zu beschleichen.
»Reden Sie, Mann!«, sagte ich.
»Sie haben es nicht anders gewollt«, erwiderte er, »doch bedenken Sie, ich erzähle Ihnen nur meine Geschichte, welche Schlüsse Sie daraus ziehen, bleibt Ihnen überlassen.
Als ich aus meinem Fieberschlaf mit seinen unzähligen Träumen erwachte, fand ich einen dunkel gekleideten Landsmann bei mir am Bett sitzen. Er stellte sich als Botschaftsmitarbeiter vor und sagte, er habe mir eine schreckliche Mitteilung zu ma-

chen. Ein Erdbeben habe meine Heimatstadt, San Francisco, heimgesucht und meine Mutter und zwei meiner Geschwister getötet. Tausend Tote hatte es gegeben und unglückseligerweise wohnte meine Familie in einem der am schwersten geschädigten Häuser.«

»Gewiss eine schlimme Sache, mein Freund, für die Ihnen mein aufrichtigstes Beileid versichert sei, doch ich verstehe nicht ganz, in welchem Zusammenhang sie mit unserem gemeinsamen Erlebnis stehen soll«, entgegnete ich und war froh, dass sich meine düsteren Ahnungen in Luft aufzulösen schienen.

»Sehen Sie denn nicht die Parallelen?«, erwiderte mein Nachbar, fast schrie er dabei. »Tausend Schafe – tausend Tote! Der Schäfer war ein Zeichen, eine Ankündigung, ein Bote aus dem Jenseits.«

Nur mit Mühe gelang es mir, ein Schmunzeln zu verbergen. »Bei aller Liebe und allem Respekt für das, was Sie durchgemacht haben, aber ich glaube, hier spielt Ihnen die Fantasie einen Streich. Tausend Schafe – tausend Tote, sagten Sie? Bei mir waren es sicherlich nicht tausend Schafe, schon in diesem Punkt weicht Ihre Erzählung von meinem Erlebnis ab, warum sollte der Fortgang also ein gemeinsamer sein?«

Dem Amerikaner war der letzte Rest Farbe aus seinem Gesicht gewichen. Mit beiden Händen drückte er meinen Arm und beschwor mich in geduckter Haltung, den Wirt zu befragen, dieser wisse Bescheid. Ich rief ihn zu uns und schilderte ihm mein eigenes Erlebnis sowie die These meines aufgelösten Tischgenossen in groben Zügen. Anders, als ich dies erwartet hatte, nickte der Wirt:

»Sehen Sie, Herr, ich bin ein einfacher Mann. Womöglich werde ich auf jemanden mit Ihrer Bildung etwas einfältig wirken und glauben Sie mir, obwohl ich mit den Spukgeschichten meines Landes bestens vertraut bin, halte ich den weitaus größten Teil von ihnen für Altweibergeschwätz, doch, und davon bin ich überzeugt, einiges von dem, was an alten Mythen existiert, ist wahr und verdient unseren Respekt. Haben Sie noch nie davon gehört, dass bei uns seit alters her Unglücke personifiziert werden? Die Pest als Ares, der feuertragende Gott? Dass Charon noch heute auf seinem schwarzen Ross daherjagt, ohne Erbarmen Alte und Junge erschlägt und ihre Köpfe als Beute an seinem Sattelholz aufreiht? Sprachen Sie nicht selbst von einem zypressenumsäumten Pfad? Nun, sehen Sie, einen solchen gibt es auf Spinalonga nicht, gehen Sie morgen noch einmal hin und Sie werden meine Angaben bestätigt finden. Es gab mal einen Schäfer, ja, vor siebzig Jahren und wenn ich Sie jetzt frage, an was er wohl gestorben sei, werden Sie es bereits ahnen. Er verbrannte bei lebendigem Leib in den Trümmern seiner Hütte, als diese eines Nachts wie ein Kartenhaus über seiner noch glimmenden Feuerstelle zusammenbrach, nachdem ein Erdstoß die Insel erschüttert hatte. Vom Festland aus, so berichten die Alten, konnte man noch im Morgengrauen seine Schreie hören.«

Ich begann zu frösteln. »Gott behüte, dass stimmt, was sie erzählen«, flüsterte ich. »Ich sagte, dass es bei mir nicht tausend Schafe waren? In der Tat, bei mir waren es hunderttausende. Das ganze Tal, alle erkennbaren Bergrücken eine einzige Fläche von Schafen ...«

Prof. D'Angelis war vom Stuhl zu Boden geglitten, ohne dass ich oder einer der Umherstehenden in der Lage gewesen wäre, ihn aufzufangen. Wie ein Säugling lag er jetzt auf der Seite, von Krämpfen geschüttelt und vor Schmerzen gekrümmt. Ich kniete mich neben ihn, legte ihm eine Hand auf die Stirn und merkte, dass er förmlich glühte.

»Das Erdbeben von Messina«, sagte ich leise und er nickte. »Ja, hundertachtzigtausend Tote. Binnen weniger Minuten wurde die Stadt zerstört. Meine Frau, meine Kinder, meine Eltern, alles, wofür es sich zu leben gelohnt hatte, vernichtet«, flüsterte er, bevor sich sein Körper entspannte. Auf dem Rücken liegend, starrte er mit einem Blick, aus dem alles Leben gewichen war, zur Decke.

Das Gewitter hatte sich gelegt. Gedämpft hörte man die Brandung. Die Fischer, die einen Kreis um D'Angelis gebildet hatten, wichen einen Schritt zurück und ich wollte ihm die Augen schließen, da zuckte er noch einmal hoch und griff mich beim Revers. Jähes Entsetzen packte mich, als er mich schüttelte und mit der Stimme des Wahnsinns seine letzten Worte krächzte:

»Heute war ich wieder dort gewesen, nach sieben Jahren und wieder dasselbe Erlebnis, Schafe, überall Schafe und Zypressen. Sagen Sie, dass sich dort mittlerweile Schäfer angesiedelt haben und dass sie Zypressen gepflanzt haben, sagen Sie es«, flehte er, dann sackte er in sich zusammen – diesmal für immer.

Ich weiß nicht, ob vielleicht nicht wirklich etwas dran ist an den alten Volksglauben. Vielleicht haben D'Angelis und der Amerikaner die Ruhe des toten Schäfers gestört, seinen Zorn beschworen. Vielleicht gibt es dort ja ein Wesen, das, wie Zeus Blitz und Donner zu schleudern vermag, Herr über die Erdbeben dieser Welt ist. Wer weiß? Vielleicht wollte der Geist des armen Schäfers sie auch einfach nur warnen und ihre Familien vor einem grauenhaften Schicksal bewahren. Womöglich ist alles auch nur ein riesiger Zufall. Tatsache jedoch ist, dass wenige Stunden nach dem Tod des unglückseligen Professors ein Erdbeben seine Heimatstadt Avezzano mitsamt all ihren Einwohnern ins Verderben stürzte.

Christian von Aster

Das Ende der Kindheit

Jimmy Vandermeer war 15, als er beschloss, dass seine Kindheit nun vorbei war.

Alles, was ihrem Ende im Wege stand, sammelte er zusammen. Nicht bloß die alten Plüschtiere und die Legosteine. Auch den alten Drachen, seine Herr-der-Ringe-Miniaturen, die Actionfiguren von McFarlane und den ferngesteuerten Monstertruck warf er fort. Selbst die große Supersoaker. Das war Kinderkram. Einen Tag zuvor hatte Lydia Morris ihn geküsst. Er hatte jetzt eine Freundin, rauchte heimlich und hatte in seinem Leben bereits mehr als ein Bier getrunken. Er war erwachsen. Die Zeit der Spiele war vorbei.

Er stopfte alles in einen großen schwarzen Plastiksack und schnürte ihn fest zu.

Dann öffnete er ihn noch einmal und zog zwischen dem Spielzeug die Supersoaker wieder heraus. Man konnte nie wissen, wofür man sie noch einmal gebrauchen konnte. Und wenn Lydia Morris es sich noch einmal anders überlegte, würde er zumindest noch etwas haben.

Ein letztes Mal noch schaute Jimmy auf die Reste seiner Kindheit, jene treuen Begleiter von einst. Der Gedanke an Lydia jedoch ließ ihn den Sack schnell wieder schließen. Er wickelte die Paketschnur hastig einige Male herum und knotete sie fest zu. Dann griff er nach dem Müllsack und erhob sich. Dabei sah er die Poster. Die mussten auch noch weg. Oder es mussten zumindest andere her. Härtere Bands. Fiesere Wrestler. Es war Zeit für *Manowar* und den *Undertaker*.

Mit dem schwarzen Plastiksack auf der Schulter verließ er sein Zimmer und stieg die Treppe hinab. Als er für einen Moment am Geländer hängen blieb, riss einer von Mr. Robots Armen ein Loch in den Sack. Jimmy fluchte und versuchte, darauf zu achten, dass die Puzzleteile nicht rausfielen. Er schleppte das ganze Zeug durch den Flur und die Küche, öffnete die Hintertür und wuchtete den Sack draußen neben die Mülltonnen.

Und so trug Jimmy Vandermeer seine Kindheit zu Grabe.

Jimmy stand in der Küche und nippte an einem Glas Limonade. Seine Mutter würde das Ganze kaum gutheißen. Er konnte sie schon schimpfen hören, dass er dieses und jenes doch unbedingt hatte haben wollen und wie viel es gekostet hatte. Er nahm einen weiteren Schluck und verdrängte den Gedanken an seine Mutter. Sie war noch auf der Arbeit und wenn sie wiederkam, wäre der Müll ohnehin schon weg. Es gab eben Dinge, die getan werden mussten. Selbst wenn Mütter anderer Meinung waren. Durch das Küchenfenster schaute er hinüber zu den Mülltonnen, auf den im Licht der Mittagssonne funkelnden schwarzen Sack, aus dem anklagend Mr. Robots Arm herausragte. Jimmy lächelte. Es war eine gute Entscheidung gewesen. Er fühlte sich tatsächlich schon erwachsener.

Da sah er, wie sich plötzlich ein Schatten über das Bild legte und eine dunkle Gestalt von der Straße zu den Mülltonnen herüberhumpelte. Eine dunkle Gestalt, die einen großen Einkaufswagen vor sich herschob. Es war einer von der Sorte, wie man sie in den Supermärkten vor der Stadt benutzte, riesig war er, rostig und halb mit Müll und Schrott vollgestopft. Der Mann, der den Wagen schob, war vollkommen verwahrlost. Sein

Gesicht lag im Schatten eines breiten fleckigen Schlapphutes, an dessen Krempe einige kleine bunte Plastikfiguren baumelten. Er trug einen langen grauen, von Flicken übersäten Mantel und fingerlose Handschuhe. Sein Gesicht war voller grauer Bartstoppel, aus seinem Mundwinkel ragte der verloschene Rest einer Zigarre und er trug eine völlig verbogene Brille, die bloß noch von einigen Streifen Klebeband zusammengehalten wurde. Der Mann wirkte schmutzig, ausgezehrt, seltsam.

Jimmy trank sein Glas aus und beobachtete den Fremden, der sich herabbeugte und den schwarzen Müllsack hob. Ein breites Lächeln zog über sein Gesicht, kaum dass er den Arm von Mr. Robot herausragen sah. Vorsichtig griff der Mann nach dem Arm und riss das Loch weiter auf. Einige Puzzleteile fielen aus dem Sack und verteilten sich über den Boden. Dann wanderte Mr. Robot in den Einkaufswagen. Ihm folgten erst die Plüschtiere, dann Yoda, Han Solo und die anderen StarWars-Miniaturen und schließlich auch der Rest. Der Unbekannte bettete sie um, ganz vorsichtig, und Jimmy konnte sehen, wie er mit ihnen sprach.

Es war ein seltsamer Anblick. Mit jedem einzelnen Spielzeug *sprach* er, flüsterte mit ihm. Jimmy stutzte. Der Anblick war sonderbar. Dort draußen stand mitten im Müll ein erwachsener Mann, der mit Spielzeug redete. Aber es machte ihn neugierig. Er wollte mehr über diesen Mann herausfinden. Und noch während der Fremde den Monstertruck und die Actionfiguren in seinen Wagen packte, hatte Jimmy sich seine Sneakers und eine Trainingsjacke angezogen.

Sie waren inzwischen bereits ein paar Blöcke vom Haus seiner Eltern entfernt.

Jimmy folgte dem Fremden in einigem Abstand, während der

seinen rostigen Einkaufswagen immer weiter voranschob. Die Räder quietschten über das Pflaster. Nur von Zeit zu Zeit blieb der Mann stehen oder verschwand in einer Einfahrt und widmete sich dort dem Müll, den er fand. Die ganze Zeit über hatte Jimmy ihn beobachtet und hatte sich dabei seine Gedanken gemacht. Zuerst hatte er angenommen, dass der Mann das Zeug, das er aus dem Müll fischte, verkaufen würde. Wahrscheinlich, um sich Schnaps leisten zu können. Solchen Typen ging es doch eigentlich immer nur um Schnaps. Das jedenfalls hatte er sich zuerst gedacht.

Bis er schließlich einige Mülltonnen später etwas Seltsames bemerkte. Der Mann nahm nicht alles was er fand. Er nahm auch nicht alles von Wert. Tatsächlich war Spielzeug das Einzige, was er aus dem Müll fremder Leute zu retten schien. Alles andere, selbst wertvolle Dinge, ließ er einfach liegen. Jimmy sah, wie der Fremde Pfandflaschen, Geschirr und elektronische Geräte verschmähte. Er würdigte sie keines zweiten Blickes und kümmerte sich stattdessen um Plüschhasen mit abgeknickten Ohren und verdreckte Puppen mit fehlenden Armen.

Das Erstaunlichste aber war, wie viele davon er fand. Mit jedem Häuserblock wurden die Spielzeuge mehr. Ob sich nun Jugendliche von ihrer Kindheit verabschiedeten oder Erwachsene beschlossen hatten, dass es für ihr Kind Zeit war, sich von Onkel Smoochie, Mister Teddy oder Furby zu trennen, sie alle landeten im Wagen dieses Kerls. Und mit jedem Einzelnen von ihnen sprach er …

Das Ganze war wirklich sonderbar. Sicher, es war möglich, dass dieser Typ ein bisschen debil war und einfach selbst mit dem Zeug spielte, das er sich zusammensammelte. Aber Jimmy schien es wahrscheinlicher, dass hinter der Sache mehr steckte. Eine coole, eine interessante Geschichte.

Eine Geschichte, die Lydia Morris beeindrucken würde.

Knapp drei Stunden später, es dämmerte bereits, beendete der seltsame Kauz seine Runde. Jimmy war ihm zu einem heruntergekommenen Haus am Rande des Viertels gefolgt. Augenscheinlich wohnte der Sammler hier. Es war kein schönes Haus, auf den Außenwänden wucherten Moose und Flechten, die Fenster waren größtenteils vernagelt und die Hälfte des Daches eingestürzt. Die hölzerne Veranda schien an mehr als bloß einer Stelle morsch. An ihrem Geländer hatte der Fremde jetzt seinen Einkaufswagen festgekettet und damit begonnen ihn auszuräumen. Behutsam schaffte er das Spielzeug ins Haus. Jimmy beobachtete ihn genau und versuchte sich noch immer einen Reim auf die ganze Sache zu machen.

Irgendwann war dem Typen auf dem Weg zwischen Haus und Wagen ein Plastiksaurier runtergefallen. Er hatte sich gebückt, danach gegriffen, die Figur vorsichtig gesäubert und dabei hatte Jimmy hören können, wie er sich bei ihr *entschuldigte*. Zwei Minuten stand er da und redete auf den Dinosaurier ein, beklagte, wie leid es ihm täte und dass es keine Absicht gewesen war. Er sprach mit diesem Klumpen Plastik wie mit einem Menschen, wobei Jimmy sich jedoch nicht einmal sicher war, ob dieser Mann überhaupt mit Menschen redete.

Und dann war sein rostiger Einkaufswagen schließlich leer und mit einigen Plüschpokemons im Arm verschwand der Fremde endgültig im Haus.

Jimmy stand dort und überlegte. Es wurde bereits dunkel. Das war eigentlich ein Grund umzukehren. Andererseits war ein halbes Abenteuer mit Sicherheit keines, mit dem man prahlen, geschweige denn eines, mit dem man Lydia Morris hätte beeindrucken können.

Er bemühte sich, so lautlos wie möglich über die morsche Veranda zu schleichen. Die Stufen hatte er geschafft. Nun bewegte er sich geduckt zu einem Fenster, an dem eines der unteren Bretter herausgerissen worden war. Dort hockte er sich hin und lugte vorsichtig durch die zerbrochene Fensterscheibe ins Innere.

Auf den ersten Blick schien das, was er sah, nicht bemerkenswert. Ein kleiner Raum, in der Mitte eine Matratze, daneben einige leere Konservendosen, aus denen Messer und Gabel, eine Zahnbürste, eine Taschenlampe und Ähnliches ragten. Der Fremde lag auf der Matratze und schnarchte. Obwohl er vielleicht erst knapp eine Viertelstunde zu Hause war, schlief er bereits tief und fest. Das Irritierende dabei aber war, dass sich in diesem Zimmer kein einziges Spielzeug zu befinden schien. Wo waren sie alle? Was tat dieser Mann mit ihnen?

Der tiefe Schlaf des Fremden machte Jimmy mutig. Er würde dieses Rätsel lösen, dieses Abenteuer bestehen. Mit etwas Glück sogar, ohne dass der Unbekannte aufwachte. Das jedenfalls dachte er sich, als er leise vom Fenster zur Tür hinüberschlich.

Es gab kein Schloss, keinen Riegel. Die Tür war lediglich angelehnt. Vorsichtig schob Jimmy sie auf und fuhr leicht zusammen, als die Scharniere aufquietschten.

Dann stand er im Flur. Am Fuß einer Treppe, die jedoch nach fünf Stufen im Nichts endete. Die Reste eines grün lackierten Geländers führten noch etwas weiter nach oben, endeten dann aber auch. Das gesamte obere Stockwerk schien verfallen. Jimmy konnte im oberen Flur Teile des Daches liegen sehen und durch das riesige Loch darüber noch den Rest der sinkenden Sonne. Vielleicht, dachte er sich, wäre es doch besser gewesen umzukehren. Aber er hatte ja ohnehin nicht vor, lange zu bleiben. Nur bis er wusste, was dieser Typ mit dem ganzen Zeug anstellte, das er dort draußen zusammensammelte.

Jimmy schlich weiter. Er bahnte sich seinen Weg an den Resten der Treppe entlang, durch den am Boden liegenden Schutt und vorbei an der Tür, hinter der der Unbekannte schlief. Am Ende des Flurs entdeckte er eine weitere Tür. Ihr Schloss war herausgebrochen und lag zwischen leeren Pizzakartons und verbeulten Getränkedosen am Boden. Vorsichtig drückte Jimmy die Tür ein wenig auf. Er musste aufpassen. Vielleicht hatte der Unbekannte noch einen Komplizen oder so etwas.

Der Raum war recht groß, schien aber leer. Drinnen war es vollkommen dunkel. Nur durch die offene Tür fiel etwas Licht, sodass er ein paar Meter weiter zwischen einigen anderen Spielzeugen Mr. Robot liegen sah. Das enttäuschte Jimmy in diesem Moment.

Da schien kein Rätsel, kein Geheimnis.

Da lag es, all das Spielzeug. Es lag einfach dort am Boden.

Rein gar nichts hatte der Unbekannte damit angestellt. Überhaupt nichts. Das war kein Abenteuer. Das war nicht mal ein kleines Abenteuer, das war ... Aber was, wenn der Unbekannte es einfach nur *benutzt* hatte? Wenn er das Spielzeug bloß hierhergeschleppt hatte, um ihn anzulocken? Jimmy lief ein kalter Schauer den Rücken hinab. Er drehte sich um ... und vor ihm stand der Fremde.

Er trug jetzt ein schmutziges T-Shirt und dazu eine graue Armyhose, die durch einen faserigen Strick zusammengehalten wurde. Der Unbekannte schob sich das wirre ungewaschene Haar hinters Ohr, rückte seine Brille zurecht und grinste Jimmy an. Er konnte seine verwachsenen Zähne sehen. Oder zumindest das, was davon übrig war.

Er wollte bloß noch weg.

Dabei stand er jedoch so ungünstig im Rahmen der Tür, dass er an dem Fremden nicht so einfach vorbeikommen würde.

Er konnte kaum etwas anderes tun als in den dunklen Raum zurückweichen. Langsam folgte ihm der Fremde. Er grinste immer noch.

»Na, wenn das nicht der junge Jimmy Vandermeer ist.«

Der Mann *kannte* ihn! Jimmy schauderte.

»Ist gut, dass du vorbeischaust. Bin mir da nämlich nicht ganz sicher. War dein Geburtstag jetzt am 22. oder 23. Mai?«

Jimmy glaubte, sich verhört zu haben. Aber dieser Mann hatte tatsächlich nach seinem Geburtstag gefragt. Unsicher stotterte er: »Am ... am 2 ... 22., Sir.«

Der Mann verzog sein Gesicht.

»Ah, verdammt ...«, er nahm eine Taschenlampe, leuchtete in den Raum und schlurfte, leise vor sich hin fluchend, zu einem Regal an der Wand.

Jimmy stand wie angewurzelt und jetzt konnte er sie sehen. *Regale.* Die Wände des Raumes waren voll mit riesigen Regalen, die bis unter die Decke reichten. Und darin saßen sie: Spielzeuge. Zahllose. Eines neben dem anderen. In riesigen Kartons, an denen jeweils ein mit Bindfaden befestigter Zettel hing. Der Fremde griff nach einem der Zettel und zog einen Stift hervor.

»Ich dachte immer, es wäre der 23. Zahlen sind aber eh nicht meine Stärke ...«

Auf dem Zettel war Jimmys Name zu lesen und im dazugehörigen Karton erkannte er im unruhigen Licht der Taschenlampe ein paar alte Bekannte. Noodles und Doodles, seine beiden Plüschaffen, sein altes Quietscheentchen und daneben einen Beutel mit Plastikfiguren, die er früher mal gesammelt hatte. Sein Kiefer klappte vor Staunen nach unten.

Dieses ganze Zeug hatte er weggeschmissen als er zehn gewesen war!

Direkt neben seinem Karton stand der von Mario Falluchi,

der keine zwei Häuser weiter wohnte. Darunter der von Phoebe Thomson und einige Kartons weiter auch der von Lydia Morris.

Der Fremde steckte seinen Stift wieder weg und wandte sich dem Spielzeug in der Mitte des Raumes zu. Zielsicher griff er erst nach Mr. Robot, dann nach den Actionfiguren und zuletzt nach dem Monstertruck und ordnete sie in Jimmys Karton. Er hatte sich all das tatsächlich gemerkt! Er wusste, was von wem stammte und wer welches Spielzeug fortgeworfen hatte. Er musste irgendein krankes Genie oder so etwas sein!

»Ist gut, dass du sie zumindest heilgelassen hast.«

Er hielt inne und blickte Jimmy kurz an. Dann ging er wieder zu dem wirren Haufen.

»Machen nicht alle von euch so. Zerbrechen sie, zerreißen sie. Als hätten sie ihnen irgendetwas getan. Das ist nicht gut. Aber du machst so was ja Gott sei Dank nicht. Ist gut. Sehr gut.«

Während der Fremde nach einer Stoffschlange und einer fetten kleinen Puppe griff, dachte Jimmy mit Unbehagen an Todd Mebbins Masters-of-the-Universe-Figuren, die sie vor einem halben Jahr mit Silvesterknallern in die Luft gejagt hatten.

»Fragst dich sicher, was das alles soll. Kann ich verstehen. Ist nicht so leicht zu begreifen ...« Vorsichtig packte er die beiden Spielzeuge in den Karton von Louisa Mebbin.

»Weißt du, ich tu das für euch, mein Junge. Für euch, verstehst du.«

Jimmy verstand nichts. Aber er kannte Louisa Mebbin. Sie war fünf Jahre alt und Todds kleine Schwester. Der Unbekannte ging zurück zum Stapel und bückte sich noch einmal.

»Ihr wisst ja gar nicht, was ihr da tut. Werft sie einfach weg. Macht sie kaputt. Kein Wunder, wenn sie böse werden.« Während er das Spielzeug einordnete, sprach er weiter, ohne dass

Jimmy allerdings etwas davon begriffen hätte. »Ich hab's ja nicht anders gemacht. Damals. Als ich so alt war wie du.« Er kam auf Jimmy zu und musterte ihn ernst. »Seh schon, kapierst nicht, was ich meine. Komm mit. Will's dir erklären ...«

Der Fremde hatte sich auf seine Matratze gesetzt.

Jimmy stand mit verschränkten Armen neben dem vernagelten Fenster und bemühte sich, so erwachsen wie möglich zu wirken, während der Fremde zu sprechen anhob:

»Ich hab damals gedacht: So, jetzt bist du erwachsen, also weg damit. Hab alles genommen und in so 'ne alte Kiste gesteckt. Die Actionfiguren, Captain Fame und seine Soldaten, die Ritterburg, das ganze Zeug. Hab's dann erst mal in den Keller runtergeschafft. Irgendwann hab ich das Zeug dann noch mal hochgeholt. Paar von ihnen hab ich einfach angezündet. Zum Spaß, verstehst du? Andere hab ich aufgeschnitten. Wollt einfach mal sehen, wie die von innen aussehen. Das hatte nichts mehr mit spielen zu tun, das war böse, aber so was macht man dann halt. War eben neugierig. Und wollte kein Kind mehr sein. Da ändern sich die Spiele ...«

Er schaute Jimmy an, als ob er sich Verständnis von ihm erhoffte. Und Jimmy verstand ihn sehr wohl, allein schon wegen Todds Masters-of-the-Universe-Figuren.

»Und dann war da noch die Sache mit Captain Fame. Kennst du wahrscheinlich nicht mehr. Captain Fame und sein wilder Haufen. Actionfiguren. Harte Typen. Waren vor 'n paar Jahren ziemlich hipp. Ich hab dem Captain ein Bein ausgerissen. Hatte einfach Lust darauf. Dieser harte Typ, der immer so fies dreinblickte. Ich wollt härter sein. Fieser. Da hab ich ihm einfach ein Bein ausgerissen. Und dann hab ich das ganze Zeug in den Müll geworfen.«

Jimmy fand die Geschichte schon interessant. Obwohl er nicht ahnte, worauf der Mann eigentlich hinauswollte. Von Captain Fame jedenfalls hatte er tatsächlich noch nie etwas gehört.

»Konnte dann schlecht einschlafen am Abend. War komisch. Wusste auch nicht wieso. Mitten in der Nacht bin ich dann noch mal aufgewacht. Und da saß ich. Gefesselt und geknebelt hinten in meinem Schrank. Über mir hingen meine Klamotten und an der Kleiderstange ein Klemmspot, der matt das Innere des Schrankes ausleuchtete. Und da saßen sie. Auf den Regalen gegenüber. Sie beobachteten mich. Ich erkannte die verbrannten Gesichter meiner Plastikritter. Erkannte Jojo, meinen Teddy, den ich der Länge nach aufgeschnitten hatte und Captain Fame, der da stand, auf einem Bein, und mich aus seinem finsteren unrasierten Gesicht anfunkelte. Das ganze Spielzeug, das ich weggeworfen hatte, war zurückgekommen. Es war zurückgekommen, um über mich Gericht zu halten.«

Jimmy lächelte unsicher. Was der Fremde da erzählte, schien ihm schon ein bisschen krank.

»Und dort hinten im Schrank bekam ich dann meine Verhandlung. Sie sprachen nicht. Kein Wort. Sie schauten einander an und schwiegen. Und dann schauten sie wieder auf mich. Ich hatte das Gefühl, dass Jojo mir irgendwie helfen wollte, aber Captain Fame war der Richter und sein wilder Haufen waren die Geschworenen. Was immer die verkohlten Ritter und die aufgerissenen Plüschtiere auch dachten, ob sie mir verziehen oder nicht, es spielte keine Rolle. Am Ende ging es nur um das Bein von Captain Fame. Oh, wenn ich gewusst hätte, wo es war, ich hätte es ihm zurückgegeben. Aber es blieb verschwunden. Und so haben sie mich dann verurteilt.«

Er endete und blickte Jimmy an.

»Verstehst du, Jimmy? Ich tu das, um euch zu beschützen! Ich sammele sie ein, repariere sie, gebe ihnen ein neues Zuhause, damit sie euch nicht auch den Prozess machen. Ich tu das für euch, Junge!«

Jimmy fühlte sich alles andere als wohl. Draußen war es mittlerweile dunkel, niemand wusste, wo er überhaupt war, und dann war er auch noch allein mit diesem seltsamen Spinner, der die Kinder dieser Gegend vor ihren alten Spielzeugen beschützen wollte. Der Kerl hatte ganz einfach eine Schraube locker.

Jimmy löste sich von der Fensterbank.

»Ich werd dann jetzt mal gehen, Mister. Ist schon ganz schön spät geworden.«

Er staunte selbst, wie sicher er klang. Er nickte dem Fremden kurz zu, steckte die Hände in die Hosentaschen und schlenderte zur Tür.

Das Bein von Captain Fame. So ein Schwachsinn.

Der Fremde schien jedoch genau zu merken, was er dachte.

»Warte, Jimmy!«

Er hielt noch einmal inne und drehte sich zu dem Unbekannten um.

»Weißt du, ich habe dir von der Verhandlung erzählt, aber nicht von dem Urteil…«

Mit diesen Worten begann der Mann, eines seiner Hosenbeine hochzukrempeln.

Und als er es schließlich über sein Knie zurückschlug, erschrak Jimmy.

Da war kein echtes Bein.

Das rechte Bein des Fremden war eine Prothese…

Michael Marrak

LILITHS TÖCHTER

> »Seht, ein Gesicht hat sie wie ein Götzenbild aus vergangenen Zeiten;
> so daß ich, wenn ich ihr bei Nacht begegnete, sie für
> einen Alraun halten könnte. Jesus! Jesus! Gott behüte mich
> vor einer solchen Begegnung!«
> Pierre de Bourdeille, Seigneur de Brantôme
> DAS LEBEN DER GALANTEN DAMEN [1665]

»Teufel auch!«, entfuhr es Adrian, als er zum wiederholten Mal in ein knietiefes Wasserloch trat. »Wir hätten den Stoff für das Essay weitaus bequemer sammeln können, anstatt mitten in der Nacht durch den Wald zu stapfen und einen auf Mythbusters zu machen.« Er zog seinen Stiefel aus dem Schlamm und wrang das Hosenbein aus. »Aber nein, du musstest vor den Ferien ja unbedingt noch mal Eindruck schinden und die Druidin raushängen lassen.«

»Drude«, korrigierte ihn Lydia, während sie die Leuchtkraft ihrer Stirnlampe verstellte. »Es heißt Drude!«

»Seit zwei Stunden stolpern wir jetzt hier herum«, beschwerte er sich. »Ich komme mir langsam vor wie in ›Hänsel und Gretel‹. Was suchen wir eigentlich?«

»Na, das Lebkuchenhaus.« Adrian hörte Lydia leise lachen. »Laut *Herbarias* sind wir auf dem richtigen Weg, also entspann dich.«

»Herbarias? Was soll das sein?«

»Eine Art botanische Datenbank. Sie führt einen ohne langwierige Suche zu den Standorten vieler Heil- und Ritualpflanzen – vorausgesetzt, man kann mit einem GPS-Empfänger umgehen.«

»Gibt's auch Kräuterhexen-Fastfood?«, fragte Adrian. »Falls es mal schneller gehen muss?«

Lydia verzog die Mundwinkel. »Es gibt besondere *Depots*, aber deren Koordinaten erhalten nur die – na ja, du würdest sie wohl *Admins* nennen.« Sie hielt inne und studierte erneut das GPS. Im Licht des Displays wirkte ihr Gesicht unwirklich bleich. »Hier irgendwo muss sie sein«, sagte sie. »In einem Umkreis von fünfzehn Metern.«

Adrian suchte den Waldboden ab. »Da vorne ist eine Lichtung«, erkannte er. Der Strahl seiner Taschenlampe riss die Grundmauern eines verfallenen Gehöfts aus der Dunkelheit. Dahinter erhob sich der Stamm einer mächtigen Rotbuche.

»Das muss die Ruine des alten Forsthauses sein«, sagte Lydia und kletterte auf eine der Mauern. Einen Moment lang verharrte sie reglos, als würde sie den Geräuschen des Waldes lauschen, dann begann sie das Gras innerhalb der Ruine abzusuchen. Nachdem Adrian die Umgebung abgeleuchtet hatte, betrat auch er die Lichtung. In der Luft hing ein scheußlicher Geruch, der an verbranntes Essen erinnerte.

»Was zum Teufel stinkt hier so?«

»Wahrscheinlich das, wonach wir suchen.«

»Na großartig.« Adrian sah sich angewidert um. »Und was soll das sein, ein Haufen Trollkacke?«

»Sagt dir der Name *Baaras* etwas?«, rief Lydia. »Oder Drachenpuppe?«

»Nein.«

»Na ja, egal. Such nach einer großen, stiellosen Pflanze mit fünf violetten Blüten. Ihre Blätter liegen auf dem Boden und sind ziemlich runzelig, mit geriffelten Rändern.«

Je näher Adrian der Buche kam, desto penetranter wurde der Geruch. Schließlich tauchte ein krautartiges Gewächs im Lampenschein auf, das auf Lydias Beschreibung passte. Es besaß tatsächlich fünf violette Blüten, die an Glockenblumen erinnerten, und war zweifellos die Quelle des fürchterlichen Gestanks. Als er Lydia rief, fiel ihm aus den Augenwinkeln etwas Merkwürdiges auf: Sobald er den Strahl der Lampe von der Pflanze abwandte, schien sie für Sekunden kaum merklich nachzuglühen.

»Das soll eine Drachenpuppe sein?«, zweifelte er, als Lydia ihn erreicht hatte.

»Nein.« Das Mädchen deutete in die Mitte der Blattrosette. »Was ihr diesen Namen gibt, steckt noch im Boden ...«

»Die Wurzel!«

»*Mandragora autumnalis.*« Lydia ging neben Adrian auf die Knie und begutachtete die Pflanze, vermied es jedoch, deren Blätter zu berühren. Adrian hingegen beugte sich ein Stück zu Lydia hinab, um den Geruch ihrer Haut und ihrer Haare zu atmen. Als ihr seine eigenartige Körperhaltung auffiel und sie ihn fragend ansah, leuchtete er aus Verlegenheit hinauf in die Baumkrone. Wenige Meter über ihnen spannte sich ein mächtiger, weit ausladender Ast.

»Was ist?«, fragte Lydia.

»Ich hab mal gelesen, dass Mandragoren nur dort wachsen, wo die Tränen und das Sperma eines Gehenkten den Boden berührt haben.«

Lydia zog eine Grimasse. Statt etwas zu erwidern, begann sie rings um die Pflanze das Gras auszureißen, sodass der »Kopf« ihrer Wurzel zum Vorschein kam.

»Es heißt auch, dass jeder, der die Alraunwurzel einer Mandragore berührt, auf der Stelle tot umfällt«, murmelte sie, während sie in ihrem Rucksack kramte. »Man sollte sie deshalb von einem Hund aus der Erde graben lassen, der so stellvertretend sein Leben geben würde. Hier, bitte!« Sie drückte Adrian eine Pflanzkelle in die Hand und erhob sich. »Ruf mich, sobald du tot bist. Ich gehe so lange pinkeln.«

»Du mich auch!« Adrian wartete, bis Lydia im Unterholz verschwunden war, dann wandte er sich der Mandragore zu. Vorsichtig strich er mit den Fingerkuppen über ihre Blüten, dann grub er seine Hand ins Erdreich und umklammerte ihre Wurzel – ohne tot umzukippen. Obwohl er für Lydias Flunkereien nicht viel übrig hatte, atmete er erleichtert auf.

Die Alraune war so dick wie sein Unterarm und fühlte sich eigenartig warm an. Als er jedoch die Wurzel aus dem Waldboden zog, ließ ihn ein plötzlicher Schmerz in der Bewegung erstarren. Es fühlte sich an wie ein lautloser, von unermesslichem Leid geprägter Schrei, der durch seinen Arm schoss und in seinem Kopf explodierte. Adrian ließ die ausgerissene Alraune fallen und presste sich die Hände gegen die Stirn, während er zusammensackte und schmerzverkrümmt liegen blieb. Nach wenigen Sekunden ebbte der Schrei langsam wieder ab. Zurück blieb ein dumpfes Pochen in seinen Schläfen.

»Tut's weh?«, vernahm er undeutlich Lydias Stimme. Über ihm tanzte das Licht ihrer Stirnlampe. Tränen füllten seine Augen und ließen ihn Lydias Gesicht wie durch einen Schleier wahrnehmen. »Eine Legende besagt, dass man den Schrei einer aus dem Boden gerissenen Alraune niemals vergisst.« Sie griff in ihre Manteltasche und entnahm ihr ein Pulver, mit dem sie Adrians rechte Hand einrieb. »Sofern man ihn überlebt«, fügte sie hinzu.

»Was machst du da?«, fragte er kaum verständlich. Der Schmerz begann sich von seiner Schulter über die gesamte rechte Körperhälfte auszubreiten.

»Ich beseitige die Lähmung«, erklärte sie. »Tot nützt du mir nämlich nichts.«

Adrian kam es wie Stunden vor, ehe er wieder fähig war, die Finger seiner rechten Hand zu bewegen.

»Was war das?«, krächzte er.

»Eine Art Nervengift. Es kommt aus den feinen Wurzeln, die beim Herausziehen aus dem Boden zerrissen werden. Bestimmte Pflanzen setzen ihr Gift so plötzlich frei, dass das menschliche Bewusstsein seine Wirkung wie einen Schrei empfindet. Die audiovisuelle und sensorische Wahrnehmung vermischt sich dabei zu einer Art ›Übersinn‹. Das ist jedoch nichts gegenüber dem Schmerz, den die Alraune dabei empfindet …« Ihre Blicke trafen sich. »Sagt man«, fügte sie schnell hinzu, als sie sah, wie Adrian sie anstarrte.

»Ich wusste nicht, dass Mandragoren giftig sind«, gestand er.

»Weitaus giftiger als Fliegenpilze oder Tollkirschen.« Lydia erhob sich. »Sie enthalten Substanzen, die bei Menschen allerlei seltsame Zustände auslösen können.«

»Was heißt seltsam?«

»Erotische Erregung beispielsweise, Halluzinationen, Tanzwut oder Gedächtnisschwund. Eine Überdosis wie die von eben führt innerhalb von dreißig Minuten zu Atemlähmung und Erstickungstod.« Sie musterte Adrian. »Geht's wieder?«

Er nickte und rappelte sich benommen auf, dann kroch er zu der Stelle, an der er die Mandragore fallen gelassen hatte. Ihre Wurzel spaltete sich in der Mitte in zwei fleischige, unterschiedlich lange Enden. Ein weiteres verkümmertes Wurzelpaar knapp unterhalb der Blätter ähnelte eng am Körper anliegenden Armen. Obwohl es nur eine Pflanze war, kam es Adrian vor, als läge sie auf dem Bauch. Er tippte sie mit den Fingerspitzen an wie eine heiße Herdplatte. Als er sicher war, dass sich der lähmende Schmerzimpuls nicht wiederholen würde, drehte er die Pflanze um. Ihre »Bauchseite« hatte Ähnlichkeit mit einem weiblichen Körper. Sie besaß zwei kleine Knollen, die wie Brüste aussahen, und in ihrem »Gesicht« klaffte ein großes, fingerkuppentiefes Loch wie ein zum Schrei aufgerissener Mund.

Bevor er die Mandragore in seinem Rucksack verstaute, füllte er diesen gemeinsam mit Lydia hin fast zur Hälfte mit lockerer Walderde.

»Und jetzt?«, fragte er.

»Zu den Steinweiden«, antwortete Lydia. »Am alten Waldfriedhof.«

Als sie vor dem verwilderten Grab standen, zu dem Lydias GPS sie geführt hatte, machte sich ein flaues Gefühl in Adrians Magen breit. Schweigend starrte er auf den verwitterten Grabstein, in den weder ein Name noch ein Geburts- oder Sterbedatum eingemeißelt war. Stattdessen prangten auf ihm zwei verschlungene Symbole: ein kleines Alpha, das vom Bogen eines großen Omega eingerahmt wurde.

»Wer liegt hier?«, fragte er. »Jesus?«

»Witzbold.« Lydia zog einen Klappspaten aus ihrem Rucksack. »Das Alpha steht für den Namen *Ankou,* das Omega für den Tod – und der hier für Buddeln!« Sie reichte Adrian den Spaten.

»Wie wäre es, wenn die Teilzeithexe auch mal einen Finger krumm machen würde?«

Lydia funkelte ihn an. »Ich bin das Hirn, du bist die Kraft, darauf hatten wir uns doch geeinigt, oder?«, erwiderte sie. »Zudem sind die alten Gräber nicht sehr tief.«

Adrian warf einen Blick in die Runde, dann rammte er den Spaten grimmig in die Erde. »So ein Schwachsinn«, stieß er hervor. »Absolut idiotisch.«

Während Lydia neben dem Grab auf und ab lief, arbeitete Adrian sich langsam in die Tiefe vor. Hin und wieder erschrak er über den Schatten einer Motte, die von der Helligkeit angelockt wurde und den Lichtkegel seiner Stirnlampe kreuzte.

»Warum ausgerechnet *dieses* Grab?«, keuchte er.

»Purer Aberglaube, mehr nicht.«

»Erzähl doch keinen Scheiß!«, regte Adrian sich auf. »Immerhin riskiere ich hier für deine Schnapsidee eine Anzeige wegen Grabschändung.«

Lydia blieb stehen und blickte zu ihm herab.

»Also gut, hör zu: Sobald seinerzeit ein neuer Friedhof angelegt wurde, pflegte man den Brauch, im ersten Grab ein Opfer zu bestatten – bei lebendigem Leib. Auf diese Weise entstand aus der Seele der oder des Unglücklichen ein geisterhafter Wächter, der *Ankou*. Jeder, der fortan kam, um den Frieden der Toten zu stören, wurde von ihm verjagt. Das einzige Grab, das er nicht zu schützen vermag, ist sein eigenes ...«

Adrian blickte in die geschaufelte Grube, dann sagte er: »Ich hoffe, dieser Geisterwächter gehört zu jenen Legenden, die sich heute Nacht *nicht* bewahrheiten.«

Eine Stunde später traf er mit dem Spaten auf Widerstand. Es gab ein Geräusch, als hätte er eine Eisentonne getroffen. Adrians Herz stockte für einen Moment, dann ging er auf die Knie und entfernte die letzten Reste Erde.

»Ein Sarg aus Metall?«, staunte er.

»Ein Sarkophag«, präzisierte Lydia. »Aus Silber.«

»Er ist nicht verschlossen.«

»Ja, ich weiß.«

Adrian sah sie überrascht an.

»Nun mach schon!«, drängte sie ihn. »Ich friere!«

Als er den Deckel aufstemmte, erzeugten die alten Scharniere Geräusche, die in der Stille wie Hammerschläge klangen. Aus dem Sarg quoll ein ekelhafter Gestank und raubte Adrian den Atem. Es war jedoch kein Verwesungsgeruch, der ihm ins Gesicht schlug, sondern dieselbe widerliche Ausdünstung, die die Luft beim alten Forsthaus verpestet hatte, nur ungleich intensiver – und älter …

Vor Adrian lag ein mumifizierter weiblicher Leichnam, der in die Überreste eines verrotteten Totenkleides gehüllt war. Der Stoff hatte sich fast so dunkel verfärbt wie die lederartige Haut der Toten. Ihre Brust wurde von den vertrockneten Blättern einer Pflanze bedeckt, die denen der jüngst gepflückten Mandragore ähnelten. Jedoch war sie keine Grabbeigabe gewesen, sondern wuchs aus dem Brustkorb des Leichnams heraus.

»Scheiße, verdammt!« Adrian hielt sich den Ärmel seines Mantels vor das Gesicht. »Wie lange liegt die Alte denn schon hier?«

»Laut Stadtchronik wurde der Friedhof 1759 eingeweiht.«

»Dafür ist sie aber noch ziemlich gut in Schuss.«

Lydia warf einen flüchtigen Blick in das Grab, wandte sich jedoch sofort wieder ab und zog ein kleines, zerfleddertes Notizbuch aus ihrer Manteltasche.

»So schneide je einen Streifen aus Wange, Schulter, Brust, Arm, Hand, Schenkel und Fuß, sowohl zur Rechten als auch zur Linken«, las sie mit monotoner, bemüht gleichgültiger Stimme, als rezitiere sie ein Backrezept. »Dazu entferne einen Streifen aus der Stirn und aus dem Bauche. Gib all dies in ein feuchtes Tuch und bewahre es fortan fern des Lichtes.« Sie ließ das Büchlein wieder in ihrem Mantel verschwinden. »Ich hoffe, du hast keine Berührungsängste«, sagte sie und reichte Adrian einen Lederlappen, in den ein antiker Krummdolch eingewickelt war.

»Wo hast du den denn her?«, fragte er, als er die Klinge betrachtete. »Vom Trödelmarkt?«

»Ist ein Erbstück.«

Seufzend beugte Adrian sich über den Leichnam, hielt jedoch gleich darauf verwundert inne. Auf der Stirn der Toten prangten drei schmale, fingerlange Narben. Die gleiche Art von Wundmalen fand Adrian auch an allen übrigen Körperstellen, die Lydia aufgezählt hatte. Offensichtlich war die Prozedur bereits dreimal zuvor an ihr vollzogen worden – und zwar zu einer Zeit, als die Tote noch gelebt hatte, sonst wäre das Gewebe nicht vernarbt gewesen.

Adrian wollte Lydia darauf ansprechen, doch sie hatte sich so weit vom Grab entfernt, dass er sie laut hätte rufen müssen. Mit gemischten Gefühlen starrte er in die leeren Augenhöhlen des Leichnams, dann setzte er die Klinge an dessen Stirn und machte den ersten Schnitt. Das mumifizierte Fleisch der Toten besaß die Konsistenz von zähem Wachs.

Als er mit der Prozedur fertig war, wickelte er alles in das Ledertuch und beeilte sich, aus dem Grab zu klettern. Noch bevor der Morgen graute, hatte er es wieder zugeschaufelt und provisorisch mit Gras bedeckt. Einem Spaziergänger würde die Verwüstung erst auf den zweiten Blick auffallen.

Schweigsam machten sie sich schließlich auf den Rückweg in die Stadt. Nachdem sie die ersten Häuser erreicht hatten und durch die nachtdunklen Straßen schlichen, ertönte plötzlich von irgendwoher ein leises Piepsen. Lydia murmelte etwas Unverständliches und zog ihr Handy aus der Tasche. Zuerst starrte sie genervt auf das Display, dann machte sie ein fassungsloses Gesicht, als könne sie nicht glauben, was sie las.

»Alles okay?«, fragte Adrian. »Wer ist es?«

»Mein Vater.« Lydia rang um Fassung. »Er will wissen, wo ich mich um diese Zeit rumtreibe.«

Adrian schnaubte verächtlich. »Fällt deinem Alten im Urlaub nichts Besseres ein, als dich zu kontrollieren?«

Lydia ließ das Handy sinken. »Meine Mutter ist krank geworden. Sie haben den Urlaub abgebrochen und sind seit zwei Stunden wieder zu Hause.«

Adrian starrte sie ungläubig an, dann sagte er: »Na großartig!«

»Was soll ich denn jetzt machen?« Lydia lief mit verzweifelter Miene auf und ab.

»Schreib, drei Wurzelgnome mit rosa Zipfelmützen hätten dich in den Wald verschleppt, nackt an einen Baum gefesselt und im Mondschein entjungfert«, brummte Adrian. »Du würdest dich auf den Heimweg machen, sobald das große weiße Kaninchen deine Fesseln durchgenagt hätte, und hättest zum Frühstück gerne Rührei mit Schinken.«

Lydia verzog keine Miene. »Ich kann jetzt unmöglich mit einer frisch gepflückten Mandragore und einem Beutel voll Mumienfleisch zu Hause aufkreuzen.« Ihre Stimme bebte. »Mein Vater wird ausflippen!«

»Dann vergrab das Zeug doch irgendwo im Garten«, schlug Adrian vor. »Tante *Ankou* lag seit 250 Jahren unter der Erde, da kommt's auf eine Nacht mehr auch nicht mehr an.«

»Das geht nicht«, sagte Lydia. »Eine Mandragore muss in der gleichen Nacht wieder eingepflanzt werden, in der sie gepflückt wurde – und zwar noch *vor* Sonnenaufgang!«

Adrian rieb sich seine vor Müdigkeit brennenden Augen. »Na schön«, seufzte er. »Ich kümmere mich um diesen verdammten Rettich.«

»Meinst du das ernst?« In Lydias Blick lag eine Mischung aus Überraschung, Zweifel und Belustigung. »Du hast keine Ahnung, worauf du dich da einlassen würdest «

»Meine Alten stehen frühestens in neun Tagen wieder auf der Matte«, sagte Adrian. »Ich bin also niemandem Rechenschaft schuldig und habe genug Zeit, um die Wohnung zu lüften. Es ist okay – sofern du mir sagst, wie ich diese Stinkrübe behandeln muss.«

Lydia musterte ihn eine Weile, dann setzte sie ihren Rucksack ab. »Na gut. Aber sag später nicht, ich hätte dich nicht gewarnt.« Sie zog ihr Notizbuch aus der Tasche und schrieb eilig mehrere Seiten voll, dann riss sie diese aus und reichte sie Adrian. »Halte dich bitte exakt daran«, mahnte sie. »Das ist wichtig, sonst ist alles umsonst. Bring auf keinen Fall die Reihenfolge durcheinander. Und bitte keine Experimente!«

»Du bist das Hirn und ich die Kraft, nicht wahr?« Er stopfte die Seiten in seine Hosentasche. »Ich mache deinen Rettich glücklich und *du*, meine Liebe, schreibst das Essay!«

»Klingt nach einem akzeptablen Deal.« Sie gab ihm einen flüchtigen Kuss, dann wandte sie sich um und lief zügig die Straße hinab.

Zu Hause angekommen, zog Adrian sich um und aß hastig ein paar Bissen, dann setzte er sich an den Küchentisch und studierte Lydias handschriftliche Anweisungen. Bei manchen Punkten verzog er missbilligend das Gesicht, ging aber schließlich in den Keller und holte einen alten Waschzuber, den er in einer lichtgeschützten Ecke seines Zimmers aufstellte. Anschließend füllte er ihn mit dem Sand und der Erde sämtlicher Blumenkübel, die sich im Haus finden ließen und mischte die gesammelte Walderde darunter. Nachdem er die Fenster geschlossen und die Vorhänge zugezogen hatte, pflanzte er die Mandragore schließlich behutsam ein. Ihre Blätter und Blüten waren bereits so welk, dass sie kraftlos auf der Erde lagen.

Der nächste Punkt auf Lydias Liste bereitete ihm am meisten Unbehagen. »Alraunenwasser zubereiten« stand dort, gefolgt von Anweisungen, für die er Lydia bei der nächstbesten Gelegenheit foltern würde.

Er schüttete das von ihr gesammelte Baumharz und die Hautstreifen der *Ankou*-Mumie in eine große, feuerfeste Schale, streute getrocknete Kräuter darüber und vermischte alles mit zerkleinerten Grillanzündern. Dann öffnete er die Besteckschublade und starrte minutenlang reglos hinein. Schließlich nahm er eines der großen Fleischmesser, setzte die Klinge an seine linke Handfläche und zog sie ruckartig zu sich heran. Trotz der stechenden Schmerzen hielt er die Hand minutenlang über die Schale und ließ das Blut so lange hineintropfen, bis alle Gewebestreifen davon benetzt waren. Dann entzündete er das Gemisch und sah zu, wie es knisternd verbrannte, während er die Wunde verarztete. Beißender Qualm begann die Küche zu erfüllen. Adrian verließ den Raum, um nicht vom Brechreiz überwältigt zu werden. Als die Flammen ihr Werk schließlich vollendet hatten, waren vom Inhalt der Schale nur verkohlte Klumpen und blasige, schwarze Schlacke übrig. Adrian zerrieb alles zu feiner Asche, füllte die Schale zur Hälfte mit Wasser auf, verrührte alles und trug das Gefäß in sein Zimmer. Sorgfältig beträufelte er die welke Mandragore so lange mit dem aschegesättigten Wasser, bis ein Viertel der Schale geleert war. Dann legte er sich erschöpft ins Bett und schlief auf der Stelle ein.

Jeder Muskel seines Körpers schmerzte, als er wieder erwachte. Zuerst blieb er schläfrig liegen und starrte an die Decke, dann fiel sein Blick auf den Zuber mit dem Mandragorengewächs. Adrian war wie elektrisiert angesichts der Veränderung, die sich mit der Pflanze vollzogen hatte.

Die Stunden zuvor noch welk herabhängenden Blätter und Blüten waren hoch aufgerichtet und von Flüssigkeit prall gefüllt. Zudem schien die Wurzel gewachsen zu sein. Ihr »Kopf« hatte das Erdreich durchstoßen und ragte unter dem Blätterdach empor, als wollte er Luft holen. Über dem klaffenden »Mundloch« waren zwei kleine Kerben zu erkennen, die an geschlossene Augen erinnerten.

Als die Sonne untergegangen war, öffnete Adrian die Fenster, um den Gestank aus der Wohnung zu vertreiben. In seinem E-Mail-Postfach fand er eine vier Stunden alte Nachricht von Lydia, die wissen wollte, ob »alles okay« sei. Die Kontaktliste seines Instant Messengers zeigte ihm, dass sie online war.

Alles bestens, bestätigte er ihr. *Dein Rettich gedeiht prächtig.*
Minuten vergingen, ehe eine Antwort kam. Sie bestand lediglich aus einem Smiley.

Würde dich gerne wiedersehen, tippte Adrian. *Treffen wir uns in einer Stunde bei den Steinweiden?*

Diesmal folgte ihre Antwort prompt: *Hast du sie noch alle?*
Adrian rümpfte die Nase. *War das ein Nein?*
DEFINITIV NEIN!
Kommst du wenigstens morgen vorbei?
Doch Lydia blieb ihm die Antwort schuldig. Konsterniert starrte er auf den Bildschirm. Ihr Name war aus der Kontaktliste verschwunden.

Drei Tage und Nächte vergingen, in denen Adrian die Mandragore hegte und pflegte. Während ihre Blüten dennoch verwelkten, wuchs ihre Wurzel mit atemberaubender Geschwindigkeit. Ärgerlicherweise hatte Lydia ihr Handy abgeschaltet und antwortete auch auf keine einzige seiner Mails.

In der vierten Nacht verlor die Pflanze sämtliche Blätter, worüber Adrian im ersten Augenblick sehr bestürzt war. Dann jedoch bemerkte er, dass der »Kopf« der Alraune und ihre »Schultern« von feinem, glänzend braunem Haar umflossen waren. Es wirkte zudem, als würde sie atmen und ihr Brustkorb sich unmerklich heben und senken. Zudem bildete Adrian sich ein, sie würde Töne von sich geben, die klangen, als summe sie eine Melodie. Sobald er sich ihr aber näherte, verstummte sie und verharrte in Reglosigkeit.

Am fünften Tag begann sie sich tatsächlich zu bewegen. Wie in Zeitlupe wand sie ihren Oberkörper und stieß dabei leise Seufzer aus. Fasziniert saß Adrian stundenlang vor der Pflanze, wobei er zweifelte, ob diese Bezeichnung überhaupt noch auf sie zutraf. Erst spät in der Nacht verharrte das Wesen wieder still, woraufhin er beschloss, ebenfalls zu Bett zu gehen. Als er mitten in der Nacht vor Durst aufwachte und sein Blick in die gegenüberliegende Zimmerecke fiel, glitt ihm vor Schreck fast die Wasserflasche aus der Hand – denn die Alraune hatte ihre »Augen« geöffnet und sah ihn an!

Zaghaft näherte Adrian sich dem Geschöpf, das jede seiner Bewegungen aufmerksam mit Blicken verfolgte. Es sah zu ihm empor, ohne zu blinzeln und ohne erkennbare Regung in seinem elfenhaften Gesicht. Als Adrian vor dem Kübel kniete, war nicht mehr zu leugnen, dass das Wesen nichts mehr mit dem Nachtschattengewächs gemein hatte, das er vor Tagen aus dem Waldboden gezogen hatte.

Die Alraune lebte!

Aus dem ehemals klaffenden Loch in ihrem Kopf hatte sich ein sinnlicher Mund gebildet. Eine schmale, gerade Nase zierte ihr Gesicht und in ihren Augen stand ein Ausdruck aus Neugier, Verwunderung und etwas Unheimlichem, Verlangendem. Ein wenig, so fand Adrian, besaß sie sogar Ähnlichkeit mit Lydia. Mit pochendem Herzen streckte er vorsichtig eine Hand nach ihr aus, woraufhin das Geschöpf zurückwich. Dabei starrte es die Hand an, als sei sie das blutrünstigste Ungeheuer der Welt. Als die Alraune erkannte, dass Adrian ihr nichts tun wollte, neigte sie den Kopf und schmiegte ihre Wange fast zärtlich an seine Finger, wobei Adrian die Wärme ihrer Haut spürte. Dann öffnete sie plötzlich ihren Mund und ließ eine winzige, echsenartige Zunge herausschnellen.

Erschrocken zuckte Adrian zurück, woraufhin die Alraune ihn fragend ansah. Erneut begann sie sich zu bewegen und hatte plötzlich zwei Arme aus der Erde gezogen, deren winzige Hände sie ihm sehnsüchtig entgegenstreckte. Adrian zögerte, dann hielt er ihr erneut seine Hand hin, die sie sofort ergriff und zu sich zog. Seine Fingerkuppen strichen über ihr winziges Alraunengesicht, ihre Augen, ihren Mund. Sie küsste seine Haut, liebkoste sie während seines Fingerspiels, bis Adrian plötzlich einen stechenden Schmerz an seinem Zeigefinger spürte und seinen Arm erneut zurückriss. Ein Blutstropfen bildete sich an der Kuppe seines Fingers. Adrian betrachtete die Kreatur verwundert, ohne im ersten Moment zu begreifen – dann sah er ihre blutverschmierten Lippen und ihre eidechsenartige Zunge, die den Lebenssaft gierig aufleckte, während ihr Blick nicht mehr an Adrians Augen hing, sondern am Blut, das seinen Finger herabrann.

Wenn er ihren noch zu zwei Dritteln verborgenen Körper richtig abschätzte, so musste sie inzwischen über einen halben

Meter groß sein. Vorsichtig hielt er ihr seinen blutenden Finger hin. Sie beugte sich ungeduldig nach vorne, umklammerte ihn mit ihren winzigen Händen und begann gierig davon zu trinken. Nach ein paar Minuten schien sie schließlich gesättigt. Ihr Gesicht war blutverschmiert, doch ihre Augen strahlten dankbar aus der roten Maske hervor. Dann schloss sie ihre Lider, ließ den Kopf auf ihre Brust sinken und bewegte sich nicht mehr. Lange Zeit saß Adrian noch vor ihr, wusch ihr mit einem Wattestäbchen das Gesicht sauber und staunte über ihre immer wundersamere Ähnlichkeit mit Lydia.

Erst als der Morgen graute, begab er sich wieder zu Bett. Erschöpft schlief er bis in die Abendstunden und erwachte mit bohrenden Kopfschmerzen. Die Alraune schien sich nicht bewegt zu haben, wohingegen sich ihr rasantes Wachstum nochmals beschleunigt hatte. Ihr Oberkörper ragte nun gänzlich aus der Erde, ihr Brustkorb hob und senkte sich unter gleichmäßigen Atemzügen. Adrian überlegte, ob ihre Beine noch wie Wurzeln aussehen mochten oder inzwischen ebenfalls menschliche Form angenommen hatten. Er hielt den Atem an und schob eine Hand in die feuchte Erde, um ihre Beine und ihren Unterkörper zu ertasten. In dem Moment, als seine Finger etwas Kaltes, Wachsartiges berührten, spürte er einen schmerzhaften Stich an seinem Finger. Die Alraune riss die Augen auf, hob ihren Kopf und stieß ein drohendes Fauchen aus, das Adrian erschrocken zurückweichen ließ. In ihrem Mund blitzten zwei Reihen nadelspitzer Zähne.

»Entschuldige«, rief er und hob beschwichtigend die Hände. »Ich wollte dir nichts tun, wirklich!«

Dort, wo er den Stich verspürt hatte, bildete sich langsam ein Blutstropfen an seiner Fingerkuppe. Als die Alraune ihn sah, veränderte sich ihr Blick. Eben noch feindselig glühend, trat ein begieriges Funkeln in ihre Augen. Aus ihrem Fauchen wurden liebliche, melodische Bettellaute, die klangen wie der Gesang eines tropischen Vogels. Nachdem sie jedoch erkannte, dass Adrian ihrem Locken diesmal nicht nachgeben würde, verstummte sie. Minutenlang sah sie ihn an, ohne zu blinzeln, dann legte sie ihre Arme um den Körper, ließ ihr Kinn auf die Brust sinken und schloss die Augen.

Als Adrian sich vom ersten Schrecken erholt hatte, schrieb er Lydia eine Mail, in der er ihr die Verwandlung der Pflanze schilderte. Keine zehn Minuten später klingelte das Telefon. Es war Lydia, doch sie schien angesichts der Ereignisse nicht sonderlich überrascht oder beunruhigt zu sein.

»Ist alles okay?«, fragte sie. Ihre Stimme klang gedämpft, als hätte sie Angst, belauscht zu werden.

»Ging mir schon besser«, brummte Adrian. »Hab mir wahrscheinlich 'ne Erkältung eingefangen.« Er betrachtete die Bisswunde an seinem rechten Zeigefinger. »Haben Alraunen eigentlich irgendwelche ansteckenden Krankheiten?«

Lydia schnaubte belustigt. »Nur eine, aber die ist unheilbar.«

»Sehr witzig.«

»Ich hatte dich gewarnt«, erinnerte sie ihn.

»Da konnte ich ja noch nicht wissen, dass an der Sache tatsächlich was dran ist.«

»Aber du hättest es zumindest in Betracht ziehen können.«

»Dieses Alraunending ist *lebendig* geworden!«, klagte Adrian. »Es starrt mich an, beobachtet mich, beißt mich und sticht!«

»*Baaras* stechen nur, wenn sie sich bedroht fühlen«, erklärte Lydia, als sei es die normalste Sache der Welt, eine Alraune großzuziehen. »Tu ihr nichts«, bat sie. »Ich komme vorbei, sobald es möglich ist.«

»Aber beeil dich, ehe dieses Ding laufen lernt.«

Lydia antworte nicht. Aus der Hörmuschel drang das Besetztzeichen. Adrian starrte auf das Display, dann schaltete er das Telefon aus und warf es aufs Sofa.

Zurück in seinem Zimmer, dimmte er das Licht so weit, dass er die Mandragore nur noch als schemenhaften Schatten erkennen konnte. Nachdem er zwei starke Schmerztabletten geschluckt hatte, legte er sich ins Bett und fiel bald darauf in einen unruhigen Dämmerschlaf. Wirre Träume plagten ihn, aus denen er immer wieder kurz aufschreckte, überzeugt, fremde Stimmen oder Geräusche gehört zu haben. Dennoch zweifelte er mitunter daran, tatsächlich wach zu sein. So wusste er bald nicht mehr Sein von Schein zu unterscheiden und verbrachte die halbe Nacht in einem fiebrigen Delirium. Dies war der Grund, weshalb er den Schatten über sich erst wahrnahm, als dieser sich bereits wie ein Sukkubus auf ihn gesetzt hatte.

Der Schreck, das Alraunwesen zu erblicken und seinen bleichen Körper auf sich zu spüren, lähmte Adrian. Mit dem ersten bewussten Atemzug nahm er einen undefinierbaren Duft wahr. Es roch betörend und abstoßend zugleich, süßlich und beißend wie verbrennender Zucker und modrig wie verrottendes Holz.

Die Ähnlichkeit der Alraune mit Lydia war gespenstisch und erregend zugleich. Sie hatte ihren Oberkörper über seinen gebeugt und bedeckte seine Brust und sein Gesicht mit Küssen. Dabei gab sie unentwegt jene lieblichen, verführerischen Laute von sich, einen heimtückischen Gesang, mit dem sie Adrian einlullte und seinen Verstand vernebelte. Ihr Körper war weich und warm und verströmte jenen süßlich-narkotischen Duft, der an überreifes Obst und Walderde erinnerte. Öffnete sie dabei hin und wieder für Sekunden ihre Augen, entdeckte Adrian tief in ihnen ein unwirkliches Glühen. Ab und zu senkte sie ihren Kopf auf Adrians Brust oder vergrub ihn in seinem Nacken, und er spürte, wie sie von ihm trank.

Adrian flüsterte wirres Zeug, doch sie lächelte nur und schwieg. Mit jedem Schluck Blut, den sie aus ihm heraussaugte, wurde ihre Gestalt vollkommener und ihre Ähnlichkeit mit Lydia deutlicher. Als er mühevoll eine Hand hob und über ihren Körper gleiten ließ, erschien diese ihm welk und zerfurcht wie die eines alten Mannes. Irgendwann verschwand das Gewicht des Alraunwesens, doch Adrian besaß keine Kraft mehr, um sich aufzurichten. Selbst seinen Kopf zu heben fiel ihm schwer. Sein Herz klopfte bleiern, das Atmen war eine fürchterliche Qual. Schließlich versank er in einen traumlosen Schlaf, von dem er im ersten Augenblick glaubte, es sei der Tod.

Als Adrian erwachte, stand sie wie ein Schemen neben ihm. Die Vorhänge waren geöffnet, Sonnenlicht erfüllte das Zimmer. Er versuchte zu sprechen, doch seine Lippen waren wie zugewachsen. Matt und stumm lag er da, betrachtete das Alraunwesen und erkannte verwundert, dass es angekleidet war. Es hatte sich in eine junge Frau verwandelt, die aussah wie Lydias eineiige Zwillingsschwester, doch im Gegensatz zu Lydias Haar war das ihre hüftlang und so rot wie Blut.

Sie setzte sich auf die Bettkante und sah ihm lange in die Augen, dann sprach sie zum ersten und einzigen Mal mit der ihm so vertrauten Stimme Lydias zu ihm. »Ich danke dir für dein Opfer«, flüsterte sie und strich ihm mit einer Hand zärtlich durchs Haar. »Ein Jammer, dass du sterben wirst, Adrian. Dein Blut fließt nun in meinen Adern, dein Wissen erfüllt meinen Geist, deine Lebensenergie meinen Körper.« Auf ihren Lippen lag ein trauriges Lächeln. »Dein Leben ist der Preis für das meine, Adrian. Ich werde es in Ehren halten.«

Sie erhob sich und warf ihm einen letzten bedauernden Blick zu, dann verließ sie das Zimmer. Mit letzter Kraft vollbrachte Adrian es, aufzustehen und über den Boden zu kriechen bis vor den Spiegel an seinem Schrank – und mit allem Grauen, dessen ein Mensch fähig ist, erblickte er schließlich sein Spiegelbild, das Gesicht eines ausgezehrten Greises mit strähnigem, schlohweißem Haar.

»Bereust du es?«, vernahm er hinter sich eine vertraute Stimme, deren Quelle er im Spiegel nicht erkennen konnte. Mühsam drehte er den Kopf und erkannte Lydia – die echte Lydia –, die auf seinem Bett saß und ihn nachdenklich ansah.

»Es war alles gelogen, nicht wahr?« Seine Stimme war ein heiseres, kaum verständliches Pfeifen. »Du wusstest von Anfang an, was passieren würde ...«

Lydia kam herüber und kniete sich vor ihn. »Schau her, Dummkopf«, sagte sie, wobei sie ihren Pullover und ihr T-Shirt hob, sodass Adrian ihren Bauch sehen konnte. »Ich habe nicht einmal Eltern ...«

Wie hypnotisiert starrte er auf ihren Körper. Ihre Haut war rein und besaß einen samtigen Glanz ohne jeden Makel – und ohne jenes Geburtsmal, das Menschen auszeichnete: Lydia besaß keinen Bauchnabel.

»Wer bist du?« Adrian schüttelte träge den Kopf, ungläubig und fassungslos. »Was – *was seid ihr?*«

Lydia setzte sich neben ihn, wobei sie fast ein wenig verlegen wirkte. »Die Assyrer«, sprach sie leise, »nannten die Erste von uns einst *Nam Tar Gira* – Göttin der Plagen. Die Menschen von Babylon nannten uns *Ardat'lili*, die Nacht-Kinder. Doch das ist lange her. In der Welt von heute besitzen wir keinen Namen, denn die Menschen glauben nicht mehr an uns. Gottes Fluch ist gebrochen, Liliths Töchter sind frei.«

Adrian wollte etwas erwidern, doch er besaß nicht mehr die Kraft dazu. »Wir sind, was wir sind«, flüsterte Lydia, als hätte sie seine Gedanken gelesen. »Weil wir nicht werden durften, was wir einst sein wollten.« Sie bettete seinen Kopf auf ihren Schoß und strich ihm durchs schlohweiße Haar. »An sich ist nichts gut oder böse, Adrian. Erst das Denken macht es dazu.« Sie hauchte ihm einen Kuss auf die Stirn und wischte seine Tränen fort, dann schloss sie seine Augen – für immer.

Autorinnen und Autoren

Sylvia Ebert, 1972 in Hessen geboren, hat ihrer kaufmännischen Karriere im Jahr 2003 eine mörderische Wendung gegeben. In Frankfurt am Main gründete sie Citygames, eine Agentur für Krimi-Spiele. Sylvia Ebert schreibt alle Citygames-Drehbücher und tourt mit ihrem Ensemble durch ganz Deutschland. Im Dezember 2006 wurde mit *Tödliche Kirsche*, erschienen in der Anthologie *Ladykillers*, ihre erste Kurzgeschichte veröffentlicht.

Maike Hallmann, Jahrgang 1979, ist in Hamburg geboren und aufgewachsen und wird versuchen, nicht dort zu sterben. Wenn sie nicht liest, schreibt oder mit ihrem Hund durch die verregnete Stadt schwimmt, spukt sie derzeit viel im Hamburg Dungeon herum und verschreckt arglose Besucher. Bei Beltz & Gelberg erschien bereits ihr Krimi *Bellende Hunde*.

Christoph Hardebusch, geboren 1974 in Lüdenscheid, studierte Anglistik und Medienwissenschaft in Marburg und arbeitete anschließend als Texter bei einer Werbeagentur. Sein Debüt-Roman *Die Trolle* (Deutscher Phantastik-Preis 2007) stand monatelang auf der Harenberg-Bestsellerliste. Christoph Hardebusch ist verheiratet und lebt als freischaffender Autor in Heidelberg.
Mehr Informationen unter www.hardebusch.net

Markus Heitz, geboren 1971, seit einigen Jahren »nur noch« Autor und Verfasser einiger Bücher. Der Durchbruch gelang Heitz mit der Zwerge-Serie, seine Bücher über Vampire, Werwölfe und andere unheimliche Kreaturen sind ebenfalls sehr erfolgreich. Mehr Informationen unter www.mahet.de

Boris Hillen erblickte 1968 in Neuwied am Rhein das Licht der Welt. Nach seinem Studium in Gießen, einem Job als Texter in einer Kölner Werbeagentur und einem längeren Auslandsaufenthalt lebt und schreibt er heute in Frankfurt am Main. Zu seinen Veröffentlichungen zählen, neben zahlreichen Kurzgeschichten, die Romane *Mohnzeit* (1998) und *Keimzellen* (2003). In Kürze erscheint die düstere Utopie *Novelle Noir*.

Markolf Hoffmann, geboren 1975 in Braunschweig, studierte Geschichte und Literaturwissenschaft. Er lebt als freier Autor in Berlin, spielt neben dem Schreiben leidenschaftlich gern Klavier und versucht sich gelegentlich an subversiven Kurzfilmen. Im Piper Verlag erschien seine vierbändige Fantasyreihe *Das Zeitalter der Wandlung,* die 2007 mit dem Roman *Splitternest* abgeschlossen wurde.

Jörg Kleudgen, 1968 in Zülpich bei Köln geboren, lebt nach einem Studium der Architektur in Arnsberg/Sauerland. 1990 Gründung der Gothic-Rockband *The House of Usher* und des GOTHIC-Magazins. 2005 Veröffentlichung der Sammlung *Cosmogenesis* im BLITZ-Verlag, dort in den darauf folgenden Jahren Mitarbeit an der Serie *Wolfgang Hohlbeins Schattenchronik.*

Christopher Kloeble, geboren 1982 in München, studierte in München, Dublin und am Deutschen Literaturinstitut Leipzig. Mit seinen Theaterstücken wurde er zu Werkstatttagen an das Wiener Burgtheater, die Münchner Kammerspiele sowie an das Staatstheater Nürnberg eingeladen. Er schrieb für die Süddeutsche Zeitung und erhielt zahlreiche Stipendien. 2008 erschien sein Roman-Debüt *Unter Einzelgängern,* für das er mit dem Literaturpreis der Jürgen-Ponto-Stiftung ausgezeichnet wurde.
Mehr Informationen unter www.christopherkloeble.de

Anna Kuschnarowa, geboren 1975 in Würzburg, studierte Ägyptologie, Prähistorische Archäologie und Germanistik in Leipzig, Halle/Saale und Bremen. Sie unterrichtet Mittelägyptisch an der Universität Leipzig, seilt sich aber regelmäßig aus dem Elfenbeinturm ab und arbeitet als freiberufliche Autorin und Fotografin. Bei Beltz & Gelberg erschien bereits ihr Krimi *Spielverderber*. Mehr Informationen unter www.anna-kuschnarowa.de

Michael Marrak, geboren 1965 im tauberfränkischen Weikersheim, studierte Grafik-Design in Stuttgart und trat Anfang der neunziger Jahre als Autor, Herausgeber und Anthologist in Erscheinung. Seit 1997 widmet er sich ganz dem Schreiben und wurde für seine Romane, Erzählungen und Illustrationen mehrfach ausgezeichnet. Mit *Kinder der Sonne* erschien 2008 der erste Teil der *Aion*-Jugendbuch-Trilogie. Mehr Informationen unter www.michaelmarrak.de

Tobias O. Meißner hat inzwischen zwölf Romane veröffentlicht, zwei Hörspiele, Kolumnen und Bücher zum Thema Computerspiele und – gemeinsam mit dem Zeichner Reinhard Kleist – die Vampir-Comic-Alben-Trilogie *Berlinoir*. Er lebt in Berlin.

Malte S. Sembten hat sich als Autor der unheimlichen Fantastik verschrieben, mit gelegentlichen Ausflügen in die Science Fiction. Seine Erzählungen erscheinen in Magazinen und Anthologien. Er hat bisher vier Sammlungen mit eigenen Geschichten veröffentlicht und als Herausgeber ebenso viele Bände mit Werken verschiedener Verfasser zusammengestellt. Für seine Jack-the-Ripper-Story *Blind Date* wurde er mit dem Kurd-Lasswitz-Preis ausgezeichnet.

Melanie Stumm wurde in den 70ern in Niedersachsen geboren und lebt nun seit sieben Jahren in Berlin. Für die Universität Hildesheim forscht sie über den deutschen expressionistischen Stummfilm und japanische (Pop-)Kultur. Im Rahmen dieser Arbeit hat sie drei Monate in Japan gelebt. *Die Kerze im Spiegel* ist ihre zweite belletristische Veröffentlichung.

Michael Tillmann wurde 1969 in Gelsenkirchen geboren. Nach einer Ausbildung zum Elektroinstallateur absolvierte er die Abendschule. Neben Arbeit und Schule verpflichtete er sich zusätzlich im Katastrophenschutz. Es folgte ein Studium der Ökologie, welches er als Dipl.-Umweltwissenschaftler abschloss. Inzwischen arbeitet er als Qualitätsmanager in der Lebensmittelindustrie. Er hat circa 40 Kurzgeschichten und Erzählungen in einschlägigen Fantastik- und Science Fiction-Publikationen veröffentlicht.

Uwe Voehl schreibt u.a. Bücher über *Coco Zamis – Die Abenteuer einer jungen Hexe* und neuerdings auch Krimis. 2005 wurde seine Kurzgeschichte *Die Blutmaske* für den Nyctalus-Preis nominiert. Mit *Sternenkinder* erhielt Uwe Voehl 2007 den Utopia-Literatur-Preis des Börsenvereins des Deutschen Buchhandels und der Aktion Mensch.

Christian von Aster, geboren 1973, studierte in jungen Jahren Germanistik so wie Kunst und bedient sich in seiner Eigenschaft als Genregrenzensaboteur und literarischer Hedonist zum Zwecke der Erstellung verschiedener eigenwilliger Elaborate nunmehr regelmäßig des Alphabetes. Sein Verhältnis zur deutschen Grammatik ist gespalten, was der gemeinsam verbrachten Zeit jedoch nicht im Wege steht. Mehr Informationen unter www.vonaster.de

Simon Weinert arbeitet nach einem abgebrochenen Germanistik- und einem abgeschlossenen Gesangsstudium heute als Buchhändler, Übersetzer und extrem freier Schriftsteller. Sein Privatleben verbringt er in Berlin als Gänseblümchen (sie liebt mich, sie liebt mich nicht, sie ...).

Kathleen Weise, geboren 1978 in Leipzig, absolvierte ein Studium am Deutschen Literaturinstitut Leipzig mit den Hauptfächern Prosa und Dramatik/Neue Medien. Sie arbeitet als freiberufliche Autorin und Lektorin. Außerdem war sie viele Jahre ehrenamtlich für das Literaturbüro Leipzig e.V. tätig. Bei Beltz & Gelberg erschienen bisher ihre Krimis *Code S2* und *Langer Schatten.* Mehr Informationen unter www.kathleenweise.de

Boris Koch

Boris Koch, Jahrgang 1973, wuchs auf dem Land südlich von Augsburg auf, studierte Alte Geschichte und Neuere Deutsche Literatur in München und lebt heute – ohne Abschluss, Haustiere oder Zimmerpflanzen – als freier Autor in Berlin. Zu seinen Buchveröffentlichungen gehören der Fantasyroman *Der Drachenflüsterer* sowie die bei Beltz & Gelberg erschienenen Jugendkrimis *300 kByte Angst* und *Feuer im Blut* (ausgezeichnet mit dem Hansjörg-Martin-Preis 2008).